U0109913

章回小說的歷史書寫與想像
以三國演義與水滸傳的敘事為例

許麗芳　著

目　次

緒　論

　　既有的明清章回小說研究多關注敘事藝術特徵，本書之思考為，此類敘事架構與現象背後應有一更具涵蓋性的特定意識，亦即特定的敘事文化，而此一文化的內涵應可歸結於對現實生命之多重詮釋。作者的特定價值詮釋往往影響敘述架構、情節發展、人物命運，乃至結局。虛構或神魔的小說寫作固然如此，即使是歷史演義，文本所據雖是相對真實的人事，但亦得見小說作者的特定取捨與歷史觀照，由此以見章回小說作者之敘事意識實具多元詮釋與內涵，亦值得關注。

　　筆者研究多以古典小說之形式與書寫等相關問題為思考中心，近年著作《傳統書寫之特質與認知：以明清小說撰者自序為考察中心》，（高雄：高雄復文圖書出版社。2000 年 12 月）及《古典短篇小說之韻文》，（台北：里仁書局，2001 年 3 月）等，另有多篇發表於學術期刊或學術研討會之論文。

　　研究方向多集中分析小說中不同文類之敘述功能，並及小說作者書寫意識之闡述，藉由既有研究所強調的文本敘事功能與作者書寫意識，本書擬於此基礎上，以小說作者之意識型態與書寫活動之可能內涵為主要研究角度，尋求某種解釋模式，以期統合章回小說作者於敘事中的意識操作、對文本結構之影響等，並藉此聯結小說的敘議特質與包含多元形式等特徵，除認識章回小說文類之特有修

辭現象外，亦期理解各文類形式內涵與深層文化意識，理解其間所蘊含的相關文化或話語情境，或能對古典小說書寫形式之背景與特徵有更全面及深入之詮解。

　　本書研究對象為《三國演義》與《水滸傳》，兩部章回小說向為研究者所關注，相關研究成果豐碩，本書則思考作者意識型態對文本構成的影響，以文化與意識等為思考主軸，就情節人物之描繪、剪裁等敘事運作與相關內涵加以探討，以期為章回小說之敘事特質做一解釋，並期凸顯敘述文學中的抒情層次，以為小說此敘述文類之特質有所補充。

　　《三國演義》最早刊本為嘉靖本，於明嘉靖元年（1522），書題《三國志通俗演義》，凡 24 卷 240 則，每則前有七言一句的小目。題有「晉平陽侯陳壽史傳，後學羅本貫中編次」。得見羅氏對史傳尊崇與對作品之態度，卷首有庸愚子「弘治甲寅仲春幾望」序及修髯子於嘉靖壬午年之引。據考證，嘉靖本《三國志通俗演義》成書時間約於元英宗至治三年（1323）至元文宗天歷二年（1329）間，即元泰定三年（1326）前後。至清初毛綸、毛宗崗父子評嘉靖元年刊本《三國志通俗演義》，名之為《三國志演義》，後通稱為《三國演義》，「演義」一詞曾見於《後漢書》卷八三范升對周黨之攻擊，所謂「文不能演義，武不能死君」，演義為對經義之闡發，羅燁《醉翁談錄》記載宋元藝人稱講史為「演義」，具有敷演鋪陳之意。[1]而《三國演義》、《三國志通俗演義》與《三國志平話》彼此章回回目或情節內容之差異，亦顯有文本流傳與集體創作之過程與作者寫作及增刪意識。[2]藉由歷代之說話人或小說作者取捨剪裁之藝術表

---

[1]　李時人，〈《三國演義》：史詩性質和社會精神現象〉，《求是學刊》29.4（2002.7）：91。

[2]　參考徐朔方，〈《三國演義》的成書〉，《中國書目季刊》28.1（1994）：3-20。

現，小說文本因而充實豐富，從而為此歷史小說增加明顯的想像浪漫色彩，並美化或貶抑特定人物。[3]雖不符歷史應有之書寫標準，但正可見作者個人主觀意識，對於史實之認知寫作中，亦呈現文學之藝術特質。

《水滸傳》中宋江等綠林好漢之姓名亦見於正史記載，如《宋史》卷二十二載，北宋徽宗宣和三年（1121）「淮南盜宋江等犯淮陽軍，遣將討捕，又犯京東、江北，入楚海州界，命張叔夜招降之」。《宋史》卷三百五十一〈侯蒙傳〉亦云，「宋江寇京東，蒙上書，言宋江以三十六人橫行齊魏，官軍數萬，無敢抗者，不若赦江，使討方臘以自贖」，然終未實行，宋江等後見殺。至《張叔夜傳》所敘最詳：「宋江起河朔，轉略十郡，官軍莫敢攖其鋒。聲言將至，叔夜使間者覘所向，賊徑趨海瀕，劫巨舟十餘，載鹵獲。於是募死士得千人，設伏近城，而出輕兵踞海誘之戰。先匿壯卒海旁。伺兵合，舉火焚其舟。賊聞之，皆無鬥志，伏兵乘之，擒其副賊，江乃降。」[4]由以上史料可知，歷史上確有宋江徒眾等流竄盜賊，人數有限，且被俘獲，影響不大，未到起義程度，但是否征方臘，說法不一。史書對此事的記載較為簡略，事件發生在宋宣和年間，地點在河北山東一帶，主要人物是宋江，被張叔夜招降後，曾參與征討方臘起義，但這些內容不會對小說整體框架形成太多影響。由於史料記事簡

---

[3]　張國光，〈《三國演義》：文學與歷史的辯證統一〉，《湖北大學學報（社科版）》2（1997）：19，作者前六十回中，作者虛構之回目，分別是 1、2、4、5、8、25、26、27、28、29、43、45、47、48、49、50、51、54、55、56、57 回等。

[4]　《宋史》，卷 22〈徽宗本紀〉（臺北：藝文印書館），頁 250。卷 351〈侯蒙列傳〉，頁 4415。卷 353〈張叔夜列傳〉，頁 4426。

單，後人很難了解事件的全貌，顯然小說中較為具體的事件描寫應是虛構。[5]

有關宋江等人物傳說則顯有繁變增生，所謂「自有奇聞異說，生於民間，輾轉繁變，以成故事，復經好事者掇拾粉飾，而文籍以出」，[6]大約於南宋末年（1279），臨安說話人即以其人事蹟做為故事講述。[7]南宋至元代（1280至1367）時此故事迅速發展，然而，完全由口述傳播的形式成為讀物；成為非聽聞說話人口說而是閱讀的小說，應是元末明初（1364前後）經羅貫中而確立。[8]今所見

5　丁一清，〈論《水滸傳》的成書類型〉，《西北民族大學學報（哲學社會科學版）》2（2005）：109-112。

6　魯迅，《中國小說史略》〈第十五篇　元明傳來之講史（下）〉，（台北：里仁書局，）頁123-4。

7　《醉翁談錄》於「小說開闢」條所列舉的南宋說話人讀物種類中，所「花和尚、武行者」等「桿棒之序頭」，證明約於南宋末年魯智深或武松等故事即盛行。參照長澤規矩也《支那學術文藝史》（昭和二十一年新修版）頁226。

8　小川環樹，〈第二章《水滸傳》の作者について〉，《中國小說史の研究》（東京：岩波書店，1968）註2，頁52。有關《水滸傳》作者之一羅貫中，明代賈仲明《錄鬼簿》有此記載。據此，羅氏為太原人，號湖海散人，與賈仲明為忘年交，於至正甲辰（二十四年，西曆一三六四）分別後六十餘年，「不知其所終」，卒年不詳。《錄鬼簿》為元以來戲曲作家之人名錄。於羅氏條亦列其著〈風雲會〉及其他共三篇雜劇，可見其亦著有戲曲，也確實有《風雲會》之明刊本。羅氏之名應是明刊本《三國演義》上之署名「羅本」，貫中為其別號。據魯迅《小說舊聞鈔》所引，較前述賈氏所記羅貫中為太原人的說法更早且值得信賴的記錄，為明王圻《續文獻通考》（卷一七七）所言為杭州人。而王氏似據明田汝成《西湖遊覽志》（嘉靖二十六年，一五四七之自序）。田氏誤以為羅乃南宋時人，以為羅氏為錢塘（即杭州）人（志餘卷二十五）。認為羅貫中敘宋江等事，姦盜脫騙，機械甚詳，然變詐百端，壞人心術，子孫三代因而獲報應成為啞巴的傳說，亦於本書首見。顯示當時《水滸傳》早被廣泛閱讀。而明高儒《百川書志》（嘉靖庚子，一五四零年自序）則以為《水滸傳》是另一人著，其記有《忠義水滸傳》一百卷為「錢塘施耐庵的本羅貫中編次」，有關施氏，並無其他資料，傳記亦不詳，高儒列舉此二人著者之說法，亦為其後《水滸傳》

《水滸傳》原型大致上於羅貫中時定型，而於架構上增加修飾內容之過程或許於明代中葉也未可知。亦即約於 1360 至 1540 左右的一兩百年間，於說話活動或書會之歷時集體編纂過程中所完成。[9]《水滸傳》之名或即當時所題。但羅貫中之《水滸傳》於何時首次出版則未知，只知有明嘉靖中（1522 至 1542）之版本存在，而目前得見的，則是稍晚的萬曆刊本（1610 左右），其後亦有幾種版本。

南宋至元代（1280 至 1367）時水滸故事持續發展，於當時可能有詞話體與散說體，但均屬於說唱藝術。然而，完全由口述傳播的形式成為讀物；由說話人口說而成為供做閱讀的小說，應是元末明初（1364）前後確立。現今所見《水滸傳》作者或云施耐庵，或云羅貫中，或云施耐庵與羅貫中二人作。及至元末明初，《水滸傳》為供做閱讀之長篇白話小說，其中仍保留說話藝術的敘事型態，虛擬說話人向虛擬聽眾講述故事，構成文本最基本的審美關係。說話

版本所沿用。小川環樹以為，因為小說中充滿南方語言，若羅氏出生北方太原，畢生於北方生活，則何以解釋小說中總是使用南方語言此一事實？《水滸傳》魯智深為北方延安（陝西）人，卻使用蘇州話，可見小說作者為南方人，習於南方語言，不經意於作品中使用。此只不過是一例，若據此即斷定作者為南方人，有些失之武斷。但《水滸傳》中有南北區域，但對北方地理知識卻有許多錯誤，如從江州（今之九江）前往汴京（即開封）的使者卻特定經由山東梁山泊等不合理的繞路（第三十九回），雖不能說是故事結構的大缺失，但比較起出征方臘的情節對南方（江蘇、浙江等地）地理知識之正確，則有明顯的差異，作者應該是久居南方，對北方地理較不熟悉。小說作者是南方人（或即杭州地區）的可能性大於北方人（即使本籍是北方亦然）。

[9]　《武林舊事》卷六「諸色伎藝人」條所列舉的講史小說之類。《武林舊事》為記錄南宋首都臨安人事之書，據馮沅君〈古劇四考〉（燕京學報第二十期）及孫楷第〈述也是園舊藏古今雜劇〉等考證，書會於元以後成為創作戲曲小說之才人的俱樂部。現存百回本得見「書會」者，只有四十六回及九十四回兩處。於金聖嘆七十回本，因刪去後半，自無九十四回，而四十六回（金本為第四十五回）則將「後來書會們備知了這件事」改為「也有幾個好事的子弟」。

人於其間或說明、或引導或陳述價值判斷與道德意識。而內容增加修飾之過程或許於明代中葉亦未可知。《百川書志》卷六著錄《忠義水滸傳》一百卷，題「錢塘施耐庵的本，羅貫中編次」，天都外臣敘本與袁無涯刊本則並署施耐庵與羅貫中之名，而《七修類稿》、《西湖遊覽志餘》、《續文獻通考》以及明清多種刻本《水滸傳》均題為羅貫中編輯或纂修。魯迅也認為兩書作者同為羅貫中，「羅貫中所著小說甚多，明時云數十種（《志餘》），今存者《三國演義》之外，尚有《隋唐志傳》、《殘唐五代史演義》、《三遂平妖傳》、《水滸傳》等。」儘管此說並非定論，但至少可說明羅貫中與《水滸傳》的成書關係非常密切，《三國演義》與《水滸傳》具有著相當類似的成書過程：兩書都是在話本基礎上發展起來，皆經歷了社會大眾口頭傳說、民間藝人講述演唱到文人加工和再創作的過程。[10]

　　本書所引用《三國演義》與《水滸傳》之版本互有參差，《三國演義》以題為「羅貫中著，毛宗崗批，金聖嘆鑑定」之毛評本《三國演義》（台北：老古文化事業公司，1985）為主，另參考明弘治本《三國志通俗演義》（台北：新文豐出版公司，1979）；《水滸傳》則以李贄序及批點，題為「施耐庵集傳，羅貫中纂脩」的以容與堂本為底本的百回本《水滸傳新校注本》（江蘇：江蘇古籍出版社1989），本書尤其側重此版本中的韻文駢語，以為考察重點。另參考李氏《忠義水滸傳》百二十回本（台北：里仁書局，1994）及七十回貫華堂本，《水滸傳》（台北：桂冠圖書，1989）等。

　　本書各章節論述皆以作者意識對敘述活動之影響與操作為思考主軸，無論是文本藝術特徵或相關內涵，皆視為作者對文本之操

10　參照徐朔方，〈從宋江起義到《水滸傳》成書〉，《徐朔方集》（杭州：浙江古籍出版社，1993）第一卷，頁589-611。

作運用。分別就研究方法與研究題材、敘事基調與情節模式、價值對話與文化引導、文類內涵之擴大與互為文本等現象加以論述。結合小說敘議內涵、小說理論之虛實辨證及西方後現代歷史敘事學與文本理論等，取其共同思考點，即作者敘事意識，以為分析中心，由天命人事之敘事基調與士庶價值交流之分析，以見作者的文本敘事表現，從而形成小說文類特質之擴大，尤其關注互文現象，以見小說做為主體間之發言平台，相互溝通等超越單純敘事功能之特質與意義。除緒論及結論外，另分為四章，主要探討內容為：

第一章〈敘事與意識：古典小說之敘議傳統與研究方法〉，就小說書寫傳統之文史來源、虛實理論與海登懷特（Hayden White, 1928－）之後現代歷史敘事理論加以整合，以為本書論述之思考基礎。

第二章〈天命與人事：客觀史實之主觀詮釋與試煉強調〉，分析天命人事之價值意識對史實之改造與小說基調之建立，並及因此產生的情節輕重與人事道德之強化、人事理想與歷史現實落差之對應姿態等。

第三章〈多音與定調：士庶價值之交融反思與文化競逐〉，著重小說作者以其文人氣息形諸於文本的意識對話與價值競逐，其中既有行藏出處之抉擇辯論、亦有士人庶民人生功名理想之反省，藉由文本中各式人物的雄辯、庶民人物言行與士人對其人之相關評價，道德倫理得以強化定調，士人價值仍為其間價值主流。

第四章〈抒情與互文：敘事文類之多元內涵與文本對話〉，就小說作者於文本中置入多元文類，於敘事功能外，另有抒情或引用借用其他歷史、文化或文學文本等現象，使《三國演義》與《水滸傳》之敘事特徵具有多元形式與內涵，藉由互文現象，小說作者與讀者共同面對某種或多項文化情境或歷史語境，對小說文本加以閱

讀理解及評價，形成情節敘述之深層且立體空間，亦有出入時空之歷史與文學等效果。

　　藉由不同層面分析小說作者之書寫活動與可能意識，期能提供章回小說之形式特徵與價值內涵之發展原因或過程，並強調小說作者所具備之書寫力量，因其人特定價值意識將影響小說甚至是歷史小說之整體情節序列與焦點，而形諸於小說文本的各項對話、增刪、論述、徵引等現象皆非偶然，小說作者之書寫有其取捨及意義，小說文本因而成為發言平台，亦因此令小說此一文類包羅多元，有其超越敘述之深刻且豐富內涵。

　　小說作者針對史實或某一事件予以書寫之際，作者之敘述角度與考慮模式往往形成作品之特定內在，亦因其中具有取捨與判斷等必然過程，即使經史正統典籍之著作，就書寫層次而言，仍有其虛構特質，而非純粹可信之信史，小說作者運用特定語言與風格，聚焦強調某種歷史或道德等面向，其間具有道統歷史文化之沿襲特性，亦不免有想像虛構等文學特質之展現。書寫活動本身可視為一種對既定人事之評價姿態，小說作者基於既有道統或文化之影響與認同，藉由文學語言之建立，展現自我意圖或思考，其間呈現作者特定意識，既展現自己，亦期讀者之理解或認同，而共同閱讀歷史人事並予以講述評論，成為出入時空之心靈活動，小說文本於此亦超越故事情節之敘述功能，成為歷時交流對話與價值意識互補之載體。

第一章　敘事與意識：
古典小說之敘議傳統與研究方法

　　本書以《三國演義》及《水滸傳》作者為研究之思考中心，[1]藉由海登懷特（Hayden White，1928－）後現代歷史敘事學觀點，嘗試分析小說作者特定意識對小說敘事架構與書寫策略之影響。以歷史之敘事為基礎，確定作者主觀意識之明顯介入取捨，同時回溯古典小說中議論話語之相關文史淵源，以及古典小說批評之虛實理論，三者加以結合，以期解釋小說敘事中的敘議特質，與虛實理論中「虛」的內涵，實即小說文本超越實際情節人事之單純敘述，而聚焦於小說作者思想意識之抒發表現。

　　《三國演義》與《水滸傳》於題材特質及書寫形式上互有異同，分別依據某種程度之史實加以改編增補，但其間的士人價值與庶民意識各有參差，相關的內涵亦皆含有天命與人事之互補思想等，同時於文本結構中亦有明顯之互文現象，故本書以此二文本做為分析範圍。《三國演義》與《水滸傳》具有「敘」及「論」等特質，基本上以全知觀點陳述情節或人物命運，往往藉情節序列之安排或相

---

[1]　《三國演義》與《水滸傳》作者應不只一人，本書暫以羅貫中為《三國演義》作者，並與施耐庵同為《水滸傳》作者。

關人事之陳述，呈現作者自我意見或價值判斷，甚至因此而影響情
節發展以及結局，亦可能呈現作者特定生命意識或價值觀，是以，
文本於陳述實際故事之外，亦展現作者之詮解與價值交流等超越具
體人事之敘事現象。

　　兩部小說的完成，自是吸收歷時代之史學與文學相關藝術特徵
與價值內涵，而形式顯然與南宋說話人以來口頭傳述的發展過程相
關，於口述進至書寫供做閱讀之讀物形式完成過程中，自不能無視
一二人天才之力。亦即羅貫中、施耐庵之外，亦有賴於成書過程間
不知名之作群。[2]故本書所謂「作者」，除施耐庵、羅貫中外，亦包
含南宋以來對相關故事投注心力之多數文人，亦指使小說定型之人。

第一節　小說敘議之文史傳統

　　本章以作者敘述聲音為思考中心，從講史、平話至明清歷史演
義，此類通俗文本皆不免有評述性的干預敘述之話語，即政治或道

---

[2]　據杜貴晨〈《三國志通俗演義》成書及今本改定年代考〉，《傳統文化與古
　　典小說》，（保定：河北大學出版社，2001），頁188-189。以為《三國志通
　　俗演義》有第4回、第34回、第72回與第114回等四處關於文字獄相類
　　反詩之描寫，這些情節除楊脩一事見於史書外，其他於史無徵，亦不見於
　　《三國志平話》，故應是虛構，一如《水滸傳》中第39回宋江與第61回
　　盧俊義之反詩，亦不見於《大宋宣和遺事》或其他文獻，顯然是虛構，但
　　應非羅貫中與施耐庵所為，於史無徵，亦無傳說或早期話本根據。且宋元
　　時代雖也有文字獄，但因此殺人的事尚少，生於元代的羅施二人應不致感
　　於文字獄而有此類描寫，今嘉靖本《三國志通俗演義》與《水滸傳》有關
　　文字獄之描寫應是明初人所增加。

德的判斷或評價，一般多集中於各卷首末，或情節段落間，所謂「有詩為證」或「詩曰」等文體結構，或引其他文人如胡曾或杜工部、邵康節等學者文人之詩作，以強調所述故事之可信度，沿襲既久，遂形成通俗文學以至後世白話小說之寫作模式。此外，作者於散文敘述中，亦多有評述話語之介入，即講述故事之話語與轉述人物之話語交錯運用，時為作者言語，時為作者轉述人物之語，交錯呈現作者某種意識與態度。小說中此類作者意識特質之來源，實可由歷史與文學發展過程分別以觀。

（一）史傳精神之深遠影響

中國古代知識份子歷來皆即以道的承擔者自居。根據道之標準來批評政治社會為知識份子份內之事，儒家論政，本於其所尊之「道」，而儒家之道，則是從歷史文化中提煉出來，因此在儒家的系統中，「道」要比「政」更高一層次。[3]所謂「不治而議論」，將知識份子與批評完全等同。而此精神亦擴散至下層文人，形成一普遍文化認同。身處邊緣之下層文人於正史或民間講史題材中，實亦找到屬於知識份子的批判性話語，代道立言，批評故事，從而形成審視歷史的批判性立場。其中亦寓志於書寫活動中，而藉以議論抒懷、表達主觀意識。

「言」與「說」都是敘述，而小說出於史官，有稗官野史之身份，因此小說與歷史往往有所相關連。又小說是「道聽塗說，靡不畢記」，也因此引發關於敘述歷史故事當應真實抑或虛構的爭辯。[4]

3　余英時，〈反智論與中國政治傳統〉《中國思想傳統的現代詮釋》，（台北：聯經出版事業公司，1987），頁 68。

4　龔鵬程，〈傳記小說新思維：縱橫於歷史、文學、真實、虛構、言說、書

以歷史為素材之小說，其間作者史觀尤其明顯，乃是某種歷史動向之解釋與敘述。[5]而敘事特徵之一是接受者還未聽到故事，就已有所期待。所期待的不是具體故事內容，而是故事可能蘊含的意義。作者所欲表達、讀者所欲理解的，是如何解釋事件與所解釋的內容，此類潛藏於不同故事背後的共同意義模式，便是一定文化環境中敘事的核心要素，即敘事意圖。即使是聽或讀一部演義時亦然，如庸愚子以為，「欲昭往昔之盛衰，鑒君臣之善惡，載政事之得失，觀人才之吉凶，知邦家之休戚，以至寒暑災祥、褒貶予奪，無一而不筆之者，有義存焉」，所期待的，也是一系列歷史事件所昭示的意義。[6]於此，敘事不僅是敘述，也是解釋，後者意義甚至大於前者。是以，特定價值觀點貫穿於故事文本間，以歷史人事為題材的《三國演義》與《水滸傳》等小說自亦有類似敘事特徵。

　　早期演義小說對史實之處理方式，或符合或脫離，其中多取決於作者意識。因此，即使講史，亦有遠離史實、而於其中加入神仙術士、天道宗教等元素。如《全相五代史平話》，其中《樂毅圖齊》中樂毅與孫子之對戰並不符史實，有神仙之助人事，反映道教於通俗文學之影響。相較之下，《秦併六國平話》較符史實，類似《史記》《國策》之文，《前漢書續集》之呂后斬韓信亦是相對根據史實，至於《平話三國志》則脫離史實，傾向因果報應之說。對史實之處理模式雖互有不同，但都使用俗字，並頻繁使用胡曾詠史詩。凡此

寫之間〉，《中國小說史論》（台北：學生書局，2003），頁 283。

5　如《新編五代史平話》與《三國志平話》對三分天下之解釋，以為韓信轉
　　世為曹操，彭越成劉玄德，而《五代史平話》之陳豨為孫權、而《三國志
　　平話》中則以英布為孫權，三分漢之天下；高祖成為獻帝之說法，即是一
　　種歷史解釋。

6　高小康，〈第一編　中國傳統敘事意識的演變〉，《中國古代敘事觀念與意
　　識型態》（北京：北京大學，2005），頁 8-10。

皆呈現作者有某種程度之書寫模式或評議概念，於故事剪裁演繹過程中，表現一己才情學識或價值認知。

敘事活動基本上與「過去」之概念相關，所陳述之較早事件，必因其後發生之事件而具有意義，並成為故事之前因，是以敘事多為「後向預言」，無論史傳、小說或傳記之敘述現象，都為一逆向之因果關係。[7]小說作者面對流傳已久之故事梗概或實際歷史，其立場亦是某種讀者姿態，而閱讀亦是不限於文字之廣泛文本。其間基於個人學識所形成之價值基調，整理或改寫既有文本之過程中，亦是再次詮釋與閱讀，由此以觀，《三國演義》與《水滸傳》作者於故事梗概之流傳與書寫過程中，既是作者亦是讀者，所呈現的小說文本不僅是作品的再次展現，也是某種文化或價值意識之呈現。以此認知檢視歷史小說，尤其顯現此類特質。並於其中反映其思考模式或書寫習慣。

《三國演義》與《水滸傳》可視為作者個人價值自我實現的具體化結果，訴諸自我情感體驗與思想意向，重構既有歷史人事。而讀者於閱讀中亦完成感悟、理解、滿足及情感的抒發與昇華，如此的敘事表現使小說文本為一種意象、一種審美的型態。[8]小說作者對於形式之安排，亦見其審美意識，即作者對文本應呈現何種形式的整體看法，包括哲學或美學思想，或小說之功能藝術等方法或創作原則等認知。[9]《水滸傳》因文生事自不待言，《三國演義》雖有明顯史事依據，但文本情節幾乎都有作者之藝術虛構，於敘述史實

---

[7]　華萊士・馬丁（Wallace Martin）著，伍曉明譯，《當代敘事學》（北京：北京大學出版社，1990），頁 80-81。

[8]　李晶，《歷史與文本的超越》（上海：上海社會科學出版社，1992），頁 54-56。

[9]　寧宗一，〈史裏尋詩到俗世嚼味：明代小說審美意識的演變〉《天津師範大學學報（社會科學版）》6（2001）：60.

中另予以渲染增飾，一如三顧茅廬情節，於《三國志・蜀書》僅言「凡三往，乃見」，然於《三國演義》中則敷演為第 37 與 38 兩回目，[10]因此，小說不僅是陳述故事，更是藉由敘事去呈現作者對現實世界的體驗認知，甚而藉此溝通過去與未來之整合與反省。

　　無論正統史傳或通俗小說均有類似語言成規，即同時包含語言、時間及認識論等類似特質。小說之藝術特質因受史傳審美影響，往往強調內容的真實與教化，以為書寫特質主要為「述」而非「作」，然實際書寫表現卻未必如此，往往具有闡述人事相關意義之跡。小說家源於稗官，雖與史官有地位貴賤之別，但功能卻類似，「而徵之史：緣自來論斷藝文，本亦史官之職」，[11]其中尚實、崇真為二者共同要求，又由於受孔子修《春秋》「不隱惡」、「不溢美」的客觀公允態度之影響，史官一般並不於史實敘述中直接表達道德意見或評價，往往於篇末以史官身份做簡短論贊。《左傳》之「君子曰」、《史記》之「太史公曰」等，即為史官論述意見之空間，又如劉知幾《史通・論贊》云：

> 班固曰贊，荀悅曰論，《東觀》曰記，謝承曰詮，陳壽曰評，王隱曰議，何法盛曰述，揚雄曰譔，劉昞曰奏，袁宏、裴子野自顯姓名，皇甫謐、葛洪列其所號。史官所撰，通稱史臣。其名萬殊，其義一揆，必取便於時者，則總歸論贊焉。

10　如沈伯俊評校，《三國演義》，（太原：山西古籍出版社，1995）以為其中的「桃園結義」「秉燭達旦」、「千里走單騎」、「火燒新野」、「蔣幹盜書」、「苦肉計」、「橫槊賦詩」、「借東風」、「義釋華容」、「三氣周瑜」與「火燒上方谷」等情節均是虛構。

11　魯迅，〈第一篇　史家對於小說之著錄及論述〉，《中國小說史略》，見《魯迅小說史論文集》（台北：里仁書局，1992），頁 7。

此類史官文化之模擬與承襲明顯見於唐傳奇等小說，作者多於篇章末表示個人識見或故事之出處來源，並強調實錄勸誡等價值意識。及至清蒲松齡《聊齋誌異》，其中仍有「異史氏曰」等此類書寫模式之明顯沿襲，至話本或其後章回小說之敘議夾雜特質，則更顯多元自由，且未必僅於篇末呈現，但論贊本屬於史學評論，講史平話的開卷詩論則不只限於評論，其中亦有向讀者說明相關人事物之例，同時亦多於行文段落間以詩詞等特定文類呈現作者價值意識。

正統典籍或通俗文學之文字實具有追記或補記性質，此類書寫現象為作者重新組織之結果，即針對所敘述之事件作先後序列安排，且未必以事件之真實發生順序單純記錄，史籍與小說皆有此類特點，作者往往針對一連串事件加以記錄或取捨，且藉由某一時間系列之開始與結束作陳述，如《三國演義》取材史實加以剪裁，《水滸傳》則以人物為線索來組織情節，對於史籍寫作模式各有模擬與近似。因此，作者使用文字與剪裁情節之現象即成為文本之重要內涵。就情節之安排重組言，其間呈現某種敘述次序，此類次序之構成，乃是對事件的某種重新組織安排，從中可見作者所持有之相關態度或看法；並因此影響其對故事時間與情節人物的重新切割組合，反映作者於重構事件序列時，所具有的意識及價值判斷。是以無論正統史籍或通俗小說，二者同為事件之敘述，但於敘事之外，同時亦藉內容題材之處理與組織模式，呈現作者特有判斷與思考。

（二）說話形式之直接承襲

魏晉小說或唐傳奇之書寫模式與精神固然沿襲史傳，且某種程度影響話本等白話小說之發展，然而，話本或其後的章回小說之發展實另有源流，如魯迅所言，有宋一代之市井間，「則別有藝文興

起」，所謂「別有」，可見後世通俗小說之開端並非魏晉小說或唐傳奇，而是「千佛洞之藏經」「內有俗文體之故事數種」，[12] 方與通俗小說之文體有所關聯。其中形式之特點即是明顯的敘議夾雜表現，以及保留口述痕跡的文字。

宋代講史說話人面對文化層次不同之聽眾，為求吸引並維持聽眾之注意力，除力求以日常語言講述故事外，又為使聽眾之感受、思考、聯想與想像等心理活動之運作，故於控制敘事流程時，時而現身對聽眾設問、提示、重複與說明等，對某些可能影響聽眾正確判斷或理解的事件人物加以詮釋補充，有時則對人事進行道德評價等，及至明清轉為案頭閱讀的歷史小說，亦完全承襲講史平話的敘事語規。[13] 講史之書多以「平話」為題，即於敘述中加入評語，所謂「看官聽說」等夾敘夾議的敘事觀點，此已成書寫模式與習慣，[14] 如《全相平話五種》應是史傳與民間傳說之混合體，說話人於敘述時，「全書敘述，繁簡頗不同，大抵史上大事即無發揮，一涉細故，便多增飾，狀以駢麗，證以詩歌，又雜諢詞，以博笑噱，如說黃巢下第，與朱溫等為盜，將劫侯家莊馬評事時途中情景，即其例也」。[15]「史上大事」，當為史傳所載概述性之敘述成分，所謂「細故」，或即來自民間傳說與藝人臨場增飾之細節，以及具有相當人物話語與描繪之故事情節。[16] 每頁上圖下文，顯然是做為閱讀之文本，但仍

12　魯迅，〈第十二篇　宋之話本〉《中國小說史略》，《魯迅小說史論文集》，頁 93。

13　魯德才，〈第四章　宋元講史奠定了歷史演義小說的敘事模式〉，《古代白話小說型態發展史論》（天津：南開大學出版社，2002），頁 66。

14　魯德才，〈第四章　宋元講史奠定了歷史演義小說的敘事模式〉，頁 61，以為所謂平話或評話，大約是藝人用口語講述而不加彈唱，並且講述時說話人常間雜許多評論，猶如明清小說「看官聽說」的夾敘夾議之敘事觀點。

15　魯迅，〈第十二篇　宋之話本〉，《中國小說史略》，頁 97。

16　魯德才，〈第四章　宋元講史奠定了歷史演義小說的敘事模式〉，頁 65。

有說書特徵，其中最明顯之處即是不掩飾作者之存在，而與讀者進行對話，文中常有「話說」、「卻說」或「話分兩說」「有詩為證」「正是、卻是」「只見、但見」等，及至話本小說與章回小說，此類口述形式更有承襲發揮。

另一來源即是變文，其中所謂變相，就是根據言語敘述描繪圖像，變文則是依據圖像鋪演語言敘述，敘與畫合、敘畫交映，對中國通俗敘事具有相當影響。現存變文具有幾項「敘與畫合」特徵，如韻散結合即是變文結構的範式，散文多有「請看……處」，「……時」「若為……」等習慣套語，其中「……時」展現變文以敘事關鍵點展開敘事空間的特質，有明顯化時間為空間的的特徵，變文敘事的韻散敘事間多是同一事件之重複，其中韻文並非推動情節發展之功能，多是對「相」的內容意義再次強調或重述。[17]而敦煌變文中的話本或即為隋唐時民通俗敘事系統之代表，與佛家院講並存，但二者敘事機制不同，且由於敘事題材的世俗化以及敘事地點的多樣化，對相的運用與強調也應有所不同。其中話本敘事的相之運用可能抽象到說書人的語音、型態等語言敘事的擬態技術。[18]宋代如《東京夢華錄》、《夢粱錄》、《都城紀勝》、《武林舊事》等所謂「說小說」已經具備「入話」「正話」和詩贊等固定敘事模式，其中說書人運用「但見」「只見」等敘事套語引出人物形貌或環境描寫，實即意在喚起聽眾視覺般的生動形象感受，基本上已無物可看，但說書人仍以看官稱呼聽眾，顯示此一敘事交流是承繼以往敘事方式，強調「聽中之看」「聽看結合」仍是「說小說」追求敘事效果之重要特徵。當口傳形式「說小說」轉化為文字閱讀之敘事文本時，

---

[17] 于德山，〈中國古代小說「語──圖」互文現象及其敘事功能〉，《明清小說研究》3（2003）：16。

[18] 于德山，〈中國古代小說「語──圖」互文現象及其敘事功能〉，頁17。

聽與說的形式發展成典型大眾化通俗敘事形式，此種模式善於鋪排渲染、組織環環相扣，努力以說書人在場的優勢，形成一個可以交流又富吸引力的說書空間。這種口傳敘事形式之讀者雖只略通文墨，甚至目不識丁，卻精通通俗敘事之各種家數與敘事成規。[19]

　　院講中的「上卷立鋪，此入下卷」為宣講師按圖宣文的一種過渡套語，為圖像之空間摹形與語言的敘事擬態之間的互文互換，此類連環敘事形式於「說話」中轉化為「欲知後事如何，卻聽下回分解」、「上回書說到」等予以強化再現，而至章回體小說，則提供看官較強的空間感受，將說話的結構方式書面化，說話所虛擬的聽覺化敘事結構成為視覺化的空間呈現，文本中亦保留說書交流之形式，如「但見」「怎見得」「看官聽說」等套語，小說作者以某種程度模式化的文字呈現人物環境等畫面與場景等，進而形成明確的閱讀接受習慣，作者與讀者於文本中相互交流的模式成為小說結構特徵。

　　變文與說書等評述形式，亦是作者據以發揮個人才情之主要憑藉。變文體裁於中國毫無先例，韻散交雜的現象與漢賦有些類似，但賦主要是韻文體例，偶而未押韻的部份多是賦序，即作品之開頭一段，至於賦中雜有散文者相當少見。值得注意的是，韻散相雜的變文中，散文是以一般語調朗讀，韻文則以特別曲調表現，如《維摩詰經變文》韻文末尾以「唱將來」結束之情形甚多，顯然表示該段文字為演唱的模式。不僅如此，各段韻文一開始亦有加注吟、韻、平詩、古吟上下、側、平等小字以指定演唱模式，而散文部份則必加注「白」字，以示只是朗誦。另一方面，除佛教原有說話外，亦開始產生俗講僧說中國自有故事之趨勢，更加促使變文趨於中國化。除昭君變之外，敦煌還有《舜子至孝變文》，及取材如戰國時

---

[19]　于德山，〈中國古代小說「語──圖」互文現象及其敘事功能〉，頁 18-9。

代伍子胥、漢高祖王陵將軍等歷史人物之變文，同時，俗講僧之創
作亦展現逐漸接近講史之過程。如王陵變文有天福四年（939）之
記載，作者為孔目官、閻物成等俗人，內容上則無絲毫的佛教氣息。
俗講僧脫離佛教的表現促使俗語小說發達的假說，或許仍有爭議。
目前所存最晚的變文是 979 年以後，而確定是最早的話本則是元刊
《全相平話五種》（至治年間刊行），其中經過了四百年空白，故此
假設雖未有確證，但隱約有維繫此一黑暗期間的線索，即是話本
中屢次出現的「但見」一辭。[20]如《秦併六國平話》，某氏影印至
治刊本，上卷，六葉：

> 次日只見，
> 星辰河漢，日出扶桑。疏鐘傳紫禁之聲，遼水泛紅霞之影，
> 曉煙迷岸草，
> 寒霧溼庭蕪，

及上卷，十一葉：

> 辰牌時分，李牧布下方字陣。
> 蔡仇上馬，高叫打話。周光出陣，見排下方字振，便令排
> 下圓字陣，但見：
> 左實右虛，前攔後守。金銀介冑如火煌，錦繡其幡花爛熳。
> 霹靂駝鼓漸散，龍鱗畫角齊吹，槍刀一字成行，弓弩兩梢
> 齊展。
> 三軍唱諾，兩處陣圓。

20　小川環樹，〈第四章　變文と講史〉，《中國小說史の研究》（東京：岩波書店，1968），頁 135-136。

「只見」與「但見」於此處之用法完全相同，前者為描寫天際漸明之景、後者則是描繪兩軍對陣之狀，於描寫薄暮時分時，則使用「怎見得」。兩處引文中，值得注意的是，前者較後者使用更多的文言，此類元刊本平話之文字交雜俗語，平話底本傳承了當時說話人的說書模式，此對於無知識之民眾而言，聽此類韻文而能清楚一字一句的意思，實屬疑問，或許只是感覺普通辭語快速地流動而已。

宋仁宗時市井娛樂興盛，如《東京夢華錄》卷十九所記述，與白話小說發展相關的說話活動，其題材內容與變文有所不同，說話具有營利目的，對於平民聽眾之娛樂需求等自不能忽視，藉「但見」之詞，作者即於「說」之特質中大加發揮，炫才之餘亦得寄寓一己意識，所藉以發揮的文體即是夾雜故事行文中的各式韻文，如《水滸傳》大量使用的「但見」兩字之後，往往出現可視為四六駢體或對句所組合的韻文，此類駢語或插詞多描寫人物神態、出身，或山川景物、建築庭園、婚禮場面或戰爭情景等，所謂描寫，實際上各式場面皆有特定型態，某類插詞往往重複出現，只要是同類情景，任何作品都能使用此類文字，就像以往固定舞台背景般，說書人熟記特定文辭，遇有適當場合即能隨時應用等此類架構。

作者述評基本上構成小說文本的架構，述評的聲音多出現於各回之回末回首或正文中的插語。於閱讀文學作品之際，讀者所接觸者實為說話者之聲音。有時為作者本身直接介入敘事加以表示特定意向，有時則藉由故事人物或情節發展加以傳達。因具有說話文學之源流因素，且可能是因民間說書形式之影響，而未必僅是來自變文，然可以確定的是，文本中所呈現的口述運用與表達，以及相關韻文駢語之使用。[21]藉著敘述的聲音，故事得以展現，而敘述內容

21　李福清（B.Riftin），〈《三國志平話》情節結構和行為型式研究〉，《李福清

與故事本身有不同層次的相關或相涉，作者之聲音能造成讀者閱讀時暫時的距離感，形式獨立於故事本文的對話空間。

　　值得注意的是，為何於此類插詞前有「但見」（或只見）等字，插詞中所呈現的風景情景往往是由故事中人物之角度所見，是以說「見」一字，有一起之意。然此類解釋僅限於風景或景觀較妥當，其他如婚禮場面或戰爭情景則不適用。於敘述戰爭場面之時，「但見」之見的主體是此場面之目擊者，亦即旁觀者。做為當事人之主角，一般應無看見該場景之餘裕。然而此乃身為小說（話本）讀者之吾人所做的解釋，實際看此情景、或注目於盛大場面者為聽眾，亦即聽眾實為現場之旁觀者。或可推測說書人提供聽眾親眼所見、身臨其境之感，於此與變文有所聯繫。

　　一如前述，變文是說書人面對聽眾指著壁畫、圖像或畫卷所說的故事，是以其中夾雜此類引導聽眾注目圖畫的用語是相當自然的。聽眾同時也是觀眾，因此可以有聽覺與視覺上的深刻印象。當時脫離寺院的市井藝人並沒有俗講僧之畫卷或圖像，但因為有插詞所呈現的印象，而有了圖畫似乎存在之感。當然，「看」與「見」多少有語義之差異。「看」具有主體之意志，而「見」則是自然而然地進入眼廉，與主體意志之有無無關。所以，變文中的「且看」有要求聽眾注目的意味；而話本之「但見」則無此要求。但即使有此不同，「看」與「見」於廣義上的「見」是共通的，而此即是變文與話本間隱然的維繫聯結。

　　同時，變文「且看」之後為純粹七言韻文，但話本於「但見」後，卻是類似四六文或駢文之文體，二者於韻散之間的文字亦不同。另一方面，話本亦常雜有詩，歷史故事中常有七言絕句之詠史

論中國古典小說》（台北：洪葉文化事業有限公司，1997），頁63-76。

詩。歷史故事如平話，尤其是《三國志平話》，顯然大量使用七言
詩如詠史詩。小川環樹以為此形式乃模仿變文而來。具有散文與韻
文相互交雜特質的佛教文學變文，其講述者俗講僧脫離佛教之表演
變化，另一方面又因宋代都會中庶民娛樂場所之繁榮，新穎的藝能
脫離佛教色彩而形成另一類說話活動之發達，同時保留了變文的最
初講談形式，及至其後寫定之章回小說，亦保有作者說明講述文字
之特質。如《水滸傳》「先人書會留傳，一個個都要說到」（李玄伯
刊本，第九十四回）所云，於今流傳的文本仍能發現，作者最後仍
未改變說話人意識。[22]因文本性質之故，《三國演義》因敷演史事，
書寫表現因仿照史傳形式，較《水滸傳》更具文人性，而《水滸傳》
多描寫庶民階層，口傳說話之特質較明顯。如《三國演義》第 29
回說明周瑜之所以提兵回吳，其文曰：

> 經理未定，人報周瑜自巴丘提兵回吳。權曰：「公瑾已回，
> 吾無憂矣。」原來周瑜守禦巴丘，聞知孫策中箭被傷，因
> 此回來問候；將至吳郡，聞策已亡，故星夜來奔喪。

「原來」一語即為作者之言語，說明周瑜聞策中箭，故回吳問候，
卻於吳郡聞策已亡，故兼程趕回。又如第 34 回言蔡夫人之竊聽劉
表與玄德之商議，對蔡夫人之態度有所提示，其文曰：

> 後妻蔡氏所生少子琮，頗聰明。吾欲廢長立幼，恐礙於禮
> 法；欲立長子，爭奈蔡氏族中，皆掌軍務，後必生亂：因
> 此委決不下。」玄德曰：「自古廢長立幼，取亂之道。若
> 憂蔡氏權重，可徐徐削之，不可溺愛而立少子也。」表默

22　小川環樹，〈第二章《水滸傳》の作者について〉，《中國小說史の研究》（東
　　京：岩波書店），1968，頁 38。

> 然。原來蔡夫人素疑玄德，凡遇玄德與表敘論，必來竊聽；是時正在屏風後，聞玄德此言，心甚恨之。

劉表與玄德商議廢長立幼之事，玄德不以為然，「不可逆愛而立少子也」，作者於此另加說明文字，補述蔡夫人素疑玄德，故每遇二人敘論，必來竊聽，此次廢立之議，亦於屏風後得知玄德之意。

又第50回言黃蓋負箭落水得救，補述其保全性命之由，其文曰：

> 韓當細聽，但聞高叫：「公義救我！」當曰：「此黃公覆也！」急教救起。見黃蓋負箭著傷，咬出箭桿，箭頭陷在肉內。韓當急為脫去濕衣，用刀剜出箭頭，扯旗束之，脫自己戰袍與黃蓋穿了，先令別船送回大寨醫治。原來黃蓋深知水性，故大寒之時，和甲墮江，也逃得性命。

作者以「原來黃蓋深知水性，故大寒之時，和甲墮江，也逃得性命。」既以讀者立場預設對情節的可能疑惑，並對此以「原來」一詞提供解釋黃蓋因知水性，故帶甲落水亦無妨。又如《三國演義》第66回對華歆之說明：

> 原來華歆素有文名，向與邴原，管寧相友善。時人稱三人為一龍：華歆為龍頭，原為龍腹，管寧為龍尾。一日，寧與歆共種園蔬，鋤地見金。寧揮鋤罔顧；歆拾而視之，然後擲下。又一日，寧與歆同坐觀書，聞戶外傳呼之聲，有貴人乘軒而過。寧端坐不動，歆棄書往觀。寧自此鄙歆之為人，遂割席分坐，不複與之為友。後來管寧避居遼東，常帶白帽，坐臥一樓，足不履地，終身不肯仕魏，而歆乃先事孫權，後歸曹操，至此乃有收捕伏皇后一事。後人有

> 詩嘆華歆曰：華歆當日逞兇謀，破壁生將母后收。助虐一
> 朝添虎翼，罵名千載笑龍頭。

其中「原來華歆素有文名」，至「後人有詩嘆曰」，表現了作者對華
歆與管寧之說明，此為實際故事情節以外的補充，顯然是作者之言
語與意見。

《水滸傳》第 4 回亦先以張旭〈醉歌行〉對酒加以描述，並加
以說明，其後方述魯智深行動，其文云：

> 但凡飲酒，不可盡歡。常言：「酒能成事，酒能敗事。」
> 便是小膽的吃了，也胡亂做了大膽，何況性高的人。再說
> 這魯智深自從吃酒醉鬧了這一場，一連三四箇月，不敢出
> 寺門去。

以「再說」一詞由對酒之論述再回歸敘述主調，言智深酒醉闖禍之
後續。又如第 5 回對「剪拂」二字之解釋，其文云：

> 魯智深只道賺他，托地跳退數步，把禪杖收住，定睛看時，
> 火把下認得不是別人，是江湖上使鎗棒賣藥的教頭打虎將
> 李忠。原來強人下拜，不說此二字，為軍中不利，只喚做
> 剪拂。此乃吉利的字樣。

作者以「原來」一詞以釋讀者之疑，因軍中避諱「下拜」之失敗諧
音，故喚做剪拂，採取其中撿福諧音之吉利意義。又第 16 回說明
好漢如何以酒迷昏楊志一行，其文曰：

> 我且問你：這七人端的是誰？不是別人，原來正是晁蓋、
> 吳用、公孫勝、劉唐、三阮這七個。卻才那個挑酒的漢子，
> 便是白日鼠白勝。卻怎地用藥？原來挑上崗子時，兩桶都

> 是好酒。七個人先吃了一桶。劉唐揭起桶蓋，又兜了半瓢
> 吃，故意耍他們看著，只是叫人死心搭地。次後，吳用去
> 松林裡取出藥來，抖在瓢裡，只做趕來饒他酒吃。把瓢去
> 兜時，藥已攪在酒裡。假意兜半瓢吃。那白勝劈手奪來，
> 傾在桶裡。這個便是計策。那計較都是吳用主張。這個喚
> 做智取生辰綱。

原來楊志吃的酒少，便醒得快。扒將起來，兀自捉腳不住。看那十
四個人時，口角流涎，都動不得。正應俗語道：「饒你奸似鬼，吃
了洗腳水。」

使用讀者設問「我且問你」，說明晁蓋等七人之行動，並於情
節交代之後補充說明如何於酒下藥，迷昏楊志一行人，又以回答「怎
地用藥」一語，說明七人如何藉假裝搶酒，運用障眼法成功迷昏楊
志一行人，作者假藉回答設想讀者之疑問，使情節發展合理化且更
趨周延。又《水滸傳》第 49 回云：

> 話說當時吳學究對宋公明說道：「今日有箇機會，卻是石
> 勇面上一起來投入夥的人，又與欒廷玉那廝最好，亦是楊
> 林、鄧飛的至愛相識。他知道哥哥打祝家莊不利，特獻這
> 條計策來入夥，以為進身之報。隨後便至，五日之內，可
> 行此計，卻是好麼？」宋江聽了，大喜道：「妙哉！」方
> 纔笑逐顏開。說話的，卻是甚麼計策？下來便見。
> 看官牢記這段話頭，原來和宋公明初打祝家莊時，一同事
> 發。卻難這邊說一句，那邊說一回，因此權記下這兩打祝
> 家莊的話頭，卻先說那一回來投入夥的人乘機會的話，下
> 來接著關目。原來山東海邊有個州郡，喚做登州。登州城
> 外有一座山，山上多有豺野狼虎豹出來傷人。因此登州知

> 府拘集獵戶，當廳委了杖限文書，捉捕登州山上大虫。又
> 仰山前山后裡正之家，也要捕虎。文狀限外，不行解官，
> 痛責枷號不恕。

所謂「說話的，卻是甚麼計策」「看官牢記這段話頭」，「卻難這邊
說一句，那邊說一回，因此權記下這兩打祝家莊的話頭，卻先說那
一回來投入夥的人乘機會的話，下來接著關目。」有明顯的敘述中
補綴對話之跡。又第 71 回作者於好漢在宋江帶領立誓後，眾家好
漢行止的說明：

> 誓畢，皆同聲共願，但願生生相會，世世相逢，永無斷阻。
> 當日歃血誓盟，盡醉方散。看官聽說：這裏方纔是梁山泊
> 大聚義處。起頭分撥已定，話不重言。原來泊子里好漢，
> 但閒便下山，或帶人馬，或只是數箇頭領，各自取路去途
> 次中。若是客商車輛人馬，任從經過。若是上任官員，箱
> 裏搜出金銀來時，全家不留。所得之物，解送山寨，納庫
> 公用。其餘些小，就便分了。折莫便是百十里、三二百里，
> 若有錢糧廣積，害民的大戶，便引人去，公然搬取上山。
> 誰敢阻擋！但打聽得有那欺壓良善，暴富小人，積攢得些
> 家私，不論遠近，令人便去盡數收拾上山。如此之為，大
> 小何止千百餘處。為是無人可以當抵，又不怕你叫起撞天
> 屈來，因此不曾顯露。所以無有說話。

所謂「看官聽說：這裏方纔是梁山泊大聚義處。起頭分撥已定，話
不重言」，說話之痕跡顯然，與讀者對話之跡亦明顯，而後所言「如
此之為，大小何止千百餘處。為是無人可以當抵，又不怕你叫起撞

天屈來，因此不曾顯露。所以無有說話」實亦為作者之語，總述梁山泊專就官吏富戶打家劫舍，無人可擋之勢。

由《三國演義》及《三國志平話》等演化過程及《水滸傳》之早期形式版本（百回本或百二十回本等）可明顯得知，章回小說亦雜有相當的韻文（或四六文）之要素。此為模仿早期說話底本的表現形式。其間未必只是「但見」一詞之聯繫，而是處處呈現於行文中的作者言語，表現了作者讀者或說者聽者之互動形式。

小說作者既有史傳寫作意識之模擬，同時亦有說話人之特質，即使已是書面文學，仍保留說書之表演特徵，所以作者亦是某種程度的說書人。傳統上，無論是說書人或小說作者均有匿名傾向，似乎並無藉此立名之企圖，身分則多是介於士大夫階級與庶民間的階級，其人具有些許知識，但僅足以擔任低層官吏，不屬於正式文官。因此一特殊社會階級，既受有傳統對士大夫之期許，亦理解庶民之生活模式與娛樂需求思考，故書寫通俗文學之際，具有士庶不同之需求取向。因俗講變文或說話活動之特殊表現形式，更具有陳述者與聽眾之動態現象，因宣教或營業目的，而意識到讀者之存在，一如史籍書寫中所具有的讀者意識。影響所及，無論對人物情節之詳細說明，或不同層次之評價亦因此而生。前者影響小說文本產生大量描寫場面或人物形象之韻文，後者則為作者於行文中屢次出現的評述言語，乃至審視整體故事之角度與基調。於此現象中，小說作者之特定價值取向為文本剪裁之依據，亦是文本的重要內涵。

作者價值意識具有歷史人事評價、共同道德觀及人生哲理等，此類仿照說書人的修辭表現，除了使讀者認清故事情節與人物彼此間關係外，也意識到作者的存在，即作者如何透過小說的文本架構而在人類經驗的無常變易中，建立思考理路分明的架構。亦由此可

知，小說作者對於所敘述之故事，實已存有某種審視立場，亦有一定結論與判斷，從而於情節架構之加以呈現，且企求被理解認同。

第二節　虛實書寫之辯證凸顯

所謂歷史演義，是作者在某種價值理性之導引下，對歷史所做的情節設置和話語建構，是由歷史敘述所形成的「故事架構」和由歷史闡釋所形成的「意義架構」所融鑄而成。實可視為對歷史之話語重建，所謂「演義」，即將歷史置於話語層面而形成之意義闡釋和價值建構。　在既定的價值道統下，《三國演義》與《水滸傳》於敘述中亦建立相關人事的認知基調，並加以敘述評論，從中可見文學藝術對史實敘述之介入，亦見作者反省時代及史實觀照。

（一）實錄勸鑒之風教講求

正統史書或通俗演義小說所蘊含之敘述特質，往往是作者及讀者所共同預期的一系列歷史事件所顯示之各種意義，其中最明顯的應是道德勸鑒及風教功能。歷來對於歷史與小說之辯證，往往多在於真實虛構、文白雅俗、裨益風教之思考，如章學誠《丙辰箚記》，「編《演義》者，本無知識，不脫傳奇習氣」，「惟《三國演義》則七分實事，三分虛構，以致觀者往往為所惑」，又云「演義之屬，雖無當於著述者之倫，然流俗耳目漸染，實有益於勸懲」，此類風教觀點實為審視古典小說之主流。又如庸愚子《三國演義序》云：

夫史，非獨紀歷代之事，蓋欲昭往昔之盛衰，鑒君臣之善
惡，載政事之得失，觀人才之吉凶，知邦家之休戚，以至
寒暑災祥、褒貶譽奪，無一而不筆之者，有義存焉。……
若東原羅貫中，以平陽陳壽《傳》，考諸國史，自漢靈帝
中平元年，終於晉太康元年之事，留心損益，目之曰《三
國志通俗演義》。文不甚深，言不甚俗，事紀其實，亦庶
幾乎史。

此說固然不離小說勸戒功能之傳統，但其中對於理解盛衰善惡得失
之強調，亦見尋求文字以外的意義之閱讀期待與要求。就唐代傳奇
而言，明胡應麟亦提出其中的虛構特質，《少室山房筆叢‧二酉綴
遺》所謂「凡變異之談，盛於六朝，然多是傳錄舛訛，未必盡幻設
語，至唐人乃作意好奇，假小說以寄筆端」，其中「幻設」「好奇」
已有虛構與想像概念，已見小說之特定藝術價值。

　　《三國演義》與《水滸傳》之題材雖有相對特殊與限制，作者
一定程度地忠於史實，但仍可有意地安排敘事策略，以呈現個人情
懷或批判。虛構意識在中國常受制於「史貴於文」傳統觀念，實際
的小說創作中卻未曾消失，創作歷史演義，主要不是在重現歷史，
而是根據自己的創作意圖，對於各類史料事件加以增刪。[23]「留心
損益」意味著想像虛構，是在「以文運事」的史料書寫操作過程中，
根據客觀資料所做的推論判斷，乃至聯想。小說則不然，其「因文
生事」，語言本身成為表現的本身，而非僅媒介，其間不僅有認知，
亦有感悟。[24]無名氏〈新刻續編三國志引〉「大抵觀是書者，宜做

23　韓進廉，〈三、小說繁榮期的建樹〉，《中國小說美學史》（保定：河北大學
　　出版社，2004），頁 145。
24　韓進廉，〈三、小說繁榮期的建樹〉，《中國小說美學史》，頁 137-138。

小說而覽，毋執正史而觀，雖不能比翼奇書，亦有感追蹤前傳，以解世間一時之通暢，豁人世之感懷君子雲。」又如修髯子《三國志通俗演義引》所言，「史氏所志，事詳而文古，義微而旨深，非通儒夙學，展卷間鮮不思睏睡，故好事者以俗近語隱括成篇，欲天下之人，入耳而通其事；因事而悟其義；因義而興乎感，不待研精而覃思，知正統必當扶竊位必當誅；忠孝節義必當師；奸貪諛佞必當去，是是非非，了然於心目之下，裨益風教廣且大焉。」此說雖亦在風教勸懲的思考範圍，然其間所謂「當師」、「當扶」、「當去」、「當去」、「是是非非」，實已見作者之評價，最終目的或即傳達勸懲風教，但其間作者顯然是藉史實之鋪敘論述以寄寓情懷或評價，這也是書寫目的之一。

　　根據《三國志》加以改寫的《三國演義》固然有歷史書寫之脈絡，即使是英雄傳奇故事《水滸傳》，亦與正史記載有密切相關。而小說作者於強調史實及殷鑑教訓外，亦有特定情節與人物的聚焦著墨，於此得見作者人生或美學等相關價值意識，此實超越具體情節之敘述層次或勸懲目的，而有思想識見與才情發揮之可能。詩或散文為所謂士大夫文學，主要表現細致高尚之心理，至小說則一變，小說成為市民文藝，反映正統文學所無法表現的市井情感與自由生活。於此背景，小說作者具有更廣泛之自由書寫空間，不僅創作上有書寫模式與自我意識之發揮，於小說批評上亦有小說虛實之關注與評論。

　　因創作意識與寫作題材之虛構相對被認可，小說作者面對現實人事或故事材料，加以擇取創造書寫，此一過程具有作者特定的思考與再創造，於此，小說具有某種程度的主觀虛構與判斷，對所敘述的事件發展序列與因果關係，亦往往以特定的思維加以解釋，具有作者的主體意識。　是以，歷史或小說實同時具有紀實與創作、

主觀與客觀、寫實與抒情等相對立亦相融合的現象，從中亦得見歷史與小說的既對立又相關的面向。

（二）虛構想像之認知強調

由於晚明王陽明心學繁盛與泰州學派李贄童心說等之推向極端，及公安派使主張性靈之說，思想得以相對解放，由主「真」、主「情」乃至對「趣」之期待，皆影響小說虛實理論之發展。李贄所謂「天下之至文，未有不出於童心焉者也。」「詩何必古選，文何必先秦，降而為六朝，變而為近體，又變而為傳奇，變而為院本，為雜劇，為《西廂記》，為《水滸傳》，為今之舉子業，大賢言聖人之道皆古今至文，不可得而時勢先後論也。」此類主張「真」之文學思潮對於小說書寫之主張亦有所影響，即強調虛實因素與藝術性之關聯。謝肇淛《五雜俎》卷十五云：

> 小說野俚諸書，稗官所不載者，雖極幻妄無當，然亦有至理存焉。如《水滸傳》無論已，《西遊記》曼衍虛誕，……其他諸傳記之寓言者，亦皆有可採。惟《三國演義》與《錢塘記》《宣和遺事》《楊六郎》等書，俚而無味矣。何者？事太實則近腐，可以悅里巷小兒，而不足為士君子道也。

「事太實則近腐」，可見文學思潮與小說審美轉變之影響，亦顯現士人庶民之閱讀期待有所區隔，一般庶民多關注事件情節之具體發展，而士人則於實際人事之外，另期待事件背後之可能意涵與人事變遷等共鳴交流。一如《五雜俎》卷十五云：「凡為小說及雜劇戲文，須是虛實相半，方為遊戲三昧之筆，亦要情景造極而止，

不必問其有無也。」此以讀者角度發言，除顯示審美趨向之變化，
亦見虛構寫作之認同與要求。

　　又如天都外臣〈水滸傳敘〉云，「此其虛實，不必深辨，要自
可喜」，從實用功利之小說觀點轉而對藝術審美之本質，超越傳統
「實錄」功能，而意識到文外之意。金聖嘆〈讀第五才子書法〉以
為，「其實《史記》是以文運事，《水滸》是因文生事。以文運事，
是先有事生成如此如此，卻要算計出一篇文字來，雖是史公高才，
也畢竟是吃苦事。因文生事即不然，只是順著筆性去，削高補低都
繇我」，又曰「《宣和遺事》，具載三十六人姓名，可見三十六人是
實有，只是七十回中許多事跡，須知都是作書人憑空造謊出來，如
今卻因讀此七十回，反把三十六個人物都認得了，任憑提起一個，
都似舊時熟識，文字以氣力如此」。[25] 所謂「削高補低」，「憑空造
謊」，其實凸顯了作家構思過程中的主體性與特定敘述意識，也確
認了小說的虛構元素。古典小說評點實結合創作與閱讀之審美意
識，如西陽野史〈新刻續編三國志引〉云：

　　　　夫小說者，乃坊間通俗之說，固非國史正綱，無過消遣於
　　　　長夜永晝，或解悶於煩劇憂愁，以豁一時之情懷耳。今世
　　　　所刻通俗列傳並梓《西遊》、《水滸》等書，皆不過取快
　　　　一時之耳目。……客或有言曰：「書固可快一時，但事跡
　　　　欠實，不無虛誕渺茫之議乎？」予曰：「世不見傳奇戲劇
　　　　乎？人間日演而不厭，內百無一真，何人悅而眾豔也？但
　　　　不過取悅一時，結尾有成，終始有就爾。誠所謂烏有先生
　　　　之烏有者哉。大抵觀是書者，宜作小說而覽，毋執正史而

25　《水滸傳會評本》，（北京：北京大學出版社，1981），頁 16。

觀，雖不能比翼奇書，亦有感追蹤前傳，以解頤世間一時
之通暢，並豁人世之感懷君子云」。

此說超越小說傳統勸誡說，深化小說虛實理論，且提及「豁人世之
感懷」之抒懷功能，既是對小說文類期待之擴大，亦意識到小說內
涵之多元。

　　其後袁于令〈隋史遺文序〉就《隋煬帝豔史凡例》所標榜之「引
用故實，悉尊正史」「可徵可據」「允足傳信千古」之創作模式云：

> 史以遺名者何？所以輔正史也。正史以紀事，紀事者何？
> 傳信也。遺史以搜逸，搜逸者何？傳奇也。傳信者貴真，
> 為子死孝，為臣死忠，摹聖賢心事，如道子寫真，面面逼
> 肖。傳奇者貴幻，忽焉怒髮，忽焉嬉笑，英雄本色，如陽
> 羨書生，恍惚不可方物。苟有正史而無逸史，則勛名事業，
> 彪炳天壤者，固屬不磨，而奇情俠氣，逸韻英風，史不盛
> 者，卒為湮沒無聞。

袁氏區分史傳與小說在書寫特質之差異，於傳奇、傳信之期許的下
各有不同書寫表現，或模擬或恍惚，傳奇以虛幻特質進行史料之再
創作，對於正史之實錄徵實並無矛盾衝突，並確認歷史演義的小
說性格。[26]

　　「虛實相半」是中國古典小說美學重要的範疇之一，於文藝創
作中，「虛實相半」才能塑造出具有審美藝術價值的藝術形象。就
小說創作而言，「實」是具有客觀的事實存在，而「虛」就是作者
藉由想像虛構，呈現生活體驗的第二自然。[27]如彭鑣〈唐人說薈

---

[26] 韓進廉，〈三、小說繁榮期的建樹〉，《中國小說美學史》，頁145-146。
[27] 韓進廉，〈一、小說萌生的語境〉，《中國小說美學史》，頁38。

序〉，以為「稱觀止者，惟唐人小說」「概其人本擅大雅著作之才，而托於稗官，綴為巵言，上之備廟朝之典故，下之亦不廢里巷之叢談閨閣之逸事，至於論文講藝，裨益詞流，志怪搜神，泄宣奧府，窺子史之一斑，作集傳之具體胥在乎是。」藝術虛構離不開「感離撫遇」，創作須由作者凝聚生活體驗，於春華秋實之歲月流逝中有感離撫遇之切身體驗，而使虛擬的人生樓閣充滿哲理與詩意。[28]

　　相較於晚明思想活潑開放，促進小說虛實理論之發展，清代對於晚明思潮虛無蹈空之流弊提出質疑，士林風氣由空返實，對小說之虛實理論亦相對保守，再次側重小說實錄之傳統。如毛宗崗對於小說應「據實指陳，非屬臆造，堪與經史相表裏」「真而可考」等要求，然而毛氏於此重實求真之觀點中，亦肯定歷史小說所具有之獨特藝術性。如《三國演義》〈凡例〉十條之三中以為：

> 事有不可闕者，如關公秉燭達旦，管寧割蓆分坐，曹操分香賣履，於禁陵廟見畫，以至武侯夫人之才，康成侍兒之慧，鄧艾鳳兮之對，鍾會不汗之答，杜預《左傳》之癖，俗本皆刪而不錄。今悉依古本存之，使讀者得窺全豹。

毛氏以為這些不可或缺之情節，可提供故事以外的補充或解釋，而俗本刪而不錄則屬失誤，又以為關公斬貂嬋、張飛捉周瑜、諸葛亮欲燒魏延、諸葛瞻得鄧艾書而猶豫未決等，乃後人捏造之事，可見毛氏徵驗史實之態度，且對於行文中的地名爵名之淆混與引用的近體詩不合於歷史發展等事實，亦多加以刪改，甚至於毛評「讀三國志法」中有「古事所傳，天然有此等波瀾，天然有此等屈折，以成

28　韓進廉，〈二、小說意識的自覺〉，《中國小說美學史》，頁 123。

絕世妙文」等，似以為題材決定了歷史小說之藝術效果，[29]然毛氏亦未忽略歷史演義之虛構元素，其云「三國者，乃古今爭天下之一大奇局，而演《三國》者，又古今為小說之一大奇手。異代之爭天下，其事較平，取其事以為傳，其手又較庸，故迥不得與《三》並也」，又以為「若一味直寫，則竟以《綱目》例大書曰：『諸葛亮破曹兵於博望』一句可了，又何勞作演義者撰此一篇哉？」則毛氏亦肯定作者發揮想像力與創造力，甚至依據史書某一記載敷演曲折生動之文字，可謂賦予小說作者徘徊虛構與真實之間的權利，[30]可見毛氏亦承認《三國演義》乃小說，即使演述史事，亦有其虛構性，其間並非單純結合史料史事，而是有意識之加工取捨等再創造，使小說文本形成多重層次之有機整體。如其於《三國演義》第 23 回評述中即以為：

> 嘗讀《曇花記》，見冥王坐勘曹操，拷之問之，打之罵之。或曰：「此後人欲泄其憤，無聊之極思耳。」予曰：「不然，理應如是不可謂之戲也。古來缺陷不平之事，有欲反其事以補之者，一曰鄧伯道父子團圓，一曰荀奉倩夫妻偕老，一曰屈大夫重興楚國，一曰燕太子克復秦仇，一曰王明妃再入漢關，一曰侯夫人生逢煬帝，一曰岳武寸斬秦檜，一曰南霽雲滅賀蘭，斯皆以天數俯從人心，以人心挽回天數」，

---

[29]　宋鳳娣、呂明濤，〈《三國演義》毛評中的歷史小說虛實論評議〉，《泰山學院學報》25.2（2003）：69。

[30]　杜貴晨，〈毛宗崗對中國古代小說理論的貢獻〉，《傳統文化與古典小說》，（保定：河北大學出版社，2001），頁 229。

此類「泄其憤」說法可上溯至司馬遷「發憤著書」乃至李贄「不憤則不作」之文學觀直接相關，[31]小說作者基於某種缺憾來書寫，亦使小說因此有抒懷空間與可能性，肯定文本的虛構藝術與作者創造的自由空間。而金聖嘆以為《水滸傳》為「因文生事」，亦肯定小說為虛構的藝術，事實上，即使是《史記》「以文運事」，亦不免「記事增飾」，錢鍾書論《史記魏其武安侯列傳》：「夫私家尋常酬答，局外事後祇傳聞大略而已，烏能口角語脈以至稱呼致曲入細如是？貌似記言，實出史家之心摹意匠。此等處皆當與小說、院本中對白等類耳。」「明清評點章回小說者，動以盲左腐遷筆法相許，學士哂之。哂之誠是也，因其欲增稗史聲價而攀援正史也。然其頗悟正史、稗史意匠經營，同慣共規，泯汀畦而通騎驛，則亦何可厚非哉？」[32]可見小說雖不斷與正史相比附，然亦意識歷史與小說於匠心建構、重視書寫筆法等面向之共通性。

　　虛構之不可避免，即使講究實錄之中，亦不免有「留心損益」之虛構認知。在客觀史料中進行主觀認知與表現，如錢鍾書《管錐篇》所云：

> 上古既無錄音之具，又乏速記之方，駟不及舌，而何甚口
> 角親切，如聆謦欬？或乃密勿之談，或乃心口相語，屬垣
> 燭隱，何所據依？……蓋非記言也，乃代言；如後世小說、
> 劇本中之對話讀獨白也。左氏設身處地，依傍性格身份，
> 假之喉舌，想當然耳。……史家追敘真人真事，每須遙體
> 人情，懸想事勢，設身局中，潛心腔內，忖之度之，以揣

---

[31] 杜貴晨，〈毛宗崗對中國古代小說理論的貢獻〉，《傳統文化與古典小說》，頁 230。

[32] 錢鍾書，《管錐篇》，（北京：中華書局，1979），頁 347 及 161。

以摩，庶幾入情合理。蓋與小說、院本之臆造人物、虛構境地、不盡同而可相通，論言特其一端。[33]

於此基礎上，小說作者於創作中，故事之時空必有一基點，決定說話者之位置，亦關涉事件前後次序及因果關係。因此，人物之言談對話中不免有時序之錯綜及混合，而所陳述事件的次序亦因而有所更替穿插。小說之敘述非僅為傳達訊息，其中具有創作意識，反映作者之安排與想法。事實上，小說的情節並非是現實生活或歷史的原本呈現，其間具有小說作者的體認創造，並以特定情感或價值判斷乃至詮釋，[34]此或即所謂虛實理論中「虛」的內涵，亦正是作者於故事記述之外得以表現個人才情見識之世界。

　　小說承襲文學與歷史等傳統價值或形式外，亦凸顯作者特有的奇娛空幻與人生評價。此類敘議夾雜的書寫特質與所謂的虛實理論似乎取得連結，小說作者此一角色於其間的書寫取捨及所佔展現的價值觀，或即為結合二者之具體表現。

第三節　客觀史實之敘事運作

　　對於連結小說敘議傳統與虛實理論之基礎，本書擬以海登懷特（Hayden White，1928－）之後現代歷史敘事學為認知依據加以分析。即所謂的史實客觀化，視歷史為一客體存在，敘述者所採取之

---

[33] 錢鐘書，《管錐篇》，頁 138-139。

[34] 吳士餘，第四章〈佛學因果觀念：小說敘事邏輯的思維同構〉，《中國小說思維的文化機制》（上海：華東師範大學出版社，1990），頁 112-113。

敘事意識與取捨焦點皆可影響歷史之面貌與意義，此一思考不同於
中國傳統尊崇依循歷史之態度，本書嘗試藉由敘事意識與相關闡釋
等作者自我期許與表現，以分析《三國演義》與《水滸傳》，檢視
小說作者敘述歷史人事與價值情感等現象，其中敘述內容有所取捨
偏好，具有特定價值取向與詮解，以見作者意識既建立情節推展之
框架與序列，亦凸顯故事之深層內涵，同時顯現其人之人生信念、
價值判斷與自覺，而小說的文學藝術特質亦得以凸顯，而非僅限於
羽翼史實之有限功能，甚至亦有某種抒情與對話之展現。

（一）價值意識之介入運作

　　海登懷特為美國批評家與史學家，[35]其提出的歷史敘事理論不
僅因此顛覆歷史即事實等傳統迷思，為史學研究與發展開創新的途
徑，並因而顯示了史學研究與文學批評間之類似與相同處，從而將
二者加以結合。因此，本書藉此一理論檢視此兩部史傳小說《三國
演義》與《水滸傳》，以見此文類實同時具有史學與文學之相關認
知與結構特徵，且顯現史傳與小說互有異同的書寫意識與所具有的
文化背景內涵，以分析史傳小說於敘事之過程中，可能呈現的作者
價值判斷與人生情懷，而此正是古典小說尤其章回小說此敘事文類
所凸顯的抒情特徵。

　　海登懷特的研究對象為歷史修撰與歷史研究方法，可說是對
「歷史研究」之研究。其基本觀點為，就所涉及的史實而言，歷史
修撰與其他寫作方式並無差別。其中最重要的不是史實內容，而是

35　海登懷特曾任加州大學克魯茲分校思想史教授，退休後仍任教於史丹福大
　　學。自 1956 年取得密西根大學博士學位後，一直從事文學史學與思想史
　　等跨領域研究。

文本形式。是以，於某種程度上，歷史修撰也是某種形式的講故事，其中所謂的「事件」與「編年史」那種在實際時間中的事件有所區別，亦即是，所謂的史實應是先於史學家之敘事，且一直都存在於現實世界，而史學家對事件之敘述卻與現實事件有所落差，因為具有史家因某種價值意識而對史實進行不同認識、揀擇與取捨，乃至詮釋，藉由這種史家對事件所具有的認知與編排，文本因此顯示了歷史事件中的意義、連貫性與歷史性。

海登以為，從美學角度言，歷史與文學之根本區別並不在於虛實比例，而是在於歷史敘事與現實世界的關係是一種在時空上相互關聯、一脈相承的轉喻關係。文學敘事則是在故事中建構一個獨立時空，無論文學敘事如何強調真實，仍是與歷史、現實世界相平行的、對現實世界的隱喻。[36]歷史敘事文本為何一定是轉義性質的呢？懷特提出三個原因：首先，把事件處理成時間單元的時間符碼並不是自然的產物，其中具有文化特性。事件能變成故事的素材而具備敘事功能，此為作者之功，其中包含的話語技巧與其說是邏輯的，不如說是修辭的。其二，把真實事件構想成某類故事的過程，是一種轉義（修辭）的過程。故事是被講述或書寫的，而不是被經歷或發現的；故事的真實性與隱喻的真實性相仿。其三，不管歷史學家給編年史事件定下什麼主題，不僅故事的情節架構，而且事件本身也都被賦予了相同的主題。歷史話語的主題是虛構的虛構。[37]

而中國史傳書寫固然重視真實性，另一方面卻亦具有史家個人主觀色彩，傳統亦強調史家或學者對史事評價與見識之能力，此一

---

[36] 高小康，〈第一編　中國傳統敘事意識的演變〉，《中國古代敘事觀念與意識型態》（北京：北京大學出版社，2205），頁 17。

[37] 林慶新，〈歷史敘事與修辭──論海登・懷特的話語轉義學〉，《國外文學》4（2003）：5

價值傳統亦影響小說作者之書寫行為，且表現地更加明顯，於史傳小說中的情節安排、人物塑造，皆可見作者對特定人事之意見與批判，乃至反省，藉此以確定小說之意義。作者之主觀意識實為小說文本重要之特質，即使是針對現實史事之寫作，小說作者對情節內容之建構亦相當明顯，其中個人意識型態為主導因素，較之史學家之意識，更趨自由活躍，對小說文本之影響亦更加廣泛。所謂意識型態，據海登懷特，所指的是在社會實踐中所採取的立場，對當時社會、對不同時間取向及理想的社會範式所表現的特定意識型態取向，其以為，傑出的史家可以於敘述歷史時，以詩意地解釋和再現「真實的事件」，情節上或喜劇的或悲劇的、或浪漫的或諷刺的；論證上或有機論的或語境的；意識上或激進的或保守的，於其間情節的編排、論證模式與個人意識形態可以取得審美的平衡，此為著作得以流傳之主因。

　　作者運用語言文字加以創作，藉話語取得發言的權力，懷特以為，話語之主要特點在於其具有辯證的雙重性，既指涉某種經驗領域，卻亦能重新改造已僵化的概念，話語本質上可以產生協調作用，也就是既關注闡釋活動本身又關注所指的客體本身，亦可針對相關闡釋加以仲裁，是以，話語既批評自我亦批評別人，話語中作者敘述之「我」從對經驗領域之隱喻描寫、透過對話語諸因素進行換喻的建構，並可進行反諷的闡釋，於此，話語反映了作者意識發展之過程。海登懷特以為，敘事不免具有特定認知與敘述取向，其間包含對事實的陳述、論證，且亦與敘述的意涵或修辭相關，因敘事態度的不同，所形成的強化效果與藝術特質亦因而有所差異。[38]

---

[38] 海登懷特（Hayden White）著，陳永國、張萬娟譯，《後現代歷史敘事學》（北京：中國社會科學出版社，2003）〈十一　歷史的情節建構與真實性問題〉，敘事性的陳述不僅包括事實性陳述和論證，還包括詩意與修辭要

即使是歷史事件之敘述，亦無法全然客觀展現所謂的事實，其中亦有建構組織的特質。海登以為，情節建構賦予事件不同故事意義，敘事往往是對情節之建構。因語言的有意選用，可以因此而凸顯或忽略事件焦點，且往往藉轉化而將故事人物強化為有意圖、有感覺能思考之主體，可見敘述者態度對文本形成特定面貌實具有影響。[39]

　　海登懷特以為，我們可以「敘事地」思考言說，意味我們可以區分思想和言語的敘事模式，亦能將各種敘述技巧如人物刻劃、主題闡述及情節建構加以區別，其中意識型態實主導情節架構。[40]在表達的本質層面上，陳述歷史事件時因複雜之運作比喻而被賦予情節與意義。意識型態對故事的運作一如對歷史故事的運作，藉由本質上詩意的和修辭比喻的複雜運作，將事實轉化為特定故事類型的要素，將歷史事件、行為者和行為加以戲劇化的描述及表現，此類現象有如明顯虛構的文類和因素一樣。[41]對歷史學家而言，歷史事

素，藉由這些要素對事實的羅列才成為故事。因此，一組敘事性陳述可能將一組事件再現為具有史詩或悲劇之形式和意義，但另一個陳述亦有可能將同一組事件以相同合理性，且不違事實的前提下再現為鬧劇，頁325-326。

[39] 海登懷特，陳永國、張萬娟譯，《後現代歷史敘事學》〈十一　歷史的情節建構與真實性問題〉，海登引蘭格（Berellang）之言以為，比喻語言不僅背離字面表達，且將注意力從假裝要談論的事物中轉移。蘭格以為，一切比喻性表達均能對所指的在再現增加些內容，其間有創造風格化或某一視角之採用或忽略，質疑比喻性文字能否單純將真實事件轉換為故事，而是以為在此同時，比喻性語言也往往藉轉化而將事件中人物人格化為有意圖、有感覺、能思考之主體，頁333。

[40] 海登懷特，陳永國、張萬娟譯，《後現代歷史敘事學》〈十二　講故事：歷史與意識型態〉，歷史敘述者常宣稱，其人在所論事件中發現了某種情節結構的形式，這些形式是在不同種類的藝術虛構如神話寓言和傳說中常見的，其中意識型態實主導情節結構，頁357-358。

[41] 海登懷特，陳永國、張萬娟譯，《後現代歷史敘事學》〈十二　講故事：歷史與意識型態〉，引葉爾姆斯列夫對話語所建構的雙重二元模式，區分話語的「表達」與「內容」層面，並進而區分表達及內容兩層面中的形式和

件只是故事的因素，只有藉由一般在小說或戲劇中的情節編織的技巧，才變成故事，[42]當歷史學家依照自己所觀察到的事件內在規律來講述史事時，即以故事的特定模式來組合自己的敘事，是以形成悲劇、喜劇、傳奇、諷喻或史詩等，此類做法根本上即是文學操作。[43]此與中國古典小說虛實論可相互對照，二者共通點在於肯定作者主觀意識與主動創造之特質，以及其中不可避免的虛構性。

（二）敘事話語之詮釋內涵

在討論情節構成時，懷特結合存在於歷史話語情節構思中的歷史意識與修辭模式，以解釋歷史敘事文的情節架構和解釋事物為什麼發生或為什麼變成這樣的論斷和論述。作者探討的對象並非客觀世界，而是話語世界，因而他們的理論是「關於話語的話語」，是對「語言架構」（verbal structures）的研究。[44]懷特所謂的敘事性（narrativity），強調的是事件的連續性。在懷特看來，沒有敘事就沒有歷史。其區分了歷史事件（historical event）和歷史事實（historical fact）：前者是實際發生過的孤立事件，後者則是經過作者篩選，並用一種虛構的模式（fictional matrix）或概念裝置（conceptual apparatus）串聯起來的敘事對象。[45]

對懷特而言，敘事文並不是一種中立的話語形式，而是一種獨特的意識形態，並非表述歷史事件和歷史過程的中性媒介，而

本質，頁 363-365。
[42] 海登懷特，〈作為文學虛構的歷史文本〉，《新歷史主義與文學批評》，頁 163。
[43] 海登懷特，〈作為文學虛構的歷史文本〉，《新歷史主義與文學批評》，頁 164-166。
[44] 林慶新，〈歷史敘事與修辭——論海登・懷特的話語轉義學〉，頁 5。
[45] 林慶新，〈歷史敘事與修辭——論海登・懷特的話語轉義學〉，頁 6。

是以神話的觀點來看待現實，因而是一種概念性或偽概念性的「內容」。亦即，無論在口述或書寫，一種敘事在其講述內容之前已經擁有了一種內容，即「形式的內容」。[46]

　　所謂的敘事性陳述包括事實性陳述與論證，亦應具有詩意與修辭要素，「真實的事件」藉由這些因素之羅列安排才得轉換為故事。其中論證與事實再現的巧妙結合，形成作品之張力與吸引力，如此的現象於史籍亦無法避免，而小說文本尤其明顯。以情節建構而言，虛構小說之作者自是具有完全之創作自由，而史傳小說則不然，因所述的事件已有一定程度的歷史因素，無法完全虛構創作，然而，由史傳小說的實際表現可見，作者藉由對歷史人事之情節加以取捨或強調，以呈現特定的闡釋立場或價值偏好。於此，所謂真實或權威並不是最主要的，敘事活動往往是闡釋與論證過程，並於其間強調某種意義或反省。另一方面，藉由具有比喻、轉喻的話語，將故事中人物化為具有自主意志的主體，無論是真實或虛構之人物，皆能因此取得讀者之認同或共鳴。

　　傳統對於寫作之認知，以為作者是以預期、定型的眼光看待所欲描寫的對象，而後將之再現。但懷特以羅蘭巴特（Roland Barthes, 1915－1980）的「間接寫作」反省此一觀點，以為作者之寫作，其實是在「記錄自己」，而不是使讀者更加接近所述的客觀事物。對寫作者自身而言，寫作是一種觀察與理解的方法，而不是單純的反映客觀事物。此一認知凸顯作者之主體意識與可能影響，寫作活動顯現作者之意志與思維。因此，敘述並非是中性的話語形式，或不具任何訊息的裝飾工具，而是以話語形式表達對於特定世界人事之體驗與思考模式，而非完全再現事件。懷特亦引用羅蘭巴特關於歷

---

[46] 林慶新，〈歷史敘事與修辭——論海登・懷特的話語轉義學〉，頁 8。

史的話語，以為敘事性的歷史話語在本質上就是一種意識型態的製作，或更準確地說，是想像製作。因此，所謂對過去事件的敘述與創作史詩小說戲劇中的想像敘述，似乎沒有任何具體又不容置疑的特徵差別，透過講故事的型態，使歷史戲劇化，如此的意識型態效果是創造「主體」，其人可以因做為力量之承受者而獲得滿足。[47]尤其是悲劇式的敘事內容，可能更加明顯。懷特以為，歷史故事的解釋效果在於其賦予事件的連貫性，而此一連貫性是藉由附加於故事中的特定情節結構中而產生。[48]即使是歷史敘事，亦不免必須對史實加以排列次序而其中呈現寫作者之意識取向，則史傳小說之作者表現尤其明顯，如其中以天人相應或神話傳說等概念以敘述史事，正顯示作者此類書寫意向。

　　本書另輔以互本觀點加以思考。法國文論家克利斯蒂娃（Julia Kristeva）於 20 世紀 60 年代末首次提出的互文性概念，以及相關的文本理論，主要內容可以概括為文本的異質性（引文性）、社會性和互動性；不僅在寬泛的意義上使用文本一詞，而且把互文性定義為，不同性質的符號系統之間的轉換生成。本書擬以「互文」觀點解釋《三國演義》與《水滸傳》彼此間對於歷史文學之既有學識、相關情節段落或意象等交錯運用之現象，所謂「互文」，基本有兩大各異的概念：一指表述文字中具有前人之言語與相關含意，一指僅是對某些被引用或隱喻的文學表述進行的相關分析，雖有不同解釋的內涵，但皆顯現文學之組織與其自身對話等關係並非簡單現象。

　　懷特亦引用羅蘭巴特之文本主張，以為所謂可讀性文本，是指為讀者對於形象的期待心理之滿足，為他們創造出一個架構化的世

---

[47]　海登懷特，〈十二　講故事：歷史與意識型態〉，頁 348。
[48]　海登懷特，〈十二　講故事：歷史與意識型態〉，頁 358。

界。可寫性文本喚起讀者的，不是「存在」，而是「形象」，讓讀者
自己去創造，擔負起存在於語言上的責任。文本的基本特徵是「意
義」之間的互涉關係。而創造文本則是一個「雙向式運動」，作者
發揮自己所把握的「意義」，而融入語言的世界。羅蘭巴特的文本
理論以為，文本是語言創造活動的呈現；文本突破題材和習俗的窠
臼，走到了理性和可讀性的邊緣；文本是對能指的放縱，既無匯聚
點，亦無收束，所指可不斷後延；架構於文化語匯之上的文本，呈
紛紜多義狀，其間「作者」既非文本的源頭，也不是文本的終極，
他只能「造訪」文本；文本向讀者開放，由身為合作者和消費者的
讀者驅動或創造；於此，作者與讀者互為主體，在小說文本中，各
有創作與發明，以及對話互動。[49]

　　敘述者介入現身說法之文本，所指涉之時間往往是當下，所呈
現者為敘述者對於其書寫行為之關注，文本所呈現之內容，不僅是
自我生命歷程，而是書寫活動。[50]同時藉由書寫過程，而得於陳述
回憶之同時，有所領略且獲致反省，於文字之組織過程中，昔日經
驗亦同時重現重整，不免有所取捨及再度經驗，於此，藉由書寫活
動，個人得以客觀審視既有一切，重新予以批判或定義。以此一理
念究之小說作者之文字，更加凸顯其人對於書寫行為之關注，於文
本中，作者藉由介入文本而抒發己意，得以呈現情志議論，甚至評
論其人所寫就之文本，作者客觀審視與抒懷情態尤為鮮明，書寫行
為之意義亦有所確立，以自我認識與人生經驗對於人事予以重組，
較之傳統書寫價值，則顯然是於客觀現實之敘述中亦強調自我情致
與道德評價。

---

[49]　林慶新，〈歷史敘事與修辭——論海登・懷特的話語轉義學〉，頁9。
[50]　廖卓成，《自傳文研究》，台灣大學中文系1992年博士論文，頁106-107。

　　檢視古典小說敘議特質所承襲的有關史傳及文學傳統，配合小說虛實理論之觀點，並集中於作者意識此一面向加以整合考察，此敘議可以與虛實理論中所謂「虛」的理念加以並列思考，並確認作者主觀價值判斷於書寫之可能影響，即面對確定之史實，書寫中依然存有作者個人取捨，而此實是另一種理解古典小說的角度，或可藉以得以補充虛實論中，作者藝術創造之思想背景，以及章回小說超越既有勸誡或娛樂功能之內涵，另有抒懷之可能。

　　古典小說屬於「說」與「聽」的審美關係，多採用全知全能或第三人稱敘事觀點，也因此建構出一套適應聽眾接受的敘事模式，作者控制所有敘述過程，藉各種間雜文本段落中的詩詞等文體，時時調整敘事路線，不斷向敘述接受者設問、提示、重複、詮釋，提醒聽眾如何理解故事，縮短作者讀者的距離。[51]史實敘述之如此內涵與小說創作類似，小說作者之敘事意識對情節安排與價值內涵亦有類似作用，魯迅以為，白話小說最明顯的特點為「以俚語著書」「敘述故事」，[52]講故事似為主要特徵，檢視《三國演義》與《水滸傳》兩部陳述歷史與人物的文本，其間的事實與虛構、記錄與創作等相互對立又融通的現象，實顯現小說作者意識對敘事之相關影響，原本被視為固定不容更易的史實，於此現象中亦成為被審視的客體，作者得以主觀介入詮釋而非僅記錄，以其個人意向加以講述表現，並預期讀者具有一定或相類的文化歷史之認知，得以共同進入閱讀過程，進行聯想引伸或評價抒懷等情志活動。

---

[51]　魯德才，〈第四章　宋元講史奠定了歷史演義小說的敘事模式〉《古代白話小說型態發展史論》，頁 61。

[52]　魯迅，〈第十二篇　宋之話本〉，《中國小說史略》，頁 93。

第二章　天命與人事：
客觀史實之主觀詮釋與試煉強調

　　正史作者的史觀基本上是傳統的歷史道德意識。從《左傳》敘事開始，就形成以「人事」解釋「天命」此一歷史發展規律的意識，[1]天命概念可見於歷代典籍，如《左傳》中「天有三辰，地有五行，體有左右，各有耜耦」。《老子》亦言，「人法地，地法天，道法自然」，天地人同源同構，以為人是天地的從屬。《史記・封禪書》、《漢書・郊祀記》可以看出古人對於天、地、人作了相當細致、繁瑣的想像和規定。又如董仲舒強調天人合一、天人感應的宇宙法則，主張「天者，群物之祖也，故遍覆包涵而無所殊，……故聖人法天而立道」，人的形體、血氣、德行、好惡、受命都是由天而來，天是人的本質和依據。不僅如此，一個國家的得道、失道與天象也直接相應，然而，此一敘述意圖亦同時存在另一種相對立的反思，如《史記》・伯夷列傳云：

　　或曰：「天道無親，常與善人。」若伯夷叔齊，可謂善人者非耶？積仁潔行如此而餓死！且七十子之徒，仲尼獨薦

---

[1]　高小康，〈第一編　中國傳統敘事意識的演變〉，《中國古代敘事觀念與意識型態》（北京：北京大學出版社，2005），頁 17。

顏淵為好學。然回也屢空，糟嗳不厭，而卒蚤夭。天之報
施善人，其何如哉？盜跖日殺不辜，肝人之肉，暴戾恣睢，
聚黨數千人橫行天下，竟以壽終。是遵何德哉？……余甚
惑焉，儻所謂天道，是邪非邪？

《史記》對歷史合理性的懷疑是一種不同於《左傳》的敘述態度，
所表現的，是將歷史事件之敘述邏輯與個人的情感需要統一起來的
態度。[2]天命亦是小說至高無上的律令與主導理念。天命為不可踰
越的先驗存有，內在於人，卻又恍惚幽渺，當人於情感世界中意識
到存在於自我本質中之天命時，則有無限感受與情懷宣洩開來，人
們凝視此一無法超越的限制，總有莊嚴與感動。如此的情感認知往
往是小說精神與情節架構，其中呈現人對天命之觀照、理解、矛盾，
或悲或喜等生命實感。[3]

　　《三國演義》與《水滸傳》故事之情節安排因作者既定之價值
詮釋而有所規格化，對於無法超越歷史規律、謫凡緣起，亦及對人
間現實遭際之解釋，即使是實際的歷史進程，亦往往與天命相關。
《三國演義》雖「擁劉反曹」，但仍忠於劉備未能一統天下的歷史
事實，而委之「天命」「炎漢氣數已終」的解釋。而《水滸傳》亦
多次強調「此皆注定，非偶然」，以此建立敘事框架。因此，各種
災異與篡亂均是天降人間之罪愆。由此可見，小說文本有其特定融
合宗教色彩的道德關懷，並多顯現於人物歷劫與得道之過程，因此
呈現的價值確認，小說不僅對現實歷史人事之分合聚散有所評斷與
詮釋，亦進一步反省相關歷史結局之內涵，層次更趨深刻多元。

2　高小康，〈第二編　古典敘事中的元敘述模式〉，頁 34-35。
3　龔鵬程，〈天命思想在中國小說裡的運用〉，《中國小說史論》（台北：學生
　　書局），頁 155。

第一節　奠立敘事基調與架構

　　小說作者的敘述取向與相關意識，一如前述海登懷特對史學家以特定角度與模式處理史料的主張，小說敘事乃是作者面對實際歷史事件，以其認定或評價的模式加以敘述、處理，並進行評價與反省，其間不僅是敘事，也是對相關人事的某種型塑。小說作者經由歷史而獲得某種相關體驗及關於人類之認知，亦可能藉觀察過去史事，溝通現在與未來。[4]《三國演義》與《水滸傳》之敘事以文人心態為思考基調，宋元時期文人對於世局之分合治亂所產生的空漠之感，形成「慣看秋月春風」之世外心態，此類情致一脈相承，形成透視歷史之角度，[5] 如《大宋宣和遺事》前集所言，「茫茫古今，繼往來今，上下三千餘年，興廢百千萬事，……看破治亂兩途，不出陰陽一理。」天命之解釋觀點既是故事之講述基調，事實上亦是對現實人事之評價結果。

　　大致而言，《三國演義》與《水滸傳》之基本架構實為天命與人事之互動，其中融合儒家與宗教價值，宗教因素中道教色彩大於佛教氣息[6]，而此類道教內涵又包含民間既有傳說或信念，儒家

---

[4]　寧宗一，〈史裏尋詩到俗世爵味：明代小說審美意識的演變〉，《天津師範大學學報（社科版）》159（2001.6）：64。

[5]　宋先梅，〈《三國演義》與士人文化心態〉，《中華文化論壇》，2（2005）：67。

[6]　小川環樹，〈附考一《三國演義》中的佛教與道教〉，《中國小說史の研究》（東京：岩波書店，1968），頁 24-25，《三國志平話》中佛教氣息仍濃，至《演義》則趨於淡薄。《三國演義》中佛教信仰仍殘留唯一的例子是「玉泉山關公顯靈」（毛本第七十七回）其中一段。關羽遭受吳魏兩軍夾擊，無法完成守荊州的命令。與此相對的，是道教思想充斥全篇，稱頌智謀之

天人理念與民間信仰加以融合，形成一種肯定人事修身，卻又不免訴諸宿命經歷之詮釋模式。所謂天人合一人與天命對應等文化心理，亦影響小說的藝術策略與審美特徵。具體表現如情節發展序列與人物彼此分合之因果關係，甚至規範小說人物之生命模式，為整體故事之所以發生的解釋雛型。

（一）天命流動之歷史解釋

　　《三國演義》作者表現了對歷史爭戰之超脫感與悲涼感，以「天下大勢，分久必分，分久必合」解釋並提供三國歷史的分合與判斷，以此做為敘事主要框架與基礎，構成魏、蜀、吳三國由創業至滅亡之史實中，相互對峙且相互交應的敘事架構，其間亦有特定人物命運與選擇之描寫，於多重迴環結構中展示三國史實，顯現時代之變動不居、周流不殆的塵世風雲與政治謀略，循環往復、首尾呼應，且其中蘊藏作者對此一史事之認知。[7]《三國演義》全書有一百二十幾次的天命描寫，分散於書中不同角落，若將這些天命「言說」加以聚合，當可發現這些天命描寫其實組成了一個三國歷史的「天

士超群智慧之餘，亦推崇超越人類的神仙的不只是《三國志平話》，如《元刊平話》中戰國時代樂毅與孫臏交戰的故事《樂毅圖齊七國春秋後集》中，孫臏亦即孫子，根本就是魔術師，其師鬼谷子亦如仙人。《三國志平話》中的諸葛亮亦具有同樣的魔術師性格，此亦為魯迅之所以評其「多智而近妖」之理由。平話中云孔明「達天地之機，鬼神亦難計其智、呼風喚雨、灑豆成兵、揮劍成河」（卷中）等非常能力。元代戲劇中的孔明以道士服裝登場，即使於現今的舊劇——即京劇——亦然，而且其亦有臥龍先生之道號。具有道號意味且以道士身份展現，不僅孔明本人如此，元代戲曲中，孔明稱為江東八俊的友人，亦皆為道士與魔術師形象。

[7]　韓曉、魏明，〈論「天人合一」對《三國演義》敘事系統的影響〉，《湖北大學學報（哲社版）》31.3（2004.5）：330-331。

命版」，為一個層次分明、情感色彩各異的完整空間，自成一體，又與作品中的現實息息相關。三國百年歷史，紛繁複雜，卻可以天命觀點予以審視詮解，並從中得到模式各異的暗示與解釋。[8]此一敘事轉換現象於歷史循環觀念中滲入天理天數之自然運行，既強調人為努力，又深化非人力所能挽回之神秘感，將《三國志平話》的怪誕想像，轉而為對歷史運行之深沉蘊藉的哲理體驗，從而奠立全書之典式。[9]

《水滸傳》則於第一回奠立全書思想之總綱，也是整體故事結構與因果之總設計，並預示故事結局。「張天師祈禳瘟疫，洪太尉誤走妖魔」，洪太尉不顧道士們之阻攔，執意打開伏魔殿之鎖，命人掘起石碑下之青石板，一道黑氣從萬丈地穴滾將起來，掀塌了半個殿角，在空中散作百十道金光，望四面八方去了，因此「千古幽扃一旦開，天罡地煞出泉台」。「遇洪而開」為伏魔殿之讖言，反映小說作者之天命歷史觀，因洪太尉一意孤行，而使「社稷從今云擾擾，兵戈到處鬧垓垓」，但另一方面亦顯示，一切變化都是非人力所能控制的命定，「卻不是一來天罡星合當出世，二來宋朝必顯忠良。三來湊巧遇著洪信，豈不是天數！」此為罡煞好漢聚義與天下局勢之奧秘。罡煞之說於整部《水滸傳》中反覆出現，貫徹首尾，以表現某種歷史天命之必然性。[10]其後以「天罡盡已歸天界，地煞還應入地中」呼應第一回之基調並加以收束，明顯以天道循環思想建構敘事框架。

8　李艷蕾，〈《三國演義》：天命空間敘事〉，《山東科技大學學報（社會科學版）》7.1（2005.3）：87。

9　楊義，〈《三國演義》敘事的典式化〉，《海南師院學報》7.23（1994）：29-30。

10　邢東田，〈《水滸傳》讖言初探〉，《世界宗教研究》3（1999）：126。讖言出現於1、2、12、13、18、20、35、39、47、51、56、58、61、62、63、68、70、71、74、82、85、90回等。

　　《水滸傳》對宋朝國運，乃至梁山好漢之所以出現，均以「天數」解釋，一如第 31 回結尾所謂「遭逢坎坷皆天數，際會風雲豈偶然」，天數劫難為作者的主要認知與闡述的基礎。文中以宋太祖之降生乃天道循環，當時紅光滿天、異香經宿不散，為上界霹靂大仙下降，為「上合天心，下合地理，中合人和」，天下從此底定。及至宋仁宗，則為上界赤腳大仙所降生，得文曲星下凡之包拯與武曲星下凡之狄青輔佐，以成盛世。然樂極生悲，其後天下瘟疫盛行，各方奏聞天子禳謝瘟疫，故差洪信太尉前去龍虎山宣請張真人祈禳瘟疫，因洪太尉誤開「伏魔之殿」，因而使三十六員天罡下臨凡世，七十二座地煞降在人間，哄動宋國乾坤，鬧遍趙家社稷。並引詩曰：「萬姓熙熙化育中，三登之世樂無窮。豈知禮樂笙鏞治，變作兵戈劍戟叢。水滸寨中屯節俠，梁山泊內聚英雄。細推治亂興亡數，盡屬陰陽造化功。」[11]天是神化的皇權，亦是人間秩序的依據，所謂治亂興亡，皆屬陰陽造化，若天道被破壞，即需有人替天行道。此一詮釋模式為一百零八的好漢之崛起與遭遇提供合理解釋，好漢聚義在於替天行道，最終是修成正果，完成歷練。所謂天人合一是傳統對於自然之理解，其中具有與自然和諧的內在，亦有被自然所主宰之層面，成為故事人物一切活動之根據與價值。[12]

---

[11]　李氏藏本《忠義水滸全書》引言，見《水滸全傳校注》（臺北：里仁書局，1994），頁 2-3。

[12]　陳德新、李維，〈論《水滸傳》中的天人合一觀〉，《欽州師範高等專科學校學報》15.2（2000.6）：29。

（二）天象人事之神秘符應

　　傳統觀念中，宇宙是相互關聯的一個整體，天、地與人之間有種深刻而神祕的互動聯繫，彼此在精神上相互貫通，在現象上互相彰顯，在事實上彼此感應。正統典籍強調客觀事實，並內蘊人品文品一致等人本理念之外，亦不乏有想像或傳說成分，如《史記》「五帝本紀」開頭多有不可思議的事件記述，於其〈太史公自序〉中亦云，《史記》中的三十世家是「二十八宿環北辰，三十輻共一轂，運行無窮，輔拂股肱之臣配焉，忠信行道，以奉主上，做三十世家」。又如《左傳》屢見之預言與夢境等。此類書寫現象乃作者某類人生認知或信念，亦可視為對人事變遷之態度或解答，而其中多趨向天命等順天應人之解釋。[13]此類取法天象天數以為著述結構的傳統，亦影響小說之佈局構思乃至某種模式，為中國古代思維與表達方式之發展趨向。

　　《三國演義》第一回敘述漢桓靈二帝之際，宦官亂政，因此種種有災難不祥之兆。小說作者以客觀冷靜的語氣描述災異狀況和發生時間，更增添其中惴惴不安，並隱然意識到此一曾經輝赫的朝代氣數將盡，時代變更與混亂已不可避免，預示了一個縱橫捭闔的時代的來臨。其後發生黃巾之亂和宦官外戚之爭。於此，天命之說再次進入敘事，少帝與陳留王被挾至北邙山，迷途不知所歸，天助以千百流螢。二人臥於草堆，附近莊主夢有二日墜於莊後。千百流螢與二日的描寫與前面種種災異描寫相互對照，氛圍上雖有些許平和希望，但同時亦暗示漢代氣運當如流螢之微光。故毛宗崗評此，「炎

---

[13] 吉川幸次郎述，黑川洋一編，《中國文學史》〈第八章　近世の文學〉，頁338。

劉之勢昔如日月，今為螢光，火德衰矣。」以自然的災異、黯淡的螢火和無聲無息的紅日預示了一個朝代的沒落，並開啟一個混亂卻又充滿力量的新時代。[14]

　　魏蜀吳分據不同的地理位置，然三國君王之命運卻相對相應地表現了天命之所在。此類描寫分散於不同位置，卻有其相似與彼此呼應之處，如第32回言曹丕之出生，「有雲氣一片，其色青紫，圓如車蓋，覆於其室，終日不散，有望之者，密謂操曰：『此天子氣也。』」第34回便有甘夫人夢仰吞北斗，受孕生劉禪。第38回孫策、孫權出生時，吳太夫人夢月、日入懷。四人出生即有帝王之兆，情境各不相同，但由於具備了共同的文化背景，三者之間彼此呼應，如此天命描寫蘊含了實際歷史進程。而孫堅於洛陽得玉璽，曹操占冀得銅雀，以及殷馗言黃星見於乾象，梁沛間有真人出，張紘說秣陵有帝王氣，譙周亦道群星聚蜀郡，大者如皓月，分明帝王之象。直到三國君主正式登基，都有相似的瑞禎祥兆出現。

　　三國由盛轉衰，也有相應的徵兆。78回曹操夢三馬同槽，預示司馬氏以晉代魏。81回老叟李意畫寫器械字圖，暗引天數，即劉備的死亡。113回吳主孫休夢乘龍上天，不見其尾，表明吳國不得長遠。三國的開創、失落的歷史就在天命解釋中呈現，於文本中彼此的歷史前後相連，於天命空間的建構中有如三個支柱，遙遙相應，歷史就在此天命預示下向前發展。[15]

　　代表新秩序的人物，上天會賜以種種徵兆和屢屢呵護，君主之命數從萌生、旺盛到湮滅，以及相互間之抵觸，都在天象中顯現，

14　李艷蕾，〈《三國演義》：天命空間敘事〉，頁88。
15　李艷蕾，〈《三國演義》天命空間敘事〉，頁88。

這些是《三國演義》敘事發展大框架的象徵。於各章回中，發揮掌控全局的作用。如太史令王立之言，即有代表性，自古太史令即有言天命的能力和職責，故由其對天命之說明實具有明顯象徵意義。如第 14 回曰：

> 操由是日與眾謀士密議遷都之事。時侍中太史令王立私謂宗正劉艾曰：「吾仰觀天文，自去春太白犯鎮星於斗牛，過天津，熒惑又逆行，與太白會於天關，金火交會，必有新天子出。吾觀大漢氣數將終，晉、魏之地，必有興者。」又密奏獻帝曰：「天命有去就，五行不常盛。代火者土也。代漢而有天下者，當在魏。」操聞之，使告立曰：「知公忠於朝廷，然天道深遠，幸勿多言。」操以是告彧。彧曰：「漢以火德王，而明公乃土命也。許都屬土，到彼必興。火能生土，土能旺木：正合董昭、王立之言。他日必有興者。」

王立由天文星象運行推知大漢氣數將盡，並以五行盛衰之理，奏帝曰魏將代漢，而操與荀彧對五行相生相克剋之說亦認同，甚且以為「天道深遠」，切勿多言，實亦表現天道人事之可能互動，而需沉潛從事之理。又第 80 回亦言曹丕篡位，故天怒其之違背倫常，而有相關異象，其文曰：

> 百官請曹丕答謝天地。丕方下拜，忽然臺前捲起一陣怪風，飛砂走石，急如驟雨，對面不見；臺上火燭，盡皆吹滅。丕驚倒於臺上，百官急救下臺，半晌方醒。侍臣扶入宮中，數日不能設朝。後病稍可，方出殿受群臣朝賀。封華歆為司徒，王朗為司空。大小官僚，一一陞賞。丕疾未瘥，疑許昌宮室多妖，乃自許昌幸洛陽，大建宮室。

> 早有人到成都，報說曹丕自立為大魏皇帝，於洛陽蓋造宮
> 殿；且傳言漢帝已遇害。漢中王聞知，痛哭終日，下令百
> 官挂孝，遙望設祭，上尊諡曰「孝愍皇帝」。玄德因此憂
> 慮，致染成疾，不能理事，政務皆託與孔明。孔明與太傅
> 許靖、光祿大夫譙周商議，言天下不可一日無君，欲尊漢
> 中王為帝。譙周曰：「近有祥風慶雲之瑞；成都西北角有
> 黃氣數十丈沖霄而起，帝星見於畢、胃、昴之分，煌煌如
> 月：此正應漢中王當即帝位，以繼漢統。更復何疑？」

曹丕篡帝位，即有怪風飛砂走石，丕因此驚倒，半晌方醒，實藉異
象凸顯曹魏之逆行，相對於此，玄德之蜀漢聞丕之篡漢為帝，「百
官掛孝」「遙望設祭」，然天象卻是「祥風慶雲」之兆，黃氣數十丈，
帝星煌煌，應玄德繼漢統。藉天命以確立政權或行事之正統合理，
並凸顯人事修為良窳與天命之互動。

　　又《水滸傳》亦有類似天命人事相互應合之情節，一百零八好
漢之符應天罡地煞的出身自不待言，即使是方臘，也是「上應天
書」，第110回云：

> 推背圖上道：「十千加一點，冬盡始稱尊。縱橫過浙水，
> 顯跡在吳興」那十千，是万也，頭加一點，乃万字也。冬
> 盡，乃臘也，稱尊者，乃南面為君也，正應方臘二字。

強調冥冥之中的命運安排，又如第14回晁蓋對吳用說明得遇劉
唐，應夢境之事，並商議奪取生辰綱計畫，其論述亦有天數之認知，
其文曰：

> （晁蓋道）：「他來的意，正應我一夢。我昨夜夢見北斗
> 七星，直墜在我屋脊上。斗柄上另有一顆小星，化道白光

去了。我想星照本家，安得不利？今早正要求請教授商議。不想又是這一套。此一件事若何？」吳用笑道：「小生見劉兄趕得來蹺蹊，也猜箇七八分了。此一事卻好。只是一件，人多做不得，人少又做不得。宅上空有許多莊客，一箇也用不得。如今只有保正劉兄小生三人，這件事如何團弄？便是保正與兄十分了得，也擔負不下這段事。須得七八個好漢方可，多也無用。」晁蓋道：「莫非要應夢之星數？」吳用便道：「兄長這一夢不凡，也非同小可！莫非北地上再有扶助的人來？」吳用尋思了半晌，眉頭一縱，計上心來，說道：「有了，有了！」晁蓋道：「先生既有心腹好漢，可以便去請來，成就這件事。」吳用不慌不忙，疊兩個指頭，言無數句，話不一席，有分教：蘆花叢裏泊戰船，卻似打魚船，荷葉鄉中聚義漢，翻為真好漢。正是：指麾說地談天口，來誘拿雲捉霧人。

智多星晁蓋，「夢見北斗七星，直墜在我屋脊上，斗柄上另有一顆小星，化道白光去了。我想星照本家，安得不利？」其後公孫勝的到來恰應星象。第十六回吳用道：「保正夢見北斗七星墜在屋脊上，今日吾等七人聚義舉事，豈不應天垂象」，夢境說明梁中書搜羅的生辰綱，上違天意、下拂民心，亦藉此合理化草寇劫財的行為。又以為人力與命運皆是符應天命，如第 71 回天書所列眾好漢之名，顯然是「上天顯應，合當聚義」，其文曰：

當日公孫勝與那四十八員道眾，都在忠義堂上做醮。每日三朝。至第七日滿散。宋江要求上天報應，特教公孫勝專拜青詞，奏聞天帝，每日三朝。卻好至第七日三更時分，公孫勝在虛皇壇第一層，眾道士在第二層，宋江等眾頭領

在第三層，眾小頭目並將校都在壇下。眾皆懇求上蒼，務
要拜求報應是夜三更時候，只聽得天上一聲響，如裂帛相
似，正是西北乾方天門上。眾人看時，直豎金盤，兩頭尖，
中間闊，又喚做天門開，又喚做天眼開。裡面毫光射人眼
目，霞彩繚繞，從中間卷出一塊火來，如栲栳之形，直滾
下虛皇壇來。那團火繞壇滾了一遭，竟攢入正南地下去了。
此時天眼已合，眾道士下壇來。宋江隨即叫人將鐵鍬鋤頭，
堀開泥土，根尋火塊。那地下堀不到三尺深淺，只見一個
石碣。正面兩側，各有天書文字。有詩為証：

蕊笈瓊書定有無，天門開闔亦糊塗。

滑稽誰造豐亨論？至理昭昭敢厚誣。

當下宋江且教化紙，滿散平明齋。眾道士各贈與金帛之物，
以充襯資。方才取過石碣看時，上面乃是龍章鳳篆，蝌蚪
之書，人皆不識。眾道士內有一人，姓何法諱玄通，對宋
江說道：「小道家間祖上，留下一冊文書，專能辨驗天書。
那上面自古都是蝌蚪文字。以此貧道善能辨認。譯將出來
便知端的。」宋江聽了大喜。連忙捧過石碣，教何道士看
了。良久，說道：「此石都是義士大名，鐫在上面。側首
一邊是『替天行道』四字，一邊是『忠義雙全』四字。頂
上皆有星辰南北二斗，下面卻是尊號。若不見責，當以從
頭一一敷宣。」宋江道：「幸得高士指迷，拜謝不淺。若
蒙先生見教，實感大德。唯恐上天見責之言，請勿藏匿，
萬望盡情剖露，休遺片言。」宋江喚過聖手書生蕭讓，用
黃紙謄寫。何道士乃言：「前面有天書三十六行，皆是天
罡星。背後也有天書七十二行，皆是地煞星。下面注著眾
義士的姓名。」

……

當時何道士辨驗天書，教蕭讓寫錄出來。讀罷，眾人看了，俱驚訝不已。宋江與眾頭領道：「鄙猥小吏，原來上應星魁。眾多弟兄，也原來都是一會之人。今者上天顯應，合當聚義。將已數足，上蒼分定位數，為大小二等。天罡、地煞星辰，都已分定次序，眾頭領各守其位，各休爭執，不可逆了天言。」眾人皆道：「天地之意。物理數定，誰敢違拗！」宋江遂取黃金五十兩，酬謝何道士。其餘道眾，收得經資，收拾醮器，四散下山去了。有詩為證：

忠義堂前啟道場，敬伸丹悃醮虛皇。
精誠感得天書降，鳳篆龍章仔細詳。

月明風冷醮壇深，驚鶴空中送好音。
地煞天罡排姓字，激昂忠義一生心。

根據天書，梁山泊由無序群體轉變成一個地位階級分明、有組織且有行動綱領的團體，天罡地煞分定次序，各有執事，強調依分定次序。[16]此乃「物理數定」，「不可逆了天言」，於此人力順應於天命之安排與流行，立了「替天行道」杏黃大旗，以具體行動完成上天所賦予之份定命數。

---

[16] 盛志梅，〈論道教文化在《水滸傳》成書過程的作用與表現〉，《華東師範大學報（哲學社會科學版）》34.3（2002）：44。

第二節　解釋天人互動與歷程

　　《三國演義》與《水滸傳》故事固有其實際歷史來源，然整體敘述卻有一定認知，以天命流動人事符應等概念加以鋪排情節，並藉此模式加以詮釋或展現作者之理念。《三國演義》與《水滸傳》中多次利用道教色彩之理念、人物、神祇、活動等為故事謀篇佈局，推進情節、渲染人物命運或情節氛圍等，三國人物面對歷史命數思考對應態度，而水滸好漢則是謫凡歷劫的挑戰。

　　《三國演義》與《水滸傳》的史詩化或景觀化寫作中，歷史做為一個有意義的整體，有一定的審視距離，因此作者得以審美思想進行對史事之塑造與捏合，編製歷史意象。[17]是以，小說中人物之言談對話不免有時序之錯綜及混合，而所陳述之事件的展現次序亦因而有所更替穿插。其間的敘述非僅為傳達訊息，其中具有創作意識，反映作者之安排與想法。[18]史傳與小說共同處在於對時間之安排，讀者為理解故事中所發生的內容或過程，須將其中大小前後事件予以聯繫，因作者未必以事件發生順序加以展現。[19]小說中之文本時間絕非對故事時間之摹仿或重複，而恰是悖離與創造。於敘述活動中，小說作者重新創造時間系統，以實現虛構中之真實。[20]值得注意的是，作者如何「重新創造」，實取決於主觀意識與價值，從中可見其人對歷史審視與詮釋之內涵。

---

[17] 寧宗一，〈史裏尋詩到俗世嚼味：明代小說審美意識的演變〉，頁 63。

[18] 華萊士・馬丁（Wallace Martin）著，伍曉明譯，《當代敘事學》（北京：北京大學出版社，1990），頁 78。

[19] 華萊士・馬丁，《當代敘事學》，頁 238-239。

[20] 徐岱，《小說敘事學》（北京：中國社科院出版社，1992），頁 250。

（一）預言人事之未來趨向

在敘事安排中，因天人合一的感應，使敘事出入時空，並因此有預示或凸顯某一趨勢的作用。[21]有關天命認知之具體表現，如《三國演義》於情節中加入異兆符讖預測等段落，多以天降異象或童謠及天書加以表現，如第 1 回云：

> 建寧二年四月望日，帝御溫德殿。方陞座，殿角狂風驟起，只見一條大青蛇，從梁上飛將下來，蟠於椅上。帝驚倒，左右急救入宮，百官俱奔避。須臾，蛇不見了。忽然大雷大雨，加以冰雹，落到半夜方止，壞卻房屋無數。建寧四年二月，洛陽地震；又海水泛溢，沿海居民，盡被大浪捲入海中。光和元年，雌雞化雄。六月朔，黑氣十餘丈，飛入溫德殿中。秋七月，有虹見於玉堂；五原山岸，盡皆崩裂。種種不祥，非止一端。

遶殿青蛇、失時雷雨、冰雹、地震、海嘯、雌化為雄、虹入於堂、山原盡裂，連續的怪異天象預示人事世界即將陷入混亂，於此，天人彼此相互對照，災異頻生、種種不祥實皆反映天下局勢之失序。又第 9 回以小兒歌謠暗示董卓之死：

> 是夜有十數小兒於郊外作歌，風吹歌聲入帳。歌曰：「千里草，何青青！十日上，不得生！」歌聲悲切。卓問李肅曰：「童謠主何吉凶？」肅曰：「亦只是言劉氏滅，董氏興之意。」

21　韓曉、魏明，〈論「天人合一」對《三國演義》敘事系統的影響〉，頁 328。

所謂「千里草，何青青，十日上，不得生」，既是董卓二字之拆解，亦於此拆解敘述中預示董卓命運。藉由隱語之安排，除提供卓不解其意的情節外，亦增添神秘氣息，凸顯天之怒卓，顯示天降災予人之賞罰概念。劉備稱帝亦是「天命有歸」，建安初年，荊襄諸郡小兒童謠：「八九年間始欲衰，至十三年無子遺。到頭天命有所歸，泥中蟠龍向天飛」，高人水鏡先生解釋「天命有歸」「龍向天飛」即應劉備合該稱帝，書中並強調「順天者逸，逆天者勞」「逆天而行，乃自取滅亡也」，又描寫天人感應現象，如「鳳凰來儀」「黃龍出現」「風折帥旗」「將星墜落」等，皆具有明顯的天命色彩。[22]

　　類似童謠運用屢見於《三國演義》與《水滸傳》，《三國演義》以天命強化伏龍與鳳雛對劉備蜀漢之助，以童謠引發世事浮沉之神秘難測，與得道多助之認同感。又如第 35 回：

> 玄德曰：「備亦嘗側身以求山谷之遺賢，奈未遇其人何！」水鏡曰：「豈不聞孔子云：『十室之邑，必有忠信。』何謂無人？」玄德曰：「備愚昧不識，願求指教。」水鏡曰：「公聞荊、襄諸郡小兒之謠乎？其謠曰：『八九年間始欲衰，至十三年無子遺。到頭天命有所歸，泥中蟠龍向天飛。』此謠始於建安初。建安八年，劉景升喪卻前妻，便生家亂，此所謂『始欲衰』也；『無子遺』者，謂景升將逝，文武零落無子遺矣；『天命有歸』，『龍向天飛』，蓋應在將軍也。」
> 玄德聞言驚謝曰：「備安敢當此！」水鏡曰：「今天下之奇才，盡在於此，公當往求之。」玄德急問曰：「奇才安

22　戴承元，〈試論《三國演義》在天命和人事之間的兩難抉擇〉，《西安電子科技大學學報（社科版）》10.3（2000.9）：88。

在？果係何人？」水鏡曰：「伏龍、鳳雛，兩人得一，可安天下。」玄德曰：「伏龍、鳳雛，何人也？」水鏡撫掌大笑曰：「好！好！」玄德再問時，水鏡曰：「天色已晚，將軍可於此暫宿一宵，明日當言之。」即命小童具飲饌相待，馬牽入後院喂養。

水鏡以荊襄小兒之謠解釋建安歷史流動，「始欲衰」「無孑遺」，而以為「天命有歸」及「龍向天飛」應在玄德，言蜀漢將興、三國鼎立格局成形，主要在於天命流行、無可更動的趨勢。

天象之預示人事，亦是小說強調重心之一，如第 15 回侍中王立云：「吾仰觀天文，自去春太白犯鎮星於鬥牛，過天津，熒惑又逆行，與太白會於天關，金火交會，必有新天子出。吾觀大漢氣數將終，晉魏之地，必有興者。」又如第 63 回言龐統之死，先有孔明寄書於西川之劉備：「亮夜算太乙數，今年歲次癸巳，罡星在西方，又觀乾象，太白臨於雒城，主將帥身上多凶少吉，切宜謹慎。」此一情節提供暗示，其後言龐統誤入落鳳坡，其文曰：

卻說龐統迤邐前進，抬頭見兩山狹窄，樹木叢雜；又值夏未秋初，枝葉茂盛。龐統心下甚疑，勒住馬問：「此處是何地名？」內有新降軍士，指道：「此處地名落鳳坡。」龐統驚曰：「吾道號鳳雛，此處名落鳳坡，不利於吾。」令後軍疾退。只聽山坡前一聲砲響，箭如飛蝗，只望騎白馬者射來。可憐龐統竟死於亂箭之下。時年止三十六歲。後人有詩歎曰：古峴相連紫翠堆，士元有宅傍山隈。兒童慣識呼鳩曲，閭巷曾聞展驥才。預計三分平刻削，長驅萬里獨徘徊。誰知天狗流星墜，不使將軍衣錦回。先是東南有童謠云：一鳳并一龍，相將到蜀中。纔到半路裡，鳳死

落坡東。風送雨，雨送風，隆漢興時蜀道通，一蜀道通時只有龍。

荊州的孔明觀天象得知龐統即將隕落之兆：

> 卻說孔明在荊州，時當七夕佳節，大會眾官夜宴，共說收川之事。只見正西上一星，其大如斗，從天墜下，流光四散。孔明失驚，擲杯於地，掩面哭曰：「哀哉！痛哉！」眾官慌問其故。孔明曰：「吾前者算今年罡星在西方，不利於軍師；天狗犯於吾軍，太白臨於雒城，已拜書主公，教謹防之。誰想今夕西方星墜，龐士元命必休矣！」言罷，大哭曰：「今吾主喪一臂矣！」眾官皆驚，未信其言。孔明曰：「數日之內，必有消息。」是夕酒不盡歡而散。

後果然關平來報消息，孔明哭龐統之死，其中龐統死於「落鳳坡」的巧合及「預計三分平刻削，長驅萬裏獨徘徊，誰知天狗流星墜，不使將軍衣錦回」「一鳳並一龍，相將到蜀中，才到半裏路，鳳死落坡東。風送雨，雨隨風，隆漢興時蜀道通，蜀道通時只有龍」，凸顯無常宿命之難違與歷史進程之遺憾。[23]

　　《水滸傳》亦見相關讖言或預示，如第 39 回童謠，「耗國因家木，刀兵點水工。縱橫三十六，播亂在山東」，呼應宋江潯陽樓吟反詩「他時若遂凌雲志，敢笑黃巢不丈夫」一事，亦同時鋪陳預言加以烘托，宋江題反詩之後，為黃文炳所知，報予蔡京之子蔡九知，因此領悟前有呼應反詩的小兒童謠與天象預示，「明是天數」，其文云：

23　韓曉、魏明，〈論「天人合一」對《三國演義》敘事系統的影響〉，頁 328-329。

黃文炳道：「相公在上，不敢拜問，不知近日尊府太師恩相，曾使人來否？」知府道：「前日才有書來。」黃文炳道：「不敢動問，京師近日有何新聞？」知府道：「家尊寫來書上分付道，近日太史院司天監奏道：『夜觀天象，罡星照臨吳楚分野之地。』敢有作耗之人，隨即體察剿除。囑付下官，緊守地方。更兼街市小兒謠言四句道：『耗國因家木，刀兵點水工。縱橫三十六，播亂在山東。』因此特寫封家書來，教下官提備。」黃文炳尋思了半晌，笑道：「恩相，事非偶然也。」

……

黃文炳道：「『耗國因家木』，耗散國家錢糧的人，必是家頭著個木字，明明是個宋字。第二句：『刀兵點水工』興起刀兵之人，水邊著個工字，明是個江字。這個人姓宋名江，又作下反詩，明是天數。萬民有福。」知府又問道：「何為『縱橫三十六，播亂在山東』？」黃文炳答道：「或是六六之年，或是六六之數。『播亂在山東』，今鄆城縣正是山東地方。這四句謠言已都應了。」

「縱橫三十六，播亂在山東」為作者有意安排之重要讖言，以童謠加以證驗，又因讖言往往具有特殊神秘氣氛，預示一個動亂局面的開始，可見此一局勢所蘊含「天數」「非偶然」之深層意涵。

又如第 42 回九天玄女之指點解救，預示了好漢之命運進程，宋江為躲避官軍追拿，誤入絕路還道村，避難於九天玄女廟，因而獲玄女的三卷天書，「汝可替天行道，為主全忠仗義，為臣輔國安民。」既給梁山好漢神聖光環，並為梁山事業賦予正義色彩。再次暗示呼應，好漢皆為天罡地煞之前身，即負有替天行道的神聖義

務。[24]此一情節應是宋江及梁山好漢行為道德化之轉折關鍵，其
文曰：

> 娘娘法旨道：「宋星主！傳汝三卷天書，汝可替天行道為
> 主，全忠仗義為臣，輔國安民，去邪歸正。他日功成果滿，
> 作為上卿。吾有四句天言，汝當記取，終身佩受，勿忘於
> 心，勿泄於世。」宋江再拜，「願受天言，臣不敢輕泄於
> 世人。」娘娘法旨道：「遇宿重重喜，逢高不是凶。北幽
> 南至睦，兩處見奇功。」
>
> 宋江聽畢再拜謹受。娘娘法旨道：「玉帝因為星主魔心未
> 斷，道行未完，暫罰下方，不久重登紫府。切不可分毫失
> 忘。若是他日罪下酆都，吾亦不能救汝。此三卷之書，可
> 以善觀熟視。只可與天機星同觀，其他皆不可見。功成之
> 後，便可焚之，勿留在世。所囑之言，汝當記取。目今天
> 凡相隔，難以久留。汝當速回。」

「遇宿重重喜，逢高不是凶。北幽南至睦，兩處見奇功」，其中「宿」
指宿太尉，於第 59 回言宋江等截獲宿太尉，冒名救出史進與魯智
深。又於第 81 回因宿太尉而實現接受招安之目標。而逢「高」所
指為高俅，於第 78 至 80 回中，梁山好漢俘虜高俅，成為接受招安
之重要契機。至於「北幽」「南睦」，則分指遼國與方臘，預言了宋
江等人招安之後所建立之事功。此一情節確立忠義內涵，確保宋江
忠君不逾矩之行為準則，並彰顯譴凡歷練之必然與原因，亦透露天
凡相隔之不可超越，宋江得九天玄女之助因而脫困，並獲玄女授三

24　李非，〈先兆預測：《水滸傳》的神秘文化〉，《瀋陽師範學院學報（社科版）》
　　26（2002.5）：30-31。

卷天書及四句天言，成為梁山首領，並得以在征遼打田虎平方臘等
戰鬥中，轉危為安、克敵制勝。

其他如第 71 回「乃是龍章鳳篆，蝌蚪之書，人皆不識」的書
有眾好漢名姓之石碣，90 回方臘自為國主，仍設三省六部台院等
官，「原來方臘上應天書，推背圖上道：『自是十千加一點，冬盡始
稱尊。縱橫過浙水，顯跡在吳興。』那十千，乃萬也；頭加一點，
乃方字也。冬盡，乃臘也；稱尊者，乃南面為君也。正應「方臘」
二字。」第 5 回智真長老贈魯智深「遇林而起，遇山而富。遇水而
興，遇江而止。」預示其人生進路。第 90 回亦贈「逢夏而擒，遇
臘而執。聽潮而圓，見信而寂。」預示魯智深擒方臘立大功，以至
皈依佛門的人生歸宿。

此類預言既透露天機，亦預示人物命運，有其模糊性與不確定
性，特殊符號或文字有意彰顯上天訊息之神秘與神聖性。[25]並由此
強化情節之必然趨勢與最終歸屬，使故事形成一致的敘事架構系
統，亦因讖語預言之介入，以特殊形式與神秘內涵，使情節之敘述
安排具有多種可能，故事在既定與不定間，具跳躍性、吸引力與神
秘感。[26]

（二）得道多助之指引庇護

《三國演義》與《水滸傳》雖極力根據史實，無論作者書寫之
期待或小說評論者之觀點，對於情節內容尊重一定之發展史實過
程，但文學畢竟是文學，實際上是某種特定意識型態，具有作者意

---

[25]　李豐楙，〈出身與修行：明代小說謫凡敘事模式的形成及其宗教意識〉彰
化師大國文學系《國文學誌》7（2003）：101。

[26]　韓曉、魏明，〈論「天人合一」對《三國演義》敘事系統的影響〉，頁330。

識，是作者價值建構的過程與結果。事實上，正史所描述的歷史是依據一定的道德法則運行的過程，每一時代或君主之興衰均有其內在原因，如道德、智慧及因此而決定的政治清濁、民心向背與國運盛衰等，而每一個局面的興衰節奏之上，又有支配此一興衰節奏之必然性，即做為宏觀歷史規律之「天道」。即使是文學敘事作品，其中所表達的道德觀念或價值態度亦類似正史之倫理道德觀念。[27]《三國演義》與《水滸傳》人物之行事風格與人格取向，亦藉此得以凸顯強調，並呼應文本隱含的天命人事互動之價值意識。

　　《三國演義》非實錄史事，而是對史事史筆進行審美轉化與剪接[28]，如官渡、赤壁、猇亭等戰爭之描寫，已具有大幅度的虛構，對於關羽投曹、單騎尋主及鎮守與失陷荊州等，則已融合流傳民間之傳說，於戰役及人物之刻意著墨外，對於彼此所引起之政局變遷或影響，亦有所剪接組織，如第 33 回完成曹操統一北方的敘述後，本應揮師南征，然曹操夜觀天文，領悟「南方旺氣燦然，恐未可圖也。」繼而見地底一道金光升起，命人隨光掘之得一銅雀，而有其後曹操令曹丕、曹植於鄴郡造銅雀台，自己班師許都，分兵屯田、養精蓄銳的情節，正為劉備得孔明之情節預留時間空間，而有其後一系列蜀魏戰役之發展。
以天文星象配合人事發展，介入史實敘述，影響情節發展之緩促，所謂「天命有去就，五行不常盛」且「天道深遠，幸勿多言」，顯現神秘流動的人生變化之見解與詮釋。又第 54 回玄德向天之祝，其文曰：

27　高小康，〈第一編　中國傳統敘事意識的演變〉，《中國古代敘事觀念與意識型態》，頁 18。

28　楊義，〈《三國演義》敘事的典式化（下）〉，《海南師院學報》7.24，（1994）：40-41。

> 玄德更衣出殿前，見庭下有一石塊。玄德拔從者所佩之劍，
> 仰天祝曰：「若劉備得返回荊州，成王霸之業，一劍揮石
> 為兩段。如死於此地，劍剁石不開。」言訖，手起劍落，
> 火光迸濺，砍石為兩段。孫權在後面看見，問曰：「玄德
> 公如何恨此石？」玄德曰：「備年近五旬，不能為國家剿
> 除賊黨，心常自恨。今蒙國太招為女婿，此平生之際遇也。
> 恰才問天買卦，如破曹興漢，砍斷此石。今果然如此。」
> 權暗思：「劉備莫非用此言瞞我？」亦掣劍謂玄德曰：「吾
> 亦問天買卦。若破得曹賊，亦斷此石。」卻暗暗祝告曰：
> 「若再取得荊州，興旺東吳，砍石為兩半！」手起劍落，
> 巨石亦開。至今有十字紋痕石尚存。後人觀此勝跡，作詩
> 贊曰：寶劍落時山石斷，金環響處火光生。兩朝旺氣皆天
> 數，從此乾坤鼎足成。

天命與人事相呼應，問天買卜，砍石為記，玄德與孫權皆有其命定之數，故蒙天之助應，而順天應人方能確保行事合理化，此情節亦強調人與天之交通，「兩朝旺氣皆天數」，隱然呈現人事符應天象之概念。亦為現實歷史增添神秘幽微之色彩。

此外如劉備的盧馬得躍檀溪，曹操敗走華容道，都是命不合死，故上天賜以庇護，如第 49 回孔明預言曹操將因關羽「義氣深重」而不當死，且此乃命定所在，「亮夜觀乾象，操賊未合身亡。留這人情，教雲長做了，亦是美事。」而第 34 回劉表因蒯越指出的盧馬「眼下有淚槽，額邊生白點，名為的盧，騎則妨主」，因而還馬於玄德，玄德雖亦聽伊籍「妨主」之說，卻以為「但凡人死生有命，豈馬所能妨哉」，果然於緊要關頭解救玄德，其文云：

> 卻說玄德撞出西門，行無數裡，前有大溪，攔住去路。那
> 檀溪闊數丈，水通襄江，其波甚緊。玄德到溪邊，見不可
> 渡，勒馬再回，遙望城西塵頭大起，追兵將至。玄德曰：
> 「今番死矣！」遂回馬到溪邊。回頭看時，追兵已近。玄
> 德著慌，縱馬下溪。行不數步，馬前蹄忽陷，浸濕衣袍。
> 玄德乃加鞭大呼曰：「的盧！的盧！今日妨吾！」言畢，
> 那馬忽從水中涌身而起，一躍三丈，飛上西岸。玄德如從
> 雲霧中起。

的盧前蹄失陷，眼見將因此「妨主」，連累劉備，卻能及時躍出水
中，「一躍三丈」，其中神秘力量凸顯劉備身份與命運之不凡。待玄
德躍過溪西，顧望東岸·蔡瑁已引軍趕到溪邊，玄德見瑁手將拈弓
取箭，乃急撥馬望西南而去。由蔡瑁謂左右「是何神助也！」顯見
小說作者藉神蹟對玄德正統性之塑造。

又如第 89 回言孔明祝禱上天解除大軍枯渴之急，其文云：

> 孔明回到大寨之中，令軍士掘地取水。掘下二十餘丈，並
> 無滴水。凡掘十餘處，皆是如此。軍心驚慌。孔明夜半焚
> 香告天曰：「臣亮不才，仰承大漢之福，受命平蠻。今途
> 中乏水，軍馬枯渴。倘上天不絕大漢，即賜甘泉！若氣運
> 已終，臣亮等願死於此處！」是夜祝罷，平明視之，皆得
> 滿井甘泉。後人有詩曰：為國平蠻統大兵，心存正道合神
> 明。耿恭拜井甘泉出，諸葛虔誠水夜生。

藉孔明「倘上天不絕大漢，即賜甘泉，若氣運已終，臣亮等願死於
此處！」之祈求，可見氣運之認知，又應「滿井甘泉」之賜，既有
忠臣感人之赤誠，亦凸顯天命與人事之聯繫，所謂「心存正道合神

明」，為一切行止合理且動人之基礎。又第89回亦然，孔明軍士誤飲毒泉，不知所以，因而祈禱漢將軍馬援，其文曰：

> 孔明大驚，知是中毒，遂自駕小車，引數十人前來看時，見一潭清水，深不見底，水氣凜凜，軍不敢試。孔明下車，登高望之，四壁峰嶺，鳥雀不聞，心中大疑。忽望見遠遠山岡之上，有一古廟。孔明攀藤附葛而到，見一石屋之中，塑一將軍端坐，旁有石碑，乃漢伏波將軍馬援之廟：因平蠻到此，土人立廟祀之。孔明再拜曰：「亮受先帝托孤之重，今承聖旨，到此平蠻；欲待蠻方即平，然後伐魏吞吳，重安漢室。今軍士不識地理，誤飲毒水，不能出聲。萬望尊神，念本朝恩義，通靈顯聖，護佑三軍！」祈禱已畢，出廟尋土人問之。隱隱望見對山一老叟扶杖而來，形容甚異。孔明請老叟入廟，禮畢，對坐於石上。孔明問曰：「丈者高姓？」老叟曰：「老夫久聞大國丞相隆名，幸得拜見！蠻方之人，多蒙丞相活命，皆感恩不淺。」孔明問泉水之故。老叟答曰：「軍所飲水，乃啞泉之水也：飲之難言，數日而死。此泉之外，又有三泉。東南有一泉，其水至冷，人若飲之，咽喉無暖氣，身軀軟弱而死，名曰柔泉。正南有一泉，人若濺之在身，手足皆黑而死，名曰黑泉。西南有一泉，沸如熱湯，人若浴之，皮肉盡脫而死，名曰滅泉。敝處有此四泉，毒瓦斯所聚，無藥可治。又煙瘴甚起，惟未、申、酉三個時辰可往來；餘者時辰，皆瘴氣密佈，觸之即死。」孔明曰：「如此則蠻方不可平矣。蠻方不平，安能併吞吳、魏再興室？有負先帝托孤之重，生不如死也！」老叟曰：「丞相勿憂：老夫指引一處，可以解之。」

> 孔明曰：「老丈有何高見，望乞指教。」老叟曰：「此去
> 正西數裡，有一山谷。入內行二十裡，有一溪名曰萬安溪。
> 上有一高士，號為萬安隱者：此人不出溪，有數十餘年矣。
> 其草庵後有一泉，名安樂泉。人若中毒，汲其水飲之即愈。
> 有人或生疥癩，或感瘴氣，於萬安溪內浴之，自然無事。
> 更兼庵前有一等草，名曰『薤葉芸香』。人若口含一葉，
> 則瘴氣不染。丞相可速往求之。」孔明拜謝，問曰：「承
> 丈者如此活命之德，感刻不勝。願聞高姓？」老叟入廟曰：
> 「吾乃山神，奉伏波將軍之命，特來指引。」言訖，喝開
> 廟後石壁而入。孔明驚訝不已，再拜廟神，尋舊路上車，
> 回到大寨。

孔明對馬援將軍之禱辭在於「先帝託孤」「重安漢室」「本朝恩義」，再次強調漢朝正統與師出正義，後果有山神得將軍之命，化為老叟指引取安樂泉以解毒泉之疾，文本強調山神之助與顯盛之神，同時亦藉此凸顯蜀軍承漢正統，得道多助，獲天之同情與庇佑。

　　《水滸傳》演繹故事過程中，多次描寫道教神明廟宇，亦敘述道教活動，尤其是梁山好漢在行軍駐紮、對陣攻防之際，亦多次運用道教陰陽八卦、相生相剋觀念演變的陣法，如攻遼時所用九宮八陣卦、太乙三才陣、河洛四象陣、循環八卦陣、武侯八陣圖等，而〈張天師祈禳瘟疫〉、〈宋公明遇九天玄女〉、〈入雲龍鬥法坡高廉〉、〈公孫勝芒山降魔〉等皆直接講述道教故事。藉道教信念推移情節，為必經歷程提供前進因素。宋江於第 88 回宋江於夢中得玄女指示致勝戰略：

> 玄女娘娘曰：「此陣之法，聚陽象也。只此攻打，永不能
> 破。若欲要破，須取相生相剋之理。且如前面皂旗軍馬，

內設水星，按上界北方五炁辰星。你宋兵中可選大將七員，黃旗、黃甲、黃衣、黃馬，撞破遼兵皂旗一門。續後命猛將一員，身披黃袍，直取水星。此乃土剋水之義也。卻以白袍軍馬，選將八員，打透他左邊青旗軍陣。此乃金剋木之義也。卻以紅袍軍馬，選將八員，打透他右邊白旗軍陣。此乃火剋金之義也。卻以皂旗軍馬，選將八員，打透他後軍紅旗軍陣。此乃水剋火之義也。卻命一枝青旗軍馬，選將九員，直取中央黃旗軍陣主將。此乃木剋土之義也。再選兩枝軍馬，命一枝繡旗花袍軍馬，扮作羅睺，獨破遼兵太陽軍陣。命一枝素旗銀甲軍馬，扮作計都，直破遼兵太陰軍陣。再造二十四部雷車，按二十四氣，上放火石火砲，直推入遼兵中軍，令公孫勝布起風雷天罡正法，逕奔入遼主駕前。可行此計，足取全勝。日間不可行兵，須是黑夜可進。汝當親自領兵，掌握中軍，催動人馬，一鼓成功。吾之所言，汝當秘受。保國安民，勿生退悔。天凡有限，從此永別。他日瓊樓金闕，別當重會。汝宜速還，不可久留。」

玄女之指示以五行變動、主從態勢指點宋江致勝之道，因此使膠著戰況有所突破，而目的在於「保國安民」，並預示「他日瓊樓金闕，別當重會」，亦隱然顯示宋江必將面對此一試煉，有歷劫之必然遭遇。又第93回李逵於夢中得十字真言，以助攻戰，其文云：

宋江與眾兄弟追論往日之事，正說到濃深處，初時見李逵伏在桌上打盹，也不在意。猛可聽的一聲響，卻是李逵睡中雙手把桌子一拍，碗碟掀翻，濺了兩袖羹汁，口裏兀是嚷道：「娘，大蟲走了！」睜開兩眼看時，燈燭輝煌，眾

兄弟團團坐著，還在那裏喫酒。李逵道：「啐！原來是夢，卻也快當！」眾人都笑道：「甚麼夢？恁般得意！」李逵先說夢見我的老娘，原不曾死，正好說話，卻被大蟲打斷。眾人都歎息。李逵再說到殺卻奸徒，踢翻桌子，那邊魯智深，武松，石秀聽了，都拍手道：「快當！」李逵笑道：「還有快當的哩！」又說到殺了蔡京，童貫，楊戩，高俅四個賊臣，眾人拍著手，齊聲大叫道：「快當！快當！如此也不枉了做夢！」宋江道：「眾兄弟禁聲，這是夢中說話，甚麼要緊。」李逵正說到興濃處，揎拳裏袖的說道：「打甚麼鳥不禁？真個一生不曾做恁般快暢的事。還有一椿奇異夢：一個秀士對我說甚麼『要夷田虎族，須諧瓊矢鏃。』他說這十個字，乃是破田虎的要訣，教我牢牢記著，傳與宋先鋒。」宋江，吳用，都詳解不出。當有安道全聽的「瓊矢鏃」三字，正欲啟齒說話，張清以目視之，安道全微笑，遂不開口。吳用道：「此夢頗異，雪霽便可進兵。」當下酒散歇息，一宿無話。

李逵入夢之描繪不著痕跡，當眾人「說到濃深處」之時「伏在桌上大盹」，待言說夢境時，又先提及當日母為虎所噬及蔡京四賊臣的情節，所謂十字真言則是不著痕跡說出，「一個秀士對我說什麼『要夷田虎族，須諧瓊矢鏃』」，情節於此停頓聚焦，但李逵於夢中得真言，亦使其後情節有推進之可能。又如第 119 回魯智深得化身為老僧的羅漢之助，擒得方臘，其文云：

魯智深道：「洒家自從在烏龍嶺上萬松林裏廝殺，追趕夏侯成入深山裏去。被洒家殺了。貪戰賊兵，直趕入亂山深處，迷蹤失逕，迤邐隨路尋去。正到曠野琳琅山內，忽遇

一個老僧，引領洒家到此處茅菴中。囑付道：『柴米菜蔬都有。只在此間等候。但見個長大漢從松林深處來，你便捉住。』夜來望見山前火起，小僧看了一夜。又不知此間山徑路數是何處。今早正見這賊爬過山來。因此，俺一禪杖打翻，就捉來綁了。不想正是方臘。」宋江又問道：「那一箇老僧今在何處？」魯智深道：「那箇老僧自引小僧到茅菴裏，分付了柴米出來，竟不知投何處去了。」宋江道：「那和尚眼見得是聖僧羅漢，如此顯靈，令吾師成此大功！回京奏聞朝廷，可以還俗為官，在京師圖個蔭子封妻，光耀祖宗，報答父母劬勞之恩。」

其他道教神祇亦然，如烏龍嶺之烏龍神助宋江免於鄭魔君之魔掌，羅真人傳授公孫勝五雷天罡正法，宋江因而勝高廉等。於關鍵之際，宋江均得以獲道教神仙之助，而化險為夷，轉危為安。[29]其中除強調得道多助的概念外，亦使情節得以進行，彼此人事歷練與天數循環方有繼續的可能，其間尤見所謂想像虛構的創作意識，如孔明赤壁祭風與祈壽祭星，《水滸傳》之公孫勝亦有類似作為，如第105回：

> 分撥甫定，忽見公孫勝說道：「兄長籌畫甚妙。但如此溽暑，軍士遠來疲病。倘賊人以精銳突至，我兵雖十倍於眾，必不能取勝。待貧道略施小術，先除了眾人煩燥，軍馬涼爽，自然強健。」說罷，便仗劍作法，腳踏魁罡二字，左手雷印，右手劍訣，凝神觀想，向巽方取了生氣一口，念

---

[29] 王濯巾，〈略論《水滸傳》與道教〉，《嘉應大學學報（（哲學社會科學））》19.5（2001.10）：62-64。

　　咒一遍。須臾，涼風颯颯，陰雲冉冉，從本山嶺岫中噴薄
　　出來，瀰漫了方城山一座。二十餘萬人馬，都在涼風爽氣
　　之中。除此山外，依舊是銷金鑠鐵般烈日，蜩蟬亂鳴，鳥
　　雀藏匿。宋江以下眾人，十分歡喜，稱謝公孫勝神功道德。

公孫盛之祭風，始大軍於溽暑之中得有清風吹拂，並強調方城山之
外仍舊銷金鑠鐵之烈日，顯公孫勝之神功，亦使宋江大軍免於疲
病，免除敵軍突襲危機，確保致勝之可能。

　　所謂「戲不夠，仙來湊」，古典小說往往依賴道教或神仙故事
充其內容，《水滸傳》中亦有此情節安排之跡。[30]然未必是具有擴
增內容之消極表現，而是藉此推移情節發展，並一再強化天意與劫
數之敘述整體意識。就敘事學角度言，異兆預示與故事結構敘事策
略相關，小說中不同的自然徵兆預示，冥冥中引導眾多英雄之分
合、梁山事業之進程階段，以至最後群雄歿世、眾星歸位，形成一
放一收、一聚一散的敘事框架。並從中顯示天意人事的因果關係，
以及徵兆預示的應然與實然的關係，由此演繹英雄事業之悲壯。天
數或歷劫概念介入與實際史事，與現實對照的結果，或凸顯得道人
事之正當合理性，或強調既定天命下人事必經之試練歷程。

　　此類敘述超越歷史事件之單純再現，呈現作者對此一歷史序列
所具有的理解與審美。事實上，小說的情節並非是現實生活或歷史
的原本呈現，其間具有作者的體認創造，並以特定情感或價值判斷
乃至詮釋，賦予情節特定藝術形式，是以情節的敘述或人物命運的
推展，都因作者刻意的組織與詮釋概念而加以聯結，藉敘述來顯示
某種價值。[31]由此可見，《三國演義》與《水滸傳》運用天命符讖

30　王濯巾，〈略論《水滸傳》與道教〉，頁64。
31　吳士餘，〈佛學文化的滲入與傳統敘事思維機制的定型〉，《中國小說思維

童謠預兆等書寫策略敘述歷史與人物，相對於所謂的事實，此類情節安排與敘事框架，實具有一程度之虛構性與文學性，不同於歷史真實之要求，亦不在追求所謂真實，而是藉史實人物以反映某種價值或精神取向，因文學藝術之介入，致史實之客體化，所謂羽翼信史之真實權威說法於此退位，而轉為小說作者闡釋與意識之憑藉。

第三節　強調歷劫試鍊與昇華

　　海登懷特以為，歷史著作的內容受到意識型態的影響，審美觀照（情節編排）和認知運作（論證）得以結合，看似純粹描述的或分析的陳述中，其實衍生了具有主觀判斷的性質。歷史學家可以解釋歷史場中發生的事件，識別故事中控制情節發展的規律。[32]文學的文本做為歷史的備忘錄，不僅描寫過去，同時亦反映特定時期人們對過去的思考與理解，亦呈現做為歷史見證人的史家或作者對往事的思考與評價，是以文學不僅將史實具體化，亦將人類對歷史的看法加以具體化。[33]小說作者的主體意識與價值觀，即使是史事或傳記的改編或創作，其中亦有再創造與相關思考存在，無論是情節發展基調或敘事主軸，皆展現作者特定取捨且終趨融合之信念。

的文化機制》（上海：華東師範大學，1990），頁 112-113。

[32] 海登懷特，〈十三《元歷史：19 世紀歐洲的歷史想像》之前言：歷史的詩學〉，《後現代歷史敘事學》（北京：中國社會科學出版社，2003），頁 399。

[33] 周憲，《超越文學：文學的文化哲學思考》（上海：三聯書店，1997），頁 171。

（一）天命人力之折衷對應

　　小說中所呈現的中國傳統天人合一思想內涵，大致可說是在
「唯天為大」的前提下，講天人的同一性，其中有兩要點：一是天
人同構，人為取法天道，二為天人感應，天命支配人事。但《漢書》
卷三十〈藝文志〉云：「天文者，序二十八宿，步五星日月，以紀
吉凶之象，聖王所以參政也。《易傳》曰：『觀乎天文，以察時變。』
然星事凶悍，非湛密者弗能由也。」[34]既肯定天與人的和諧互動，
卻又不免具有神秘不可言的傾向，由此構成小說結構之內在模式。[35]

　　對照實際歷史記載，《三國演義》對情節增刪與虛實敘事，更
顯趨向文學的特質，不僅背離史事，甚而創造其他人物或情節，在
結構安排上亦因特定的認知取向，針對三國人事有所強化或忽略，
此類藝術表現呈現小說作者之意識[36]，即對於三國史事之哀感，
面對不甚完美或不符道德倫理價值的歷史進程所做的評價。如第
62 回：

> 　　四人下拜，求問前程之事。紫虛上人曰：「貧道乃山野廢
> 人，豈知休咎？」劉璝再三拜問。紫虛遂命道童取紙筆，
> 寫下八句言語，付與劉璝。其文曰：「左龍右鳳，飛入西
> 川。雛鳳墜地，臥龍升天。一得一失，天數當然。見機而
> 作，勿喪九泉。」
>
> 　　劉璝又問曰：「我四人氣數如何？」紫虛上人曰：「定數

34　班固，《漢書》，（北京：中華書局，1962），頁 1765-1767。
35　杜貴晨，〈天人合一與中國古代小說結構的若干模式〉，《傳統文化與古典
　　小說》，（保定：河北大學出版社，2001），頁 21。
36　熊篤、段庸生，《三國演義與傳統文化溯源》（重慶：重慶出版社，2002），
　　頁 244-284。

難逃，何必再問？」瑰又請問時，上人眉垂目合，恰似睡
著的一般，並不答應。

龍鳳之升天墜地，皆為天數所當然，所謂「定數難逃」，仍須面對
與親歷，人事之神祕不可測，亦不應測，因為「星事兇悍，非湛密
者弗能由也，此聖人知命之術也，非天下之至材，其孰與焉！道之
亂也，患出於小人而強欲知天道者，壞大以為小，削遠以為近，是
以道術破碎難知也」。天人相應，由天推人，天雖有人可知的一面，
然而星事兇悍，天終究是常人所不可知的，是以有不可知的天命，
不可測的人事。若強欲知天道，即是災難的開始，唯有透過歷練，
親自領會，此亦為面對天命之態度。如第 69 回曹操使管輅卜天下
事，亦呈現類似態度：

> 操大喜，即差人往平原召輅。輅至，參拜訖，操令卜之。
> 輅答曰：「此幻術耳，何必為憂？」操心安，病乃漸可。
> 操令卜天下之事。輅卜曰：「三八縱橫，黃豬遇虎；定軍
> 之南，傷折一股。」又今卜傳祚修短之數。輅卜曰：「獅
> 子宮中，以安神位；王道鼎新，子孫極貴。」操問其詳。
> 輅曰：「茫茫天數，不可預知。待後自驗。」

管輅之卜不免亦有隱語與預言，但所謂天數終究是「不可預知，待
後自驗」，亦是強調人事行為之必要，又第 103 回孔明對祭星祈壽
失敗的態度亦然，其文曰：

> 孔明在帳中祈禳已及六夜，見主燈明亮，心中甚嘉。姜維
> 入帳，正見孔明披髮仗劍，踏罡步斗，壓鎮將星。忽聽得
> 寨外吶喊，方欲令人出問，魏延飛步入告曰：「魏兵至矣！」

> 延腳步急，竟將主燈撲滅。孔明棄劍而歎曰：「死生有命，
> 不可得而禳也！」

魏延步急踏熄主燈，而此事於眾人刻意維護下仍舊發生，正應孔明「死生有命，不可得而禳」之嘆，人力終究有限且渺小。如第 78 回有曹操夜夢梨樹之神揚言：「吾知汝數終，特來殺汝。」且「杖劍砍操」，此一虛構情節既強調因果關係，亦因曹操此後的不能痊可的頭痛而有華陀出場及最終被害的情節。其文云：

> 旬日之後，華佗竟死於獄中。吳押獄買棺殯殮訖，脫了差
> 役回家，欲取青囊書看習，只見其妻正將書在那裡焚燒。
> 吳押獄大驚，連忙搶奪，全卷已被燒毀，只剩得一兩葉。
> 吳押獄怒罵其妻。妻曰：「縱然學得與華佗一般神妙，只
> 落得死於牢中，要他何用？」吳押獄嗟嘆而止。因此青囊
> 書不曾傳於世，所傳者止閹雞豬等小法，乃燒剩一兩頁中
> 所載也，後人有詩曰：
> 華佗仙術比長桑，神識如窺垣一方。惆悵人亡書亦絕，後
> 人無復見青囊！

華陀神妙醫術卻無法完整傳世，亦見某種理想之消逝與遺憾。作者藉詩歌與情節變化表達遺憾，所謂「人亡書絕」，其中不僅是對時間人事流逝之感嘆，尤其是對於無可挽回的命運及渺小人力，更是多所嗟嘆。華陀下獄後因感吳押獄之善待，死前特以《青囊書》相贈，卻又遭吳妻燒毀，所謂「惆悵人亡書亦絕，後人無復見青囊」。又如吳妻之言，「縱然學得如華陀一般神妙，只落得死於牢中，要它何用」，此象徵智慧文明及生命面對戰爭、面對歷史時之脆弱與

渺小，在茫茫天數下，虛無消逝似為唯一歸宿，亦是人類的共同悲哀。[37]

　　小說中屢見的異兆預測，是古代理性思維方式的表現，既強調天人合一或天人感應，但另一方面亦有受自然之天所主宰，而被動順從的內涵。[38]亦由此強調塵世人事面對劫難或挑戰之必然，甚至亦因此於有限與無限之矛盾中，產生不得不具有的悲感。另一方面，傳統思想雖重天命天理天道，但亦主張權變，[39]所謂易窮則變，變則通，通則久，此類觀念亦顯現於小說內涵中，《三國演義》與《水滸傳》情節固強調天人合一之概念，然而，順天之意涵外，亦具有人對天的主動作用，天人二者是靈活動態，生生不息的規律。[40]故事中人物不計利益的價值抉擇與矛盾，乃至對天下分合規律的認識，宇宙運行與歷史變遷，實皆處於變動不居的地位，雖無法改變或扭轉歷史發展，但卻必須去面對與從事，此或為人類面對歷史認知內涵與對應態度。

　　《三國演義》常以天命解釋歷史發展，另一方面亦凸顯人事之表現與價值，此為現實折衷與價值對應，第 37 回崔州平以為治亂無常，認為劉備「欲使孔明斡旋天地，補綴乾坤，恐不易為，徒費心力耳。豈不聞『順天者逸，逆天者勞』數之所在，理不得而奪之，命之所在，人不得而強之乎」而劉備之回應，「先生所言誠為高見。但備身為漢胄，合為匡扶漢室，何敢委之數與命」[41]。又如劉備與孔明對政治形勢與個人遭遇之選擇與對應態度，亦即顯現人之主動

---

[37]　韓曉、魏明，〈論「天人合一」對《三國演義》敘事系統的影響〉，頁 329。

[38]　李維，〈先兆預測：《水滸傳》的神秘文化〉，《瀋陽師範大學學報（社會科學版）》26.5（2000.5）：310。

[39]　如第 37 回孔明舌戰群儒，即顯示士人當應體察世情，順應時勢，以合天道。

[40]　戴承元，〈試論《三國演義》在天命和人事之間的兩難抉擇〉，頁 90。

[41]　戴承元，〈試論《三國演義》在天命和人事之間的兩難抉擇〉，頁 89。

性與相關矛盾，第 97 回孔明於〈後出師表〉云，「凡事如此，難可逆見。臣鞠躬盡粹，死而後已。至於成敗利鈍，非臣之明所能逆睹也。」又於第 116 回顯靈向鍾會言「漢祚已衰，天命難違」。即使肯定天命氣數，以及所形成的變遷循環，人為與道德似無法扭轉天數流行之規律，一如第 103 回司馬懿父子於火燒上方谷之危時，卻「忽然狂風大作，黑氣漫空，一聲霹靂響處，驟雨傾盆，滿谷之火，盡皆澆滅」，然而，人卻同時具有主動性，即使於此一前提中，亦思積極介入參與，此為人文價值展現，與實際成敗並無直接關聯。

　　小說強調故事人物面對當世之價值選擇，此亦是作者對歷史人事之詮釋態度。孔明為報三顧茅廬的知遇之恩，接受白帝城託孤輔佐劉禪六出祁山，鞠躬盡粹，死而後已，亦具有同樣價值理念，即知其不可而為之的人生選擇。

　　《水滸傳》亦然，以為人力與命運皆是符應天命，如第 71 回天書所列眾好漢之名，顯然是「上天顯應，合當聚義」，《水滸傳》既強調忠君思想，另一方面亦凸顯相對的綠林文化，藉由梁山好漢之聚合乃因「替天行道」以合理化，並一再藉由各好漢之經歷，如宋江被黃文炳所逼，武松被西門慶所逼，柴進被高廉所逼，解珍、解寶被毛太公所逼，以及林沖被逼毫無退身之路，只有造反一途，被逼上梁山，而強調其間的不得已，有意突出一「逼」字，[42]以顯人事作為之悲壯與合理，並獲得同情。亦如第 120 回所云，「紛紛世事無窮盡，天數茫茫不可逃。鼎足三分已成夢，後人憑弔空牢騷」，所有人事之行動與抉擇皆難以逃離茫茫天數。

42　王富鵬，〈論《水滸傳》作者思想的矛盾性〉，《韶關學院學報（社科版）》22.5（2001.5）：2。

　　《水滸傳》的價值觀雖以儒家仁政思想為中心，如李贄〈《忠義水滸傳》序〉所言「水滸傳者，發憤之作也。」「敢問泄憤者誰乎？則前日嘯聚水滸之強人也。故不謂之忠義不可也」[43]，小說中的社會是由蔡京、高俅等人把持朝政的黑暗亂世，此一背景提供宋江等人作為之原因及解釋，並強調其人行止符合仁政之標準。[44]

　　此類敘述安排既合理化眾家好漢之行為，並因此獲致同情理解，而配合故事所謂天數命定之意識前提，綠林文化得以與正統忠君思想相對應，成為情節鋪敘中的另一種主要因素。且宋江之忠，具有忠君與私忠兩種成分，因而具有愚忠和順服的特色，即為忠君與順服兩種類型之混合，由忠君來實現報國誓言，而梁山好漢之誠信守，則由「義」來規約，特別如李逵此類人物的忠君思想其實淡薄，其所謂的「忠」就是「義」，故有賴宋江強調忠君，以求「義」的行為價值提昇，同時也因傾向政治倫理，與「忠」不致衝突。原先「直教掀翻天地重扶起，戳破蒼穹再補完」之俠情氣慨，轉而為「惟誅國蠹去貪殘，替天行道民盡安」。[45]如第 71 回：

> 宋江對眾道：「今非昔比，我有片言：今日既是天罡地曜相會，必須對天盟誓，各無異心，死生相托，吉凶相救，患難相扶，一同保國安民。」眾皆大喜。各人拈香已罷，一齊跪在堂上。宋江為首，誓曰：「宋江鄙猥小吏，無學無能。荷天地之蓋載，感日月之照臨。聚弟兄於梁山，結英雄於水泊。共一百八人，上符天數，下合人心。自今已

[43] 丁錫根，《中國歷代小說序跋集》，(北京：人民文學出版社，1996)，頁 1466。

[44] 成雲雷、呂前昌，〈儒家文化對《水滸傳》價值觀的雙重影響〉，《石油大學學報（社科版）》17.3（2001.6）：34。

[45] 馮文樓，〈《水滸傳》：游俠精神與法外力量的政治收編與文化整合〉，《四大奇書的文本文化學闡釋》，(北京：中國社會科學出版社，2003)，頁 177。

> 後，若是各人存心不仁，削絕大義，萬望天地行誅，神人
> 共戮。萬世不得人身，億載永沉末劫。但願共存忠義於心，
> 同著功勳於國。替天行道，保境安民。神天察鑒，報應昭
> 彰。」誓畢，眾皆同聲共願，但願生生相會，世世相逢，
> 永無斷阻。當日歃血誓盟，盡醉方散。

第71回排座次，聚義廳改成忠義堂，作者以詩贊曰：「忠義英雄迥
結台，感通上帝亦奇哉！人間善惡皆招報，天眼何時不大開」，天
道一直存在，只是維護天道的途徑不同。結局亦引用天意以求解脫
與安慰，天帝得憐而得敕封列侯並引詩云，「生當鼎食死封侯，男
子生平志已酬」，可見回歸道德與既有價值。[46]顯現作者之書寫與
審視的價值基調。

　　又如第120回宋江等好漢因高俅、楊戩、蔡京、童貫等奸臣所
害死，託夢徽宗申訴冤情，徽宗並由宿太尉具稟，得知宋江等果真
飲御賜藥酒而死，其後楚人感其忠義，葬於楚州蓼兒洼高山之上，
更有吳用花榮李逵三人，一處埋葬。百姓哀憐，蓋造祠堂於墓前，
春秋祭賽，虔誠奉祀，士庶祈禱，極有靈驗。皇上因而親書聖旨，
敕封宋江為忠烈義濟靈應侯，仍敕賜錢於梁山泊，起蓋廟宇，大建
祠堂，妝塑宋江等歿於王事諸多將佐神像。且敕賜殿宇牌額，御筆
親書「靖忠之廟」。濟州奉敕，於梁山泊起造廟宇。所謂「庶民恭
禮正神祇，祀典朝參忠烈帝。萬年香火享無窮，千載功勳表史記」
「天罡盡已歸天界，地煞還應入地中。千古為神皆廟食，萬年輕史
播英雄」，並引太史之唐律二首以哀挽，其詩云：

46　陳德新、李維，〈論《水滸傳》中的天人合一觀〉，《欽州師範高等專科學
　　校學報》15.2（2000.6）：30。

莫把行藏怨老天，韓彭當日亦堪憐。一心征臘摧鋒日，百
戰擒遼破敵年。煞曜罡星今已矣，讒臣賊相尚依然。早知
鴆毒埋黃壤，學取鴟夷泛釣船。生當廟食死封侯，男子平
生志已酬。鐵馬夜嘶山月暗，玄猿秋嘯暮雲稠。不須出處
求真跡，卻喜忠良作話頭。千古蓼洼埋玉地，落花啼鳥總
關愁。

梁山好漢之冤屈終究獲得平反，獲百姓累世尊崇，此一結果提供讀
者安頓與希望，所引之詩亦見作者對人生樣態的理解與感嘆。而其
中忠與義之關係，在於「忠」的價值主導「義」的內涵，回歸正常
合理範圍，亦是回歸現實秩序與符應天數之思考。《水滸傳》雖保
持一貫忠君思想，即使一再強調屬於綠林文化的「義」，亦在忠君
思想的範圍之下，即使君主庸昏亦然，此亦是一項矛盾心理，宋江
等人接受招安的悲慘下場，凸顯作者對於現實與歷史之洞察，以及
從中發現的滄桑之感，故事最終雖以宋江等人含冤得以昭雪，享四
時之祭，然畢竟是缺憾中之無奈遺憾。

　　人生理想與歷史事實顯然相互衝突，且此一衝突終究在現實限
制下，必須取得一致，而有蒼涼意識之產生，而此類人生意識顯為
士庶所互通共感的。《三國演義》與《水滸傳》顯示，人之於命，
總不免有限制與困惑，天不只是人所投射的道德內涵，還限定道之
行與不行、人之達與不達，所有人事世界均無法脫逸其掌握，而天
命超越人而又內在於人，不可須臾離，受命於天而不可解於心，對
於人事道德無法獲得天之相對符應，面對此落差，自不免有困惑與
懷疑。所謂萬般皆有命，或即孔子「遇不遇者，時也」之說法，是

命與時的問題，遇或不遇，道之行或不行，皆非人力所能控制或自
主，只能待時，唯一能掌握的，是自我之修為。[47]

　　作者以特定的理念投諸於故事文本，然而並非創作虛構，而是
具有歷史基礎。是以檢視作者於其間的重組敘事及凸顯的價值觀
點，可見三國與水滸故事中的主要人物面對抉擇亦常有矛盾，甚而
明知此一選擇將有不利影響，却仍堅持價值選擇，如關雲長華容道
釋曹操、劉備顧慮兄弟之義而伐吳，終至託孤孔明等，宋江等人因
特定因素落草為寇、又面對招安與隱遁之出處抉擇，以及奸人構陷
的冤屈，凡此均強調人物不可避免的理性感性之衝突矛盾。而此類
所謂不得不的人生命運與抉擇，實可歸納於天數之解釋模式，因有
不可避免的既定歷練過程，是以其間的矛盾考驗迭出，成為人格或
使命成就之過程。

（二）歷劫修練之成長救贖

　　《三國演義》中，倫理和歷史各自進行，道德觀念對歷史進行
價值批判之同時，客觀歷史進程亦檢驗道德體系，彼此相互對照，
承認歷史之客觀實在性與歷史演變之必然性，但在認知、敘述、解
釋歷史時，除尊重歷史自身內在規律外，亦提出評價。天人合一思
想多與道德倫理互涉對應，《三國演義》在具體人事互動上強調彼
此感通相互聯結，而在情節佈局上尋求一中和圓融的審美思想。劉
關張的桃園結義形式使人物間進入共有的「上報國家，下安黎庶」
的自覺人格實現過程，承擔歷史使命之過程，具有價值合理性或合

47　龔鵬程，〈天命思想在中國小說裡的運用〉，《中國小說史論》，（台北：學
　　生書局），頁157。

道性，確立兄弟三人之誼與倫理關係，所謂「不求同年同月同日生，只願同年同月同日死。皇天后土，實鑒此心。背義忘恩，天人共戮。」經由此一具宗教意味之儀式，彼此形成「信用之共同體」，奉行忠義為其人一致之道德基礎，是必須遵守的「義務」，[48]關、張對於劉備，既是「兄弟」又是「君臣」關係，因此影響三人行事與人生選擇，甚且影響整體局勢之勝敗關鍵，亦顯現歷史進程與人事理想之落差或缺憾。[49]

　　如第 37 回司馬徽預言「臥龍雖得其主，不得其時，惜哉！」暗示後續情節無可避免之悲劇發展，又如第 40 回敘述孔明建議劉備，趁劉表病危取荊州以為根據地，但劉備基於人倫道義，「寧死不做負義之事」，被曹操打敗後，又不忍遺棄百姓，致軍民死傷無數，此一人生選擇強調劉備身處困境仍躬行仁義，然對於整體政治局勢與個人事業，卻是有害無益。關羽失荊州被東吳所殺，劉備為兄弟報仇，不顧群臣諫阻，以傾國之兵伐吳，以為「雲長與朕，猶一體也，大義尚在，豈可忘邪」「若不報仇，是負盟也」，「朕不為弟報仇，雖有萬理江山，何足為貴？」此一道德價值之選擇實令蜀漢元氣大傷，如趙雲所云：「漢賊之仇，公也；兄弟之仇，私也。願以天下為重」，其實即是一種質疑。[50]又關羽於華容道義釋曹操，張飛急兄之仇，因關羽之死而意氣消沉，酒醉之餘更是遷怒屬下，甚至因此造成之後為范疆、張達所刺死。凡此皆是基於人事價值所作的抉擇。

---

[48] 馮文樓，〈《三國志演義》：倫理架構與批判立場〉，《四大奇書的文本文化學闡釋》，頁 64-65。

[49] 李福清（B.Riftin），〈三國故事與民間敘事詩〉，《李福清論中國古典小說》，（台北：洪葉文化事業有限公司，1997），頁 31-32。

[50] 李雙華，〈論《三國演義》中的歷史主義〉，《江西社會科學》6（2002）：42-43。

　　《三國演義》於呈現史事之同時，故事人物基於仁義道德的作為與選擇看似非理性行為，其實是價值合理性的情感型行動，如孟子所言「惟義所在」，是一切行動的起點和歸宿。[51]。《三國演義》不僅型塑孔明之道德與神異，亦暗示孔明一開始即料定漢王朝氣數終盡，劉備亦不足以一統天下，然為履行對國家及知遇之責任與情感，仍決定面對此不能成功之奮鬥，其間道德超越功利之上。但亦見彼此之內在矛盾，藉孔明所說「謀事在人，成事在天，不可強也」，又藉卷首「臨江仙」一詞強調紛紛世事演變終歸結於茫茫天數，表現了傳統文人普遍困惑與感傷。[52]

　　《水滸傳》中的「天數」既是災難的解釋，亦藉此以為行道的合理因素。呼應全書起始天意之架構，如呼延灼與盧俊義等歸順梁山時所云：「本是天罡星之數，自然湊合」、「合當聚會，自然義氣相投」，均再次說明冥冥的天意安排，一百零八好漢聚義梁山，英雄排座次時又天降石碣，上列眾人名姓，既是上天星宿，自當秉承天意聚義，替天行道，而之後的毀滅，亦是在劫難逃，實為必經歸宿。[53]天人既合一卻又有衝突，且須經歷其間不斷的考驗挑戰，方有其後人格成就之可能。第42回：

> 宋江聽畢再拜謹受。娘娘法旨道：「玉帝因為星主魔心未斷，道行未完，暫罰下方，不久重登紫府。切不可分毫失忘。若是他日罪下酆都，吾亦不能救汝。此三卷之書，可以善觀熟視。只可與天機星同觀，其他皆不可見。功成之

51 馮文樓，〈《三國志演義》：倫理架構與批判立場〉，《四大奇書的文本文化學闡釋》，頁66。
52 李雙華，〈論《三國演義》中的歷史主義〉，《江西社會科學》6（2002）：43。
53 王濯巾，〈略論《水滸傳》與道教〉，頁63。

後，便可焚之，勿留在世。所囑之言，汝當記取。目今天
凡相隔，難以久留。汝當速回。」

所謂「魔心未斷，道行未完，暫罰下方，不久重登紫府。切不可分
毫失忘。若是他日罪下酆都，吾亦不能救汝」顯示出謫凡修煉之必
然，亦是一種強制性的道德洗禮，一種帶有悲壯意味的成年儀式。[54]
又第53回羅真人對薄懲李逵之說明，其文云：

> 羅真人笑道：「貧道已知這人是上界天殺星之數。為是下
> 土生作業太重，故罰他下來殺戮。吾亦安肯逆天，壞了此
> 人。只是磨他一會，我叫取來還你。」戴宗拜謝。羅真人
> 叫一聲：「力士安在？」就鶴軒前起一陣風。風過處，一
> 尊黃巾力士出現。但見：
> 面如紅玉，鬚似皂絨，彷彿有一丈身材，縱橫有一千斤氣
> 力。黃巾側畔，金環耀日噴霞光；繡襖中間，鐵甲鋪霜吞
> 月影。常在壇前護法，每來世上降魔。腳穿抹綠雕蹴靴，
> 手執宣花金蘸斧。
> 那箇黃巾力士上告：「我師有何法旨？」羅真人道：「先
> 差你押去薊州的那人，罪業已滿。你還去薊州牢裏，取他
> 回來。速去，速回！」力士聲喏去了。約有半箇時辰，從
> 虛空裏把李逵撇將下來。

羅真人以，李逵乃「上界天殺星之數。為是下土生作業太重，故罰
他下來殺戮。吾亦安肯逆天，壞了此人」，表現順應天命，而後對
力士言李逵「罪業已滿」，實反映歷劫贖罪之思考模式。歷劫之情

---

[54] 馮文樓，〈《水滸傳》：游俠精神與法外力量的政治收編與文化整合〉，《四
大奇書的文本文化學闡釋》，頁179。

節發展基調與敘事主軸，為一種文化心理，影響小說的敘述策略與審美特徵，具體表現如情節發展序列與人物彼此分合之因果關係，甚至規範小說人物之生命模式，為整體故事之所以發生的前提與詮釋。

《三國演義》與《水滸傳》雖各自建立人物修為鍛鍊的場域，或開放或固定，心路歷程之推移或具體或抽象，各又側重，然彼此文本中的人物意志變遷與反省修正則相似，且均為小說所強調關注之重點。

《三國演義》與《水滸傳》二者之敘事意識或有異同，所謂天命有常或天輔善人等價值意識，其實亦具有民間普遍信念，並非純粹宗教內涵，然而強調歷史運行之可能趨勢與個人前世功過之因緣來歷，以確認盡人事或贖罪歷程之必然，則為共同趨勢。藉由小說作者提出之特定敘事意識或價值，賦予深沉悲感之反省內在，因而重新思考與檢視，強調歷程之必然實踐與完成，以致最終的分合一致與和諧，無論是服從歷史規律或證道昇天或偕隱分離的結局，其實均是一種完成，亦是小說所表現的特定敘事意識之一。

歷劫亦有其預期趨勢，並往往有賴指導者之引導，得以解救或指點，以延續歷鍊過程。其間過程序列之重複、命定與縝密，代表人物性格與彼此互動關係，從而與自然或天界加以結合，是以出場人物有其特定象徵與彼此競合關係，歷程中之動靜展現，天命人事之衝突、官匪對立與忠義取捨，空間氛圍與今昔差異等，皆在此一涵蓋範圍內。「劫」的實際內涵，如不斷的人物衝突、天人合一或交戰等，有關社會責任與個人修身等價值歧異與爭執，均是在一致的價值判斷之下，往復擺盪，及至終趨平衡。[55]分合盈虛、善惡消

55　蒲安迪，〈第五章　奇書文體中的寓意問題〉，《中國敘事學》（北京：北京

長等二元補襯概念，實為人生模式之概括，亦為歷劫之具體過程，作者亦藉此展現其創作之意圖。歷劫既為一命定或贖罪過程，故凸顯修鍊特質，小說人物面對現實與理想之衝突而產生的感知反省，最終被統合成一整體的境界，即對人生經驗之無常與虛幻有了反省，並形成某種人生模式與規律，於此形成超越自我及當下的永恆，即如何處理命定的缺陷，自我修為與自我體認或應是核心。

　　宗教原本即充滿複雜的意涵，無論是道佛之威嚴顯赫或慈悲智慧，或入俗或出世，或形修或神悟，均負有勸善懲惡，指引迷津的使命，使小說具有神秘兼睿智之教化使命。[56]宗教思維與傳統儒道精神的互動，意味修習經歷之必然，修行與自我完善亦正是對現實人事之特定角度詮釋。仙凡於不同時空的相互聯繫，既呈現前因，亦鋪敘後果，並強調整體實踐的過程。無論是功德圓滿、得道升天或頓悟出世，凡此亦可視為對現實人事悲歡遇合之各式詮釋。[57]基調既已確立，故事發展因而具有一定的預期範圍，歷劫過程必有種種磨難與衝突，其間亦於關鍵時刻得遇解救或指引，以促使歷劫經驗之繼續，其後則必有某種程度的完成，未必是圓滿的結局，卻必是一種提昇與淨化，此似又與傳統之修煉領悟觀念相契，是以小說作者之敘事意識與價值判斷，終將合理化情節發展與故事結局，亦與傳統價值有所安頓與融合。

　　《三國演義》作者寫作有史實依據的小說，具有明顯的創作審美傾向與價值理想，成為實現作者理念或價值之載體，對於流傳已

大學出版社，1996），頁 158-166。

[56] 陳彥廷，〈文化格局上的守衛態勢：對《水滸》宗教「泛泛論」的重新解讀與詮釋〉，《浙江師範大學學報（社會科學版）》1（2003）：9。

[57] 此類現實相關解釋，前有所承，如六朝之人鬼殊途、死生異路，及唐傳奇中仙凡終必相別或相偕不知所終等結局，實為現有智慧對具體人事與故事的折衷解釋。

久且普遍的歷史故事進行反思，對於現實保持一種觀照的距離，而強化故事中的悲劇意識。[58]《三國演義》具有知識份子之評述，作者於《三國演義》所表現的，是將歷史道德化，而道德是非之價值標準自是以儒家為中心。羅貫中所認同的是儒家王道，嘉靖本《三國志通俗演義》中云：「天下者，非一人之天下，乃天下人之天下也，惟有德者居之。」其不重在呈現歷史真實，而是其理想中所應展現的內涵，是以其中人物於選擇之際，常陷於功利與仁義之矛盾，其中的得失與成敗，亦多因之而起。一如毛宗崗冠於卷首之楊慎〈臨江仙〉，「是非成敗轉成空」，「古今多少事，都付笑談中」，作者以一定之心理距離，審視千年歷史，不沉浸於彼間之百年歷史人事之具體變遷，而是以虛靜之人生視域俯視此一人間紛擾，由此亦見小說作者審視歷史變遷及時代分合時，面對實際人生與理想期許之落差時，所提出之相關批評與解答。既揭示合久必分、分久必合等變遷規律，並賦予情勢之道德化評論。而道德與歷史客觀規律無法一致，因此故事文本自是不免有矛盾與困惑，其間不免有遺憾有犧牲。羅貫中雖塑造劉備孔明與關羽等仁君賢臣形象，但即使是道德完人，亦無法扭轉歷史進程，所謂「不可強也」、「不得其時」，正是對現實缺憾之解釋。[59]

　　《水滸傳》故事之產生與流傳已具有民間思想意識，作者將這些故事加以改造重寫，作品中士人價值觀與民間價值觀相互交織互動。[60]將天罡地煞之下凡賦予忠烈義行，梁山泊好漢的率眾起義藉

58　李平、程春萍，〈談《三國演義》的悲劇性及作者創作思想的對立統一〉，《齊齊哈爾師範學院學報》3（1997）：69。

59　李涓〈論《三國演義》中的空幻意識〉，《雲南民族學院學報（哲社版）》19.2（2002.3）：96-98。

60　李春青，〈《水滸傳》的文本結構與文化意蘊〉，《齊魯學刊》4（2001）：27。

由招安獲致肯定，作者亦藉由一百零八好漢的神界來歷，及身後百姓對其人忠義之感念，強調其人下凡與聚散之相關合理與必然因素，此類解釋使神界與人間得以互通，且價值觀點上取得一致與合理性。然而其間卻也呈現作者對現實政治與歷史的批判意識，一如李贄〈忠義水滸傳敘〉云：

> ……則謂水滸之眾，皆大力、大賢、有忠、有義之人可也，然未有忠義如宋公明者也。……獨宋公明者身居水滸之中，心在朝廷之上，一意招安，專圖報國；卒至犯大難，成大功，服毒自縊，同死而不辭。則忠義之烈也，真足以服一百單八人之心。故能結義梁山，為一百單八人之主。最後南征方臘，一百單八人者，陣亡已過半矣。又智深坐化於六和，燕青涕泣而辭主，二童就計於混江，宋公明非不知也，以為見機明哲，不過小丈夫自完之計，決非忠於君、義於友者所忍屑矣。是之謂宋公明也，是之謂忠義也。

以生命換取忠義人格的展現，此為小說最深刻之處，忠義神話的破滅，正凸顯歷史與價值、政治與理想的悖逆，亦是作者對實際人事批判意識之所在。[61]又如樂蘅軍以為：

> 水滸有一個很突出的恍然回顧與反省式的結局，於是水滸自然就比騎士或游俠表現了對人類生存情況更深遠的觀察。簡單說，水滸是比較具有嚴肅文學作品所不可或缺的，對人生真理的透視力。而水滸所以不為傳說故事和通俗小說的原始簡單性格所限，主要原因之一，就是在這透視力

61　馮文樓，〈《水滸傳》：游俠精神與法外力量的政治收編與文化整合〉，《四大奇書的文本文化學闡釋》，頁 201。

之下，所不得不導致的，這最後煞尾時的悲愴音調。假如
我們譬喻水滸前半是一個憤怒的巨人，例如像撞毀不周山
的共工，或張弓射日的后羿，他們無比的反抗與摧折力量，
創造了自己如神的英雄形象；而水滸的後半就可以譬喻是
一個飽經戰亂的老詩人，他徘徊在殘敗摧傷的戰場，他的
胸臆脹滿了戰士的熱血，耳中迴響著廝殺的怒吼，可是他
的心卻深沉而悲哀，⋯⋯於是原先的那跌宕之氣中，就轉
出一種幽沉的心境來。⋯⋯水滸人物經過最後這場掩蓋一
切的失敗與死亡，不僅使他們粗确而騷動的生命獲得安
息，更重要的是，使他們帶有血罪的整個故事，在這敗亡
的大寧靜中，獲得洗滌澄清。於是水滸的涵意也就越過了
所謂社會寫實的命義，而成為人類的寓言故事。[62]

除了以天數命定或無奈逼迫等因素合理化好漢的行事取捨外，小說
最終則仍回歸既定秩序，如接受招安或寄託方外，於多元紛陳的文
化與價值互動中，仍強調現實規範。此一表現與內涵，實超越傳統
小說的風教功能之概念，具有作者與讀者的抒懷共感，乃至溝通交
流的現象，凸顯古典小說於真實或風教規範的文學功能以外，另一
層面的內涵。

　　《三國演義》、《水滸傳》作者以為，相關歷史人事之興衰分合
與是非善惡，所具有的前因後果乃關乎「天數」，「天數」已經是一
個最終的解釋，就是人事起滅的本身，無可再說。　《三國演義》
與《水滸傳》或各有敘事的價值依據，但「天命」「天數」的動態
變遷似為二者共通之基調，基調既已呈現，則即使是歷史故事，亦

62　樂蘅軍，〈水滸的成長與歷史使命〉，《意志與命運——中國古典小說世界
　　觀綜論》（臺北：大安出版社，1992），頁 302。

因而具有特定的虛構與預期範圍，過程必有種種磨難與衝突，其間亦於關鍵時刻得救或指引，以促使個人自我完成的經驗之延續，其後則必有某種程度的完成，未必是圓滿的結局，但卻必是一種提升與淨化，一種對現實人生之反省與評價。

小說作者不僅藉歷史人事演述小說，使歷史通俗化，其間固然有娛樂要求或知識交換等層面，但基本上於從事書寫補充過程中，作者是寓以某種深沉悲怨之書寫基調，於審視史實中亦思索人生意義，而此亦為作品主要意義，亦為作者與評者所極力尋求與刻意凸顯。[63] 歷史與道德的統一，此類正史的深層敘述結構，亦即以天道解釋歷史，肯定了已存在的歷史事實的合理性，並藉以勸喻統治者重道德、重民意之同時，保證了每一個朝代之統治都是天命所歸，然而對於實際歷史進程與理想之落差，作者對現實歷史的不滿，透過不同內容的敘述，表達一種共同的歷史需要，即是情感與敘述的統一。用情感邏輯來敘述歷史事件的因果關係，其實是顯現歷史的不合理性。[64] 文學敘述於此則表現了一種道德需要，藉由情節之取捨說明增刪，以獲致情感的安頓，於此，敘事與情感獲得同一。[65]

小說創作時，不僅注重情節安排上必須符合現實的合理性，亦需關注對創作思維的一致性。此類考量終仍以符契人情物理為原則，此類藝術表現與人物性格、生活規律最終取得一致。由此一角度而言，小說作品是某種意識之藝術呈現，人物經歷或反省過程是必須強調之重心，亦是現實人生得失窮達的藝術化詮釋與展現。小

63　周憲，〈第一章　文學的心理哲學〉，《超越文學：文學的文化哲學思考》，頁 53。

64　高小康，〈第二編　古典敘事中的元敘述模式〉，《中國古代敘事觀念與意識型態》，頁 35 及 37。

65　高小康，〈第二編　古典敘事中的元敘述模式〉，頁 32-33。

說作者希望其文本得以與宇宙生息不已、起滅循環的萬事萬物得以相通，是以故事中的人物面對無可深究的天數定運，甚或讀者於閱讀之際，皆深感無法超越，因為一切都是順其自然的。

　　然而，即使如此，在實際之故事敘述中，卻又顯現儒釋道等價值詮釋的錯綜影響，即對道德是非的因果論述。此一分歧現象或可解釋為天數命定，乃作者之主觀意識以為敘事之整體主導，多藉開篇楔子和前數回之陳述所要解決的問題，不僅是安排人物出場佈局，同時亦在闡釋作者於小說文本之立言本意。[66]其中凸顯現實人生對於自身來歷、意義與未來命運之追尋與詮釋心態，此實為人心之共通處。無論是對未來命運之關注、企求甚至反抗，都是個人面對現實人生之情態，然而實際經歷卻是唯一途徑，所謂人生終究之解答，亦在於反覆思索與質疑中方能顯現。《三國演義》與《水滸傳》凸顯現實與理想乃動態平衡之本質，現實經驗之缺憾與理想世界之期盼彼此並存，彼此流動；既然二者是變動不居，則自我修持與安頓自亦成為現實人生對應姿態，艱難的磨煉是現實人生之反映及必經途徑，亦是人生歷程之具體依據，至於是否修成正果，反而不是最終的關注歸向。

66　林崗，第五章〈敘事文結構的美學觀念〉，《明清之際小說評點學之研究》
　　（北京：北京大學出版社，1999），頁 134-135。

第三章　多音與定調：
士庶價值之交融反思與文化競逐

　　小說之「作者」，並非單純指稱一個實際個體，而是於此同時產生了許多「自我」和任何階級都能存有的一系列主觀姿態，此類主體面對各式外在環境所產生的各類反應，皆屬於傳統文化價值累積之現象。[1] 人之思想內涵為文化載體，不僅生存於歷史進程中，同時亦對自我生存情境自覺地反思重組，因為具有對於過去經歷的特定意識，而有對話與選擇的可能。[2] 事實上，於書寫時，有意擇取之意識下，作者主觀抒懷與詮釋亦有所呈現，無論與傳統有所互涉或有所背離，均得見敘事文本中作者的多元價值意識。作者藉由小說中的各色人物，分別表達自我或全體或相對照的思想價值，於故事敘述中，亦是意識價值互動發展的過程。

---

[1]　楊大春，〈第六章　主體的黃昏〉，《文本的世界》（北京：中國社科院出版社，1998），頁 325。

[2]　周憲，〈第三章　文學的歷史哲學〉，《超越文學》，頁 174。

第一節　出處取捨之多音對話

　　傳統文人對於文學之認知與期許，自有一定程度之傳統依循，且多所闡揚，即使是從事通俗文學活動之下層文人與相關批評，亦不免強調明顯的道統價值觀點。而此類觀點亦影響小說作者對自我及作品之關注或期許，並影響小說之藝術形象與風貌呈現，以及小說作者或讀者對於作品之認知與價值定位。就小說文字言，其中多凸顯個人面對困境之抉擇及相關意涵，此類情節張力往往是由儒家道統價值觀點之延伸，強化人力與自然間既和諧又對抗的態勢。

（一）出處抉擇之價值辯論

　　著眼《三國演義》與《水滸傳》之形成與發展背景，其中包含明顯的表現技巧與所承襲的口述特徵，另一方面，小說作者亦對作品內容或描繪方法有一定判斷，對於記述之方向，亦於文本中時而明顯時而隱蔽地呈現，主題亦不免與敘述主體之判斷相關。小說作者與價值判斷者未必完全同一，有時是文本中出現之眾人，各有不同意見或主張，於文本中交織成強調或對照等複雜關聯，而不同價值觀點又與不同階級與身分相關，多元觀點的呈現亦是小說魅力之重要泉源。　如《三國演義》第 37 回玄德三顧茅廬之曲折過程，多有儒道思想對話之鋪陳，先是有司馬徽來見玄德，喻孔明「可比興周八百年之姜子牙，旺漢四百年之張子房也。」辭去時亦預示孔明盡粹仁君，卻隻手難補天的未得天時之命運，其文云：

徽下階相辭欲行。玄德留之不住。徽出門仰天大笑曰：「臥龍雖得其主，不得其時，惜哉！」言罷，飄然而去。玄德嘆曰：「真隱居賢士也！」

次日，玄德同關、張并從人等來隆中，遙望山畔數人，荷鋤耕於田間，而作歌曰：

蒼天如圓蓋，陸地似棋局。世人黑白分，往來爭榮辱。榮者自安安，辱者定碌碌。南陽有隱居，高眠臥不足。

玄德聞歌，勒馬喚農夫問曰：「此歌何人所作？」答曰：「乃臥龍先生所作也。」

訪孔明未遇，玄德遇博州崔州平請益，其文云：

二人對坐於林間石上，關、張侍立於側。崔州平曰：「將軍何故欲見孔明？」玄德曰：「方今天下大亂，四方雲擾，欲見孔明，求安邦定國之策耳。」州平笑曰：「公以定亂為主，雖是仁心，但自古以來，治亂無常。自高祖斬蛇起義，誅無道秦，是由亂而入治也；至哀、平之世二百年，太平日久，王莽篡逆，又由治而入亂；光武中興，重整基業，複由亂而入治；至今二百年，民安已久，故干戈又複四起。此正由治入亂之時，未可猝定也。將軍欲使孔明幹旋天地，補綴乾坤，恐不易為，徒費心力耳。豈不聞『順天者逸，逆天者勞』；『數之所在，理不得而奪之；命之所在，人不得而強之』乎？」

玄德曰：「先生所言，誠為高見。但備身為漢冑，合當匡扶漢室，何敢委之數與命？」州平曰：「山野之夫，不足與論天下事，適承明問，故妄言之。」

玄德與州平顯然各據儒道思想，價值意識彼此互異。張飛斥為腐儒之言，而玄德卻以為，「此亦隱者之言也。」表現了人生價值之歧異處。而此屬於文人對天下局勢與個人進退的不同觀點與意見交換，同回敘述玄德再次拜訪孔明，途中得遇石廣元及孟公威，再次有儒道對話，其文云：

> 將近茅廬，忽聞路旁酒店中有人作歌。玄德立馬聽之。其歌曰：
> 壯士功名尚未成，嗚呼久不遇陽春。君不見東海老叟辭荊榛，後車遂與文王親？八百諸侯不期會，白魚入舟涉孟津？牧野一戰血流杵，鷹揚偉烈冠武臣？又不見高陽酒徒起草中，長揖芒碭隆準公？高談王霸驚人耳，輟洗延坐欽英風？東下齊城七十二，天下無人能繼蹤？──二人非際聖天子，至今誰復識英雄？
> 歌罷，又有一人擊桌而歌。其歌曰：
> 吾皇提劍清寰海，創業垂基四百載。桓、靈季業火德衰，奸臣賊子調鼎鼐。青蛇飛下御座傍，又見妖虹降玉堂。群盜四方如蟻聚，奸雄百輩皆鷹揚。吾儕長嘯空拍手，悶來村店飲村酒。獨善其身盡日安，何須千古名不朽？
> 二人歌罷，撫掌大笑。

及至臥龍莊，又聞諸葛均之心志：

> 鳳翱翔於千仞兮，非梧不棲；士伏處於一方兮，非主不依。樂躬耕於隴畝兮，吾愛吾廬。聊寄傲於琴書兮，以待天時。

此類文人式對話一如《論語‧微子》中子路與長沮、桀溺有關仕隱之爭辯對話，《論語‧微子》所見的「逸民」如伯夷、叔齊、虞仲、

夷逸、朱張、柳下惠、少連，以及長沮、桀溺、荷蓧丈人等人，乃至《後漢書》〈逸民〉〈隱逸〉等傳中的人物，代表不同之價值解釋與自我期許，仕隱彼此之矛盾或對立，凸顯隻手補天與獨善其身的價值認知與抉擇態度，形成小說在意識上的多音複調與彼此省思。傳統士人精神具有明顯的入世情懷，然而所面對的實際人生，卻多是窮愁或貶謫，或是放逐，對此，士的文化人格有所分化，因而隱然出現隱士，代表另一種文化人格與人生態度，以老莊哲學為依歸，對於政治時勢，多以「袖手何妨閒處看」，「外儒內道」或「外道內儒」，於「窮」「達」之動態平衡中反映出士人文化的多重內涵。[3]

　　而第 77 回關公顯靈與普靜長老的對話，則是另一種人生觀點的互動引導，其文云：

　　　　卻說關公英魂不散，蕩蕩悠悠，直至一處，乃荊門州當陽縣一座山，名為玉泉山。山上有一老僧，法名普靜，原是汜水關鎮國寺中長老後因雲遊天下，來到此處，見山明水秀，就此結草為庵，每日坐禪參道；身邊只有一小行者，化飯度日。是夜日白風清，三更已後，普靜正在庵中默坐，忽聞空中有人大呼曰：「還我頭來！」普靜仰面諦觀，只見空中一人，騎赤兔馬，提青龍刀；左有一白面將軍、右有一黑臉虯髯之人相隨；一齊按落雲頭，至玉泉山頂。普靜認得是關公，遂以手中麈尾擊其戶曰：「雲長安在？」關公英魂領悟，即下馬乘風落於庵前，叉手問曰：「吾師何人？願求法號。」普靜曰：「老僧普靜，昔日汜水關前鎮國寺中，曾與君侯相會，今日豈遂忘之耶？」公曰：「向

3　宋先梅，〈《三國演義》與士人文化心態〉，《中華文化論壇》2（2005）：66。

> 蒙相救，銘感不忘。今某已遇禍而死，願求清誨，指點迷途。」普靜曰：「昔非今是，一切休論，後果前因，彼此不爽。今將軍為呂蒙所害，大呼『還我頭來』，然則顏良、文醜、五關六將等眾人之頭，又將向誰索耶？」於是關公恍然大悟，稽首皈依而去。

普靜的「昔非今是，一切休論，後果前因，彼此不爽」，指點關公固為呂蒙所害，但相對的也提醒關公亦殺了顏良、文醜，則又該如何視之，因此使關公化解怨瞋，皈依而去，其間顯然是佛教觀點之介入，提供另一種人生解答或態度。

　　有關人生之對應態度，《水滸傳》亦有不同於宋江式的忠義價值觀表現，如第 74 回燕青的人生歸宿選擇，其文云：

> 罡星飛出東南角，四散奔流遠寥廓。
> 徽宗朝內長英雄，弟兄聚會梁山泊。
> 中有一人名燕青，花繡遍身光閃爍。
> 鳳凰踏碎玉玲瓏，孔雀斜穿花錯落。
> 一團俊俏真堪誇，萬種風流誰可學！
> 錦體社內奪頭籌，東嶽廟中相賽搏。
> 功成身退避嫌疑，心明機巧無差錯。
> 世間無物堪比論，金風未動蟬先覺。
> 話說這一篇詩，單道這燕青。他雖是三十六星之末，果然機巧心靈，多見廣識，了身達命，都強似那三十五個。

因為燕青的「功成身退避嫌疑，心明機巧無差錯。」故得以保全自身，所具有「金風未動蟬先覺」的洞察廣識，實為他人無可比擬的智慧，故可保身達命，作者如此肯定，尤其後文亦見燕青勸主人盧

俊義另尋安身立命之處，亦顯現作者另一種人生態度與思考，可與
文本所強調的忠義主軸等倫理價值相對照。

　　第 85 回宋江請教羅真人行藏之道，於此，羅真人居於先知與
指導者立場，於文本中呈現人生進退之洞察智慧，亦是對倫理價值
的某種反省。其文云：

> 宋江堅意謙讓，要禮拜他。羅真人方纔肯坐。宋江先取信
> 香，爐中焚爇，參禮了八拜。遂呼花榮等六箇頭領，俱各
> 禮拜已了。羅真人都教請坐。命童子烹茶獻果已罷，動問
> 行藏。羅真人乃曰：「將軍上應星魁天象，威鎮中原，外
> 合列曜，一同替天行道。今則歸順宋朝，此清名千秋不朽
> 矣。徒弟公孫勝，本從貧道山中出家，以絕塵俗，正當其
> 理。奈緣是一會下星辰，不由他不來。今蒙將軍不棄，折
> 節下問。出家人無可接見，幸勿督過。」宋江道：「江乃
> 鄆城小吏，逃罪上山。感謝四方豪傑，望風而來，同聲相
> 應，同氣相求，恩如骨肉，情若股肱。天垂景象，方知上
> 應天星地曜，會合一處。宋朝天子三番降詔，赦罪招安。
> 眾等皆隨宋江歸順大義。今奉詔命，統領大兵，征進大遼，
> 逕涉真人仙境，夙生有緣，得一瞻拜。萬望真人，願賜指
> 迷前程之事，不勝萬幸。」羅真人道：「將軍少坐，當具
> 素齋。天色已晚，就此荒山草榻，權宿一宵，來早回馬。
> 未知尊意若何？」宋江便道：「宋江正欲我師指教，聽其
> 點悟愚迷，安忍便去。」隨即喚從人托過金珠彩段，上獻
> 羅真人。羅真人乃曰：「貧道僻居野叟，寄形宇內，縱使
> 受此金珠，亦無用處。隨身自有布袍遮體，綾錦彩段，亦
> 不曾穿。將軍統數萬之師，軍前賞賜，日費何止千萬。所

賜之物，乞請納回。貧道亦無用處。盤中果木，小道可留。」
宋江再拜，望請收納。羅真人堅執不受。當即供獻素齋。
齋罷，又吃了茶。羅真人令公孫勝回家，省視老母。「明
早卻來，隨將軍回城。」當晚，留宋江庵中閑話。宋江把
心腹之事，備細告知羅真人，愿求指迷。羅真人道：「將
軍一點忠義之心，與天地均同，神明必相護佑。他日生當
封侯，死當廟食，決無疑慮。只是將軍一生命薄，不得全
美。」宋江告道：「我師，莫非宋江此身不得善終？」羅
真人道：「非也。將軍亡必正寢，屍必歸墳。只是所生命
薄，為人好處多磨，憂中少樂。得意濃時，便當退步，勿
以久戀富貴。」宋江再告：「我師，富貴非宋江之意。但
只愿的弟兄常常完聚。雖居貧賤，亦滿微心。只求大家安
樂。」羅真人笑道：「大限到來，豈容汝等留戀手！」宋
江再拜，求羅真人法語。羅真人命童子取過紙筆，寫下八
句法語，度與宋江。那八句說道是：
忠心者少，義氣者稀。幽燕功畢，明月虛輝。始逢冬暮，
鴻鴈分飛。吳頭楚尾，官祿同歸。
宋江看畢，不曉其意。再拜懇告：「乞我師金口剖決，指
引迷愚。」羅真人道：「此乃天機，不可泄漏。他日應時，
將軍自知。」

羅真人以為天命所在，歷練不能避免，是以「他日應時」，自
能了然天機。亦呼應所謂應天星地曜之理，對於人之處世，以為「寄
形宇內」，金珠彩緞並無意義，最重要的是應具備「得意濃時，便
當退步，勿以久戀富貴」的洞察盈虛消長之智慧，相較於宋江「弟
兄常常完聚」「大家安樂」的殷切期望，則境界顯然有別。另一方

面，同為道教神祇之九天玄女，則代表另一種價值觀，其鼓勵宋江忠君報國，眾好漢含冤寥落之際，玄女並未現身解危，對照前此其對宋江「全終仗義為臣」「休生退悔之心」「不久重登紫府」之言，既隱然呼應眾罡煞下凡歷練之必然，且與羅真人分屬不同價值觀與人生態度，亦見道教信念內涵之異同。又如第 119 回宋江告知魯智深，助擒方臘的老僧乃羅漢顯靈，並勸魯智深還俗蔭子封妻，或為僧首以光顯宗風，其文曰：

> 宋江道：「那和尚眼見得是聖僧羅漢，如此顯靈，令吾師成此大功！回京奏聞朝廷，可以還俗為官，在京師圖個蔭子封妻，光耀祖宗，報答父母劬勞之恩。」魯智深答道：「洒家心已成灰，不願為官，只圖尋個淨了去處，安身立命足矣。」宋江道：「吾師既不肯還俗，便到京師去住持一箇名山大剎，為一僧首，也光顯宗風，亦報答得父母。」智深聽了，搖首叫道：「都不要！要多也無用。只得個囫圇屍首，便是強了。」宋江聽罷，默上心來，各不喜歡。

對於宋江建議還俗光宗耀祖或為名山大寺之僧首，魯智深均予以拒絕，其已意識到「只圖尋個淨了去處，安身立命足矣」與「要多也無用。只得個囫圇屍首，便是強了」的人生最終歸處，世俗名利於人事流變中，實屬渺小短暫，因與宋江之價值觀有所差異，於是「默上心來，各不喜歡」。

　　類似情節亦見於第 119 回燕青勸盧俊義之引退，對於燕青之洞察世情留書辭去，宋江於此亦「鬱悒不樂」，其文云：

> 只見浪子燕青，私自來勸主人盧俊義道：「小乙自幼隨侍主人，蒙恩感德，一言難盡。今既大事已畢，欲同主人納

還原受官誥，私去隱跡埋名，尋個僻淨去處，以終天年。未知主人意下若何？」盧俊義道：「自從梁山泊歸順宋朝已來，北破遼兵，南征方臘，勤勞不易，邊塞苦楚。弟兄殞折，幸存我一家二人性命。正要衣錦還鄉，圖個封妻蔭子。你如何卻尋這等沒結果？」燕青笑道：「主人差矣！小乙此去，正有結果。只恐主人此去，定無結果。」若燕青，可謂知進退存亡之機矣。有詩為證：

略地攻城志已酬，陳辭欲伴赤松遊。

時人苦把功名戀，只怕功名不到頭。

盧俊義道：「燕青，我不曾存半點異心，朝廷如何負我？」燕青道：「主人豈不聞韓信立下十大功勞，只落得未央宮前斬首。彭越醢為肉醬。英布弓弦藥酒。主公，你可尋思，臨禍到頭難走。」盧俊義道：「我聞韓信，三齊擅自稱王，教陳豨造反，彭越殺身亡家，大梁不朝高祖，英布九江受任，要謀漢帝江山，以此漢高帝詐遊雲夢，令呂后斬之。我雖不曾受這般重爵，亦不曾有此等罪過。」燕青道：「既然主公不聽小乙之言，只怕悔之晚矣。小乙本待去辭宋先鋒，他是個義重的人，必不肯放。只此辭別主公。」盧俊義道：「你辭我待要那里去？」燕青道：「也只在主公前後。」盧俊義笑道：「原來也只恁地。看你到那里？」燕青納頭拜了八拜。當夜收拾了一擔金珠寶貝挑著，逕不知投何處去了。次日早晨，軍人收得字紙一張，來報覆宋先鋒。宋江看那一張字紙時，上面寫道是：「辱弟燕青百拜懇告：

先鋒主將麾下：自蒙收錄，多感厚恩。效死幹功，補報難盡。今自思命薄身微，不堪國家任用。情愿退居山野，為

一閑人。本待拜辭，恐主將義氣深重，不肯輕放。連夜潛去。今留口號四句拜辭，望乞主帥恕罪。

「情愿自將官誥納，不求富貴不求榮。身邊自有君王赦，淡飯黃齏過此生。」宋江看了燕青的書并四句口號，心中鬱悒不樂。

燕青欲偕盧俊義「隱跡埋名，尋個僻淨去處，以終天年」「正有結果」的想愿，對照盧之「封妻蔭子」之說，雖借鑑漢代功臣遭誅的歷史以期說服主人，然後者則駁以「我雖不曾受這般重爵，亦不曾有此等罪過」，是以燕青辭別，留書宋江自去，其「淡飯黃齏過此生」之期待，實因已洞察塵世與名利之虛渺，而只求淡泊保身。

又第 114 回費保亦因明瞭天數流行之理，意識到梁山好漢氣運之流變趨勢，對李俊之一番提醒，其文云：

話說當下費保對李俊說道：「小弟雖是個愚魯匹夫，曾聞聰明人道：世事有成必有敗，為人有興必有衰。哥哥在梁山泊，勳業到今，已經數十餘載。更兼百戰百勝。去破大遼時，不曾損折了一箇弟兄。今番收方臘，眼見挫動銳氣，天數不久。為何小弟不願為官為將？有日太平之後，一箇箇必然來侵害你性命。自古道：『太平本是將軍定，不許將軍見太平。』此言極妙。今我四人既已結義了哥哥三人，何不趁此氣數未盡之時，尋個了身達命之處，對付些錢財，打了一隻大舡，聚集幾人水手，江海內尋個淨辨處安身，以終天年，豈不美哉！」李俊聽罷，倒地便拜，說道：「仁兄重蒙教導，指引愚迷，十分全美。只是方臘未曾勦得，宋公明恩義難拋，行此一步未得。今日便隨賢弟去了，全不見平生相聚的義氣。若是位肯姑待李俊，容待收伏方臘

　　之後，李俊引兩箇兄弟，逕來相投，萬望帶挈。是必賢弟
　　們先准備下這條門路。若負今日之言，天實厭之，非為男
　　子也。」

費保深知興衰成敗之理，以為征方臘一事已挫動銳氣，「天數不
久」，且太平之後，「一個個必來侵害你性命」，故尋思於此天數未
盡之際，尋個淨處以終天年，李俊雖同意此說，然亦有兄弟義氣之
倫理顧慮，「恩義難拋」，顯示彼此價值理念之不同側重，然終究李
俊三人來尋費保四個，不負前約，盡將家私打造船隻，出海投化外
國，或為暹羅國之主，或為化外官職，自取其樂，藉由此類對話之
鋪陳，亦使文本呈現不同價值意識與反思。一如第一百回之詩「早
知鴆毒埋黃垠，學取鴟夷泛釣船。」「不須出處求真跡，卻喜忠良
作話頭。」既超然物外，又心繫紅塵，既主張明哲保身，卻又惦記
以古諫今，正顯現感情之複雜思想之矛盾。[4]

（二）實際事功之策略競逐

　　《三國演義》因故事性質之故，鼎立三國之間不乏策士縱橫之
說，不同於《水滸傳》集中於忠義與招安之辯論，《三國演義》更
具文人事功之對話與價值交流，如第 43 回孔明之舌戰孫吳之群
儒，分別與張昭、虞翻、步騭、薛綜、陸機、嚴畯、程德樞等針對
天下大勢之布局、行事步驟與節奏、用兵策略乃至對天數之應對等
分別予以駁斥，而孔明之所為，乃為說服孫權出兵，其與張昭之言：

4　　盛志梅，〈論道教文化在《水滸傳》成書過程的作用與表現〉，《華東師範
　　大學學報（哲學社會科學版）》33.2（2002）：48。

孔明自思張昭乃孫權手下第一個謀士，若不先難倒他，如何說得孫權；遂答曰：「吾觀取漢上之地，易如反掌。我主劉豫州躬行仁義，不忍奪同宗之基業，故力辭之。劉琮孺子，聽信佞言，暗自投降，致使曹操得以猖獗。今我主屯兵江夏，別有良圖，非等閒可知也。」

昭曰：「若此，是先生言行相違也。先生自比管、樂。管仲相桓公，霸諸侯，一匡天下；樂毅扶持微弱之燕，下齊七十餘城；此二人者，真濟世之才也。先生在草廬之中，但笑傲風月，抱膝危坐；今既從事劉豫州，當為生靈興利除害，剿滅亂賊。且劉豫州未得先生之時，尚且縱橫寰宇，割據城池；今得先生，人皆仰望；雖三尺童蒙，亦謂彪虎生翼，將見漢室復興，曹氏即滅矣；朝廷舊臣，山林隱士，無不拭目而待：以為拂高天之雲翳，仰日月之光輝，拯斯民於水火之中，措天下於衽席之上，在此時也。何先生自歸豫州，曹兵一出，棄甲拋戈，望風而竄；上不能報劉表以安庶民，下不能輔孤子而據疆土；乃棄新野，走樊城，敗當陽，奔夏口，無容身之地？是豫州既得先生之後，反不如其初也。管仲、樂毅，果如是乎？愚直之言，幸勿見怪！」

孔明聽罷，啞然而笑曰：「鵬飛萬里，其志豈群鳥能識哉？譬如人染沈痾，當先用糜粥以飲之，和藥以服之；待其腑臟調和，形體漸安，然後用肉食以補之，猛藥以治之；則病根盡去，人得全生也。若不待氣脈和緩，便投以猛藥厚味，欲求安保，誠為難矣。吾主劉豫州，向日軍敗於汝南，寄跡劉表，兵不滿千，將止關、張、趙雲而已；此正如病勢尪羸已極之時也。新野山僻小縣，人民稀少，糧食鮮薄，豫州不過暫借以容身，豈真將坐守於此耶？夫以甲兵不

完，城郭不固，軍不經練，糧不繼日，然而博望燒屯，白河用水，使夏侯惇、曹仁輩心驚膽裂。竊謂管仲、樂毅之用兵，未必過此。至於劉琮降操，豫州實出不知；且又不忍乘亂奪同宗之基業，此真大仁大義也。當陽之敗，豫州見有數十萬赴義之民，扶老攜幼相隨，不忍棄之，日行十里，不思進取江陵，甘與同敗，此亦大仁大義也。寡不敵眾，勝負乃其常事。昔高皇數敗於項羽，而垓下一戰成功，此非韓信之良謀乎？夫信久事高皇，未嘗累勝。蓋國家大計，社稷安危，是有主謀，非比誇辯之徒，虛譽欺人，——坐議立談，無人可及；臨機應變，百無一能。——誠為天下笑耳！」

對於張昭之質疑，孔明駁以權變應時之說，以沉痾緩治之理喻用兵策略，並強調劉備之仁義與勝負之必然，以顯識見之高。是以一篇言語令張昭啞口無言，而後又有虞翻之質疑：

座上忽一人抗聲問曰：「今曹公兵屯百萬，將列千員，龍驤虎視，平吞江夏，公以為何如？」孔明視之，乃虞翻也。孔明曰：「曹操收袁紹蟻聚之兵，劫劉表烏合之眾，雖數百萬不足懼也。」虞翻冷笑曰：「軍敗於當陽，計窮於夏口，區區求救於人，而猶言不懼，此真大言欺人也！」孔明曰：「劉豫州以數千仁義之師，安能敵百萬殘暴之眾，退守夏口，所以待時也。今江東兵精糧足，且有長江之險，猶欲使其主屈膝降賊，不顧天下恥笑；由此論之，劉豫州真不懼操賊者矣！」
虞翻不能對。

虞翻嘲諷孔明之高論，無視當陽夏口之敗，孔明則反諷欲說服擁大
軍佔地利之孫吳降賊，再次強調仁義與殘暴之對比，亦即蜀漢正當
性之強調。其後有步騭之疑孔明動機，是否將效張儀蘇秦之為辯
士，其文曰：

> 座間又一人問曰：「孔明欲效儀、秦之舌，游說東吳耶？」
> 孔明視之，乃步騭也。孔明曰：「步子山以蘇秦、張儀為
> 辯士，不知蘇秦、張儀亦豪傑也。蘇秦佩六國相印，張儀
> 兩次相秦，皆有匡扶人國之謀，非比畏強凌弱，懼刀避劍
> 之人也。君等聞曹操虛發詐偽之詞，便畏懼請降，敢笑蘇
> 秦、張儀乎？」
> 步騭默默然無語。

孔明以儀、秦二人亦屬豪傑，因其人匡扶濟危，而非畏強凌弱，藉
此以譏步騭等人之怯懦。之後有薛綜之挑戰，其文曰：

> 忽一人問曰：「孔明以操何如人也。」孔明視其人，乃薛
> 綜也。孔明答曰：「曹操乃漢賊也，又何必問？」綜曰：
> 「公言差矣。漢歷傳至今，天數將終。今曹公已有天下三
> 分之二，人皆歸心。劉豫州不識天時，強欲與爭，正如以
> 卵擊石，安得不敗乎？」孔明厲聲曰：「薛敬文安得出此
> 無父無君之言乎！夫人生天地間，以忠孝為立身之本。公
> 既為漢臣，則見有不臣之人，當誓共戮之，臣之道也。今
> 曹操祖宗叨食漢祿，不思報效，反懷篡逆之心，天下之所
> 共憤。公乃以天數歸之，真無父無君之人也！不足與語！
> 請勿復言！」
> 薛綜滿面羞慚，不能對答。

薛綜以天數流動解釋漢朝國運，孔明斥其大違君父倫常之理，不足
與語，表現強烈道德觀點。陸績繼之懷疑劉備出身，其文曰：

> 座上又一人應聲問曰：「曹操雖挾天子以令諸侯，猶是相
> 國曹參之後。劉豫州雖云中山靖王苗裔，卻無可稽考，眼
> 見只是織蓆販屨之夫耳，何足與曹操抗衡哉！」孔明視之，
> 乃陸績也。孔明笑曰：「公非袁術座間懷橘之陸郎手？請
> 安坐聽吾一言。曹操既為曹相國之後，則世為漢臣矣；今
> 乃專權肆橫，欺凌君父，是不惟無君，亦且蔑祖；不惟漢
> 室之亂臣，亦曹氏之賊子也！劉豫州堂堂帝冑，當今皇帝，
> 按譜賜爵，何云無可稽考？且高祖起身亭長，而終有天下；
> 織蓆販屨，又何足為辱乎？公小兒之見，不足與高士共語！」
> 陸績語塞。

陸績嘲玄德乃「織蓆販屨之夫耳」，孔明駁以當今皇帝「按譜賜爵」，
且高祖亦是亭長出身，「又何足為辱」，而曹操即使是曹參相國之
後，終為人臣，以為陸績之言實小兒之見。其後嚴畯與程德樞分別
質疑孔明治學與立身之純正，其文曰：

> 座上一人忽曰：「孔明所言，皆強詞奪理，均非正論，不
> 必再言。且請問孔明治何經典？」孔明視之，乃嚴畯也。
> 孔明曰：「尋章摘句，世之腐儒也，何能興邦立事？且古
> 耕莘、伊尹、釣渭、子牙、張良、陳平之流，鄧禹、耿弇
> 之輩，皆有匡扶宇宙之才，未審其生平治何經典。豈亦效
> 書生區區於筆硯之間，數黑論黃，舞文弄墨而已乎？」
> 嚴畯低頭喪氣而不能對。忽又一人大聲曰：「公好為大言，
> 未必真有實學，恐適為儒者所笑耳。」孔明視其人，乃汝

南程德樞也。孔明答曰：「儒有君子小人之別。君子之儒，忠君愛國，守正惡邪，務使澤及當時，名留後世。若夫小人之儒，惟務雕蟲，專工翰墨，青春作賦，皓首窮經；筆下雖有千言，胸中實無一策；且如揚雄以文章名世，而屈身事莽，不免投閣而死，此所謂小人之儒也；雖日賦萬言，亦何取哉！」

程德樞不能對。

三人之論戰實為文人出處標準之辯，孔明以為尋章摘句為腐儒，未若伊尹張良等濟世人才，並質疑嚴畯治學是否亦為舞文弄墨、數黑論黃之小儒態度，而程德樞不服，以為孔明好為大言，懷疑其學問虛實，孔明強調儒者亦有見識高下之別，並以為儒者當應有用於世，而非專務雕蟲翰墨，且擇主應具道德判斷之眼光，方為儒者所自期。

孔明之舌戰群雄，據理雄辯，氣勢非凡，一一予以辯駁，辯論結果都是令對方默然無語，此固然是凸顯孔明至高辯才與智慧，而其之所為，實即黃蓋所言「何不將金石之論為我主言之」的目的，但亦以為「諸君不知世務，互相問難，不容不答耳」，有其不得不然之感。與眾儒之辯論內容實顯現當時文人對歷史進程之詮釋、天下大勢之洞察與士人修為期許等觀點之爭辯與反省，具有各層次史識人文等價值意識。又如第 54 回孔明與魯肅亦有類似之辯論，其文曰：

肅曰：「前者皇叔有言：『公子不在，即還荊州。』今公子已去世，必然見還。不識幾時可以交割？」玄德曰：「公且飲酒，有一個商議。」

肅強飲數盃，又開言相問。玄德未及回答，孔明變色曰：

> 「子敬好不通理！直須待人問口！自我高皇帝斬蛇起義，
> 開基立業，傳至於今；不幸奸雄並起，各據一方，少不得
> 天道好還，復歸正統。我主人乃中山靖王之後，孝景皇帝
> 玄孫，今皇上之叔，豈不可分茅裂土？況劉景升乃我主之
> 兄也，弟承兄業，有何不順？汝主乃錢塘小吏之子，素無
> 功德於朝廷；今倚勢力，占據六郡八十一州，尚自貪心不
> 足，而欲併吞漢土。劉氏天下，我主姓劉倒無分，汝主姓
> 孫反要強爭。且赤壁之戰，我主多負勤勞，眾將並皆用命，
> 豈獨是汝東吳之力？若非我借東南風，周郎安能展半籌之
> 功？江南一破，休說二喬置於銅雀宮，雖公等家小，亦不
> 能保。適來我主人不即答應者，以子敬乃高明之士，不待
> 細說。公何不察之甚也！」

孔明以玄德乃中山靖王之皇冑出身，自有得天下之正統性，故有荆
州亦屬合理，又貶孫吳乃「錢塘小吏之子」，今借勢取得八十一州
卻有貪圖漢土之野心。又言蜀漢赤壁戰役之功等，以阻魯肅歸還荆
州之請。事實上，孔明形象呈現了士人之事功理想，安邦定國兼濟
天下，於道德上亦受士人推崇，處則獨善其身，出則忠君愛國，澤
及當世，一如其所言「君子之儒，忠君愛國，守正惡邪，務使澤及
當時，名留後世」，實為知識份子對人生與道德理想之典型。[5]

而第 23 回禰衡之品評眾士，並自褒己才，其文云：

> 帝覽表，以付曹操。操遂使人召衡至。禮畢，操不命坐。
> 禰衡仰天嘆曰：「天地雖闊，何無一人也！」操曰：「吾

手下有數十人，皆當世英雄，何謂無人？」衡曰：「愿聞。」
操曰：「荀彧，荀攸，郭嘉，程昱，機深智遠，雖蕭何、
陳平不及也。張遼，許褚，樂進，李典，勇不可當，雖岑
彭，馬武不及也。呂虔，滿寵，為從事；于禁，徐晃，為
先鋒。夏侯惇，天下奇才；曹子孝，世間福將。安得無人？」
衡笑曰：「公言差矣。此等人物，吾盡識之：荀彧可使吊
喪問疾，荀攸可使看墳守墓，程昱可使關門閉戶，郭嘉可
使白詞念賦，張遼可使擊鼓鳴金，許褚可使牧牛放馬，樂
進可使取狀讀詔，李典可使傳書送檄，呂虔可使磨刀鑄劍，
滿寵可使飲酒食糟，于禁可使負版築牆，徐晃可使屠豬殺
狗。夏侯惇稱為『完體將軍』，曹子孝呼為『要錢太守』。
其餘皆是衣架！飯囊！酒桶！肉袋耳！」操怒曰：「汝有
何能？」衡曰：「天文地理，無一不通；三教九流，無一
不曉；上可以致君為堯、舜，下可以配德於孔、顏。豈與
俗子共論乎！」時止有張遼在側，掣劍欲斬之。操曰：「吾
正少一鼓吏；早晚朝賀宴享，可令禰衡充此職。」衡不推
辭，應聲而去。遼曰：「此人出言不遜，何不殺之？」操
曰：「此人素有虛名，遠近所聞。今日殺之，天下必謂我
不能容物，彼自以為能，故令為鼓吏以辱之。」

禰衡以為荀彧等眾人僅足以從事吊喪、問疾、守墓、放牧、傳書、
磨刀、版築等雜務，下之者不過飯囊、酒桶、肉袋，之所以如此批
評，在於眾人仕曹而有節操之失，禰衡後著舊衣擊鼓「漁陽三撾」，
金石音節，令坐客聽之，莫不慷慨流涕，更有激進的脫衣裸體舉止，
其文曰：

> 左右喝曰：「何不更衣！」衡當面脫下舊破衣服，裸體而
> 立，渾身盡露。坐客皆掩面。衡乃徐徐著褲，顏色不變。
> 操叱曰：「廟堂之上，何太無禮？」衡曰：「欺君罔上乃
> 謂無禮。吾露父母之形，以顯清白之體耳！」操曰：「汝
> 為清白，誰為污濁？」衡曰：「汝不識賢愚，是眼濁也；
> 不讀詩書，是口濁也；不納忠言，是耳濁也；不通古今，
> 是身濁也；不容諸侯，是腹濁也；常懷篡逆，是心濁也！
> 吾乃天下名士，用為鼓吏，是猶陽貨輕仲尼、臧倉毀孟子
> 耳！欲成霸王之業，而如此輕人耶？」

對於操之斥廟堂之上無禮脫衣，禰衡以為其乃顯清白之形，並直指曹操眼口耳身腹心之濁，未見其才，輕用為鼓吏，將何以稱霸。其無懼生死威脅，其文曰：

> 時孔融在坐，恐操殺衡，乃從容進曰：「禰衡罪同胥靡，
> 不足發明王之夢。」操指衡而言曰：「令汝往荊州為使。
> 如劉表來降，便用汝作公卿。」衡不肯往。操備馬三匹，
> 令二人扶挾而行；卻教手下文武，整酒於東門外送之。荀
> 彧曰：「如禰衡來，不可起身。」衡至。下馬入見，眾皆
> 端坐。衡放聲大哭。荀彧問曰：「何為而哭？」衡曰：「行
> 於死柩之中，如何不哭？」眾皆曰：「吾等是死尸，汝乃
> 無頭狂鬼耳！」衡曰：「吾乃漢朝之臣，不作曹瞞之黨，
> 安得無頭？」眾欲殺之。荀彧急止之曰：「量鼠雀之輩，
> 何足污刀！」衡曰：「吾乃鼠雀，尚有人性；汝等只可謂
> 之蜾蟲！」眾恨而散。

禰衡以漢臣自居，雖有荀彧「鼠雀之輩，何足污刀」之譏，然亦疾
言「吾乃鼠雀，尚有人性」，反譏荀彧等人「只可謂蜾虫」，禰衡質
疑曹魏政權之正當性，其狂狷言行亦為名士之流，表現出另一種文
士行止。亦是小說作者意識之有意運作呈現。又如第 60 回龐統與
玄德之對話，其文云：

> 玄德曰：「今與吾水火相敵者，曹操也。操以急，吾以寬；
> 操以暴，吾以仁；操以譎，吾以忠；每與操相反，事乃可
> 成。若以小利而失大義於天下，吾不為也。」龐統笑曰：
> 「主公之言，雖合天理，奈離亂之時，用兵爭強，固非一
> 道；若拘執常理，寸步不可行矣。宜從權變。且兼弱攻昧，
> 逆取順守，湯，武之道也。若事定之後，報之以義，封為
> 大國，何負於信？今日不取，終被他人取耳。主公幸熟思
> 焉。」玄德乃恍然曰：「金石之言，當銘肺腑。」於是遂
> 請孔明同議，起兵西行。

龐統強調權變之智慧，並以為順勢而為，亦是合乎天理的湯武之
道，修正劉備對曹操所採取的「急寬仁暴」之相對認知，顯示龐統
應時權變之策略，且意識到人與形勢之動態平衡，實為小說作者對
此段歷史人事所採取之理解與肯定，無論是對玄德漢胄之正統地
位，行事修為或孔明處世準則與用兵計策，皆強調以正義出之，以
見其間之合理化與正當性。

　　由《三國演義》與《水滸傳》之敘事表現可知，史實做為媒介，
作者讀者藉以相互溝通理解，共同進行回顧評價或詮釋，生命意識
得以交流與確立。[6]《三國演義》不僅是對歷史之重述，也傳達作

---

[6]　竹田晃，〈四、史伝の小説的特徴〉《中国小説史入門》（東京：岩波書店，

者根據自我生活經驗，所獲致的有關歷史及歷史人物的某種認識與理解，並不是對真實歷史之實際描寫或把握，而多是以今例古的文學想像。[7]從小說文本中之價值對話或爭辯可見，士人積極用世之心態應為小說之主旋律，於此同時，小說作者亦展現世外觀點對儒家文化心態予以批判反省，而貫徹文本之情致，卻是面對歷史的空無空幻之感，此超越具體歷史事件，而是人類共同命運之悲感。[8]

於此認知下，小說文本已非單純故事敘述，而是某種程度之抽象化敘事，作者意識於其間加以主導運作，以傳遞相關價值。《三國演義》與《水滸傳》雖具有程度各異的歷史因素，作者亦具有文人色彩，然而就內容與形式而言，二者仍有性質之差異，《三國演義》較《水滸傳》具有相對的文人屬性，其間對話亦多為天命人事等來自正統典籍的知識交流，多宏觀視野；而《水滸傳》之士人意識，則多屬君臣兄弟之義等現實層次，對於庶民理念之挑戰質疑加以指導修正，其間雖亦有人生感嘆與倫理歸屬，但相較之下，《三國演義》較《水滸傳》有更明顯的抽象思考與理念交流。

2002），頁 39-40，以語彙文章加以記錄的史事，因存有記錄者之主觀意識，因而得以具有某種思想傾向，至於作者此類主觀意識是否可超越時間則有賴其人如何取捨史料與具備何種撰寫態度。

7　李時人，〈《三國演義》：史詩性質和社會精神現象〉，《求是學刊》29.4（2002.7）：92。

8　宋先梅，〈《三國演義》與士人文化心態〉，頁 67-8。

第二節　士庶文化之競逐定調

　　由《三國演義》對相關正史如《後漢書》或《綱紀》等之取材，對荀彧為曹操所害及董卓擁立獻帝等情節可知，作者有其歷史意識與文人素養，即擁漢貶曹之立場，[9]而《水滸傳》故事於其漫長發展演化過程中，不斷有文人改造或更新，對實際社會問題亦有所關注。既強調「亂自上作」，「官逼民反」，加以「替天行道」等「忠義」行徑，以做為梁山好漢落草與接受招安整體過程之解釋基礎，文人思想之作用相當明顯。

　　就小說發展而言，即使於宋元有明顯成長，但其中仍不免具有傳統價值尤其儒教之影響，由參與小說寫作之士人作者加以表現，而儒家文化始終是居於主導地位的意識型態和話語體系，《水滸傳》雖展現不同階層之價值概念與人生期許，其間固然有不同層次之思想文化。[10]但因儒教化的持續發展，宋元以來的庶民精神雖有所發揚，但最終仍受限於儒教之價值規範，此一庶民精神的發揚，毋寧是整體文化中回歸舊典範的過程中短暫的現象。廟堂與江湖文化在「忠」「義」之理解有其一致性，然而江湖文化之義在於反對壓迫，維護正義，重友輕利，因此對社會秩序有一定的對立，而廟堂文化之義雖亦重義輕利，卻是對封建皇權之絕對忠誠，兩種文化系統彼此有所重疊、分合與歧異。[11]

---

[9]　小川環樹，〈附考二《三國演義》所據之史籍〉，《中國小說史の研究》（東京：岩波書店，1968），頁29-31。

[10]　成雲雷、呂前昌，〈儒家文化對《水滸傳》價值觀的雙重影響〉，《石油大學學報（社會科學版）》17.3（2001）：35。

[11]　李維、楊冬梅，〈「江湖」與「廟堂」的融合滲透與排斥〉，《欽州師範高等

（一）倫理價值之反抗挑戰

　　《三國演義》與《水滸傳》的歷史與英雄敘述中，不凡人物與事件為主要情節重點，主要人物如劉備或宋江等人掌握其間的道德標準與行事規範，於此一原則下，如張飛與李逵等所謂莽勇之人，即不免形成衝突與挑戰，可見小說不可避免之主從文化與價值基調。

　　張飛固然是《三國演義》重要人物之一，卻非絕對之領導者，作者於情節鋪陳中強調劉備之仁、關雲長之義；而張飛則是勇，且是無視規範之勇莽。如第 37 回三顧茅廬，首次訪孔明未遇，劉關張三人之互動，其文云：

> 玄德惆悵不已。張飛曰：「既不見，自歸去罷了。」玄德曰：「且待片時。」雲長曰：「不如且歸，再使人來探聽。」玄德從其言，囑付童子：「如先生回，可言劉備拜訪。」

張飛之回應直接，「既不見，自歸去罷了。」其思考之簡單，未若劉備之深思或關雲長之折衷，更未意識到孔明之於天下局勢的重要意義。又第 37 回對於玄德與崔州平之對話亦不以為然，其文云：

> 玄德曰：「先生所言，誠為高見。但備身為漢胄，合當匡扶漢室，何敢委之數與命？」州平曰：「山野之夫，不足與論天下事，適承明問，故妄言之。」玄德曰：「蒙先生見教，但不知孔明往何處去了？」州平曰：「吾亦欲訪之，正不知其何往。」玄德曰：「請先生同至敝縣，若何？」州平曰：「愚性頗樂閒散，無意功名久矣。容他日再見。」

> 言訖，長揖而去。玄德與關、張上馬而行。張飛曰：「孔
> 明又訪不著，卻遇此腐儒，閒談許久！」玄德曰：「此亦
> 隱者之言也。」

張飛「孔明又訪不著，卻遇此腐儒，閒談許久！」之言，將劉備與
崔州平對於命數與人力等文人知識對話視為閒談，其人思索未具所
謂天數與人力之抽象思考，又同回：

> 時值隆冬，天氣嚴寒，彤雲密布。行無數里，忽然朔風凜
> 凜，瑞雪霏霏；山如玉簇，林似銀床。張飛曰：「天寒地
> 凍，尚不用兵，豈宜遠見無益之人乎？不如回新野以避風
> 雪。」玄德曰：「吾正欲使孔明知我慇懃之意。如弟輩怕
> 冷，可先回去。」飛曰：「死且不怕，豈怕冷乎？但恐哥
> 哥空勞神思。」玄德曰：「勿多言，只相隨同去。」
> 玄德曰：「劉備直如此緣分淺薄，兩番不遇大賢！」均曰：
> 「小坐獻茶。」張飛曰：「那先生既不在，請哥哥上馬。」
> 玄德曰：「我既到此間，如何無一語而回？」因問諸葛均
> 曰：「聞令兄臥龍先生熟諳韜略，日看兵書，可得聞乎？」
> 均曰：「不知。」張飛曰：「問他則甚！風雪甚緊，不如
> 早歸。」玄德叱止之。均曰：「家兄不在，不敢久留車騎；
> 容日卻來回禮。」玄德曰：「豈敢望先生枉駕。數日之后，
> 備當再至。愿借紙筆作一書，留達令兄，以表劉備慇勤之
> 意。」均遂進文房四寶。

張飛未若劉備之縝密心思，性格天真直率，以為「天寒地凍，尚不
用兵，豈宜遠見無益之人乎？不如回新野以避風雪。」是立即且直
接之思考，既然「那先生既不在，請哥哥上馬」，對諸葛均亦無甚

敬意，「問他則甚！風雪甚緊，不如早歸。」是以遭「玄德叱止之」。
其言語與劉關二人形成對照，對於邀訪孔明一事之意義與態度，尤
其凸顯劉備之刻意與策略。是以至第 38 回，對於劉備侍立，恭候
高臥未起之孔明時，張飛有更強烈之言行：

> 半晌，先生未醒。關、張在外立久，不見動靜，入見玄德，
> 猶然侍立。張飛大怒，謂雲長曰：「這先生如何傲慢！見
> 我哥哥侍立階下，他竟高臥，推睡不起！等我去屋後放一
> 把火，看他起不起！」雲長再三勸住。玄德仍命二人出門
> 外等候。望堂上時，見先生翻身將起，忽又朝裡壁睡著。
> 童子欲報。玄德曰：「且勿驚動。」又立了一個時辰，孔
> 明纔醒。

張飛至此「大怒」、「等我去屋後放一把火，看他起不起」，如此的
反應絕非是謙遜禮賢的士大夫式思考，其間沒有太多之謹慎將事，
而是接近庶民的生動與真實，皆由張飛加以呈現。張飛形象除武勇
之外，應即是重視義氣之表現，如第 63 回釋放嚴顏，亦是基於對
彼人從容就義之敬重，其文云：

> 飛坐於廳上，嚴顏不肯跪下，飛怒目咬牙大叱曰：「大將
> 到此，為何不降，而敢拒敵？」嚴顏全無懼色，回叱飛曰：
> 「汝等無義，侵我州郡！但有斷頭將軍，無降將軍」飛大
> 怒，喝左右斬來。嚴顏喝曰：「賊匹夫！要砍便砍，何怒
> 也？」張飛見嚴顏聲音雄壯，面不改色，乃回嗔作喜，下
> 階叱退左右，親解其縛，取衣衣之，扶在正中高坐，低頭
> 便拜曰：「適來言語冒瀆，幸勿見責。吾素知老將軍乃豪
> 傑之士也」，嚴顏感其恩義，乃降。

嚴顏之正氣與勇氣正符合張飛或說傳統價值取向，故張飛表達對其敬重之意，而嚴顏之感其恩義，亦是基於知己正義之思考。於此則展現張飛好惡分明之率直真切。

　　張飛雖有忠於劉備關羽之兄弟義氣，但因性格使然，不免對孔明乃至關羽產生懷疑，如第 28 回懷疑關羽存有投奔曹操之異心，而約以三通戰鼓斬敵將以明志，當關羽保護兄嫂、費盡心血到最後，好不容易找到玄德之際，張飛亦懷疑其曾擔任曹操之部屬，故言擊鼓三通後將追擊而來的蔡陽殺死，及至關羽未從張飛之言，第一通鼓聲未落即迅速殺死蔡陽[12]，張飛方才釋然不疑。又第 41 回亦呈現張飛對子龍叛主之懷疑：

> 正悽惶時，忽見麋芳面帶數箭，跟蹌而來，口言：「趙子龍反投曹操去了也！」玄德叱曰：「子龍是我故交，安肯反乎？」張飛曰：「他今見我等勢窮力盡，或者反投曹操，以圖富貴耳。」玄德曰：「子龍從我於患難，心如鐵石，非富貴所能動搖也。」麋芳曰：「我親見他投西北去了。」張飛曰：「待我親自尋他去，若撞見時，一槍刺死！」玄德曰：「休錯疑了。豈不見你二兄誅顏良、文醜之事乎？子龍此去，必有事故，我料子龍必不棄我也。」

一如對關羽之懷疑，張飛以為子龍有貪圖富貴之可能，而相對於玄德「非富貴所能動搖」之信賴，凸顯彼此思量與格局之差異。

---

[12] 正史云斬蔡陽者為玄德，歷史敘述慣例多僅以戰勝軍主將之名為戰爭勝利者，因此確實斬蔡陽者，不得而知。但正史中的真實玄德似乎較小說描寫的勇猛且多智謀。參照小川環樹，〈第一章《三國演義》の發展のあと〉《中國小說史の研究》（東京：岩波書店，1968），頁 16-17。

又第 39 回表現對孔明之不滿與質疑，聞夏侯惇引兵十萬來犯新野，其謂雲長曰「可著孔明前去迎敵便了。」亦謂劉備曰，「哥哥何不使『水』去？」待孔明分撥調派已定，關羽亦有「我等皆出迎敵，未審軍師卻作何事？」質疑，對於孔明坐守此城之回應，張飛不以為然，大笑曰「我們都去廝殺，你卻在家裡坐地，好自在！」及至孔明與劉備強調軍令不可違，張飛亦是「冷笑而去」。

其後張飛因關羽之死而意氣消沉，酒醉之餘更是遷怒於屬下，甚至因此造成之後被范彊、張達刺死，如第 81 回：

> 說張飛回到閬中，下令軍中：限三日內製白旗白甲，三軍掛孝伐吳，次日，帳下兩員末將，范彊、張達入帳告曰：「白旗白甲，一時無措，須寬限方可。」飛大怒曰：「吾急欲報讎，恨不明日便到逆賊之境。汝安敢違我將令！」叱武士縛於樹上，各鞭背五十。鞭畢，以手指之曰：「來日俱要完備！若違了限，即殺汝二人示眾！」打得二人滿口出血，回到營中商議。

張飛報仇心切，固然是基於對關羽兄弟之義，然相對地，對屬下卻未有寬容，稍不如其意，即「縛於樹上，各鞭背五十」，鞭畢後再以手指之，令其「來日俱要完備！若違了限，即殺汝二人示眾！」「打得二人滿口出血」，故事情節敘述張飛之行止，自是強調其所謂兄弟義氣，並鋪陳張飛將死之因素，於此亦見張飛強烈之性格，處事似未有思考之優容空間，而是好惡分明之簡單直率。另一方面，其對關羽之義雖無庸置疑，但亦僅限於此，未及擴大至其他相處之兵眾同僚，既凸顯義氣之相對侷限性，亦更加強調張飛性格之強烈。此皆以所謂勇莽為性格描繪之中心。對照正史《三國志》與

《三國志平話》、《三國演義》及相關雜劇可見[13]，張飛特色均不離胡鬧急躁魯莽等形象，最後亦因此類性格而遭殺害。

《水滸傳》之李逵、武松與魯智深等人物，亦是行事莽撞，無甚思慮之鮮明性格，其人言語粗魯，性格衝動，如第58回「朱武道：『既是二位到此，且請到山寨中，容小可備細告訴。』魯智深道：『有話便說！待一待誰鳥奈煩！』武松道：『師父是個性急的人，有話便說何妨。』」又第4回描述智深之大鬧五臺山寺：

> 只見魯智深一步一顛，搶上山來。兩簡門子叫道：「苦也！前日這畜生醉了，今番又醉得不小可。」便把山門關上，把拴拴了。只在門縫裏張時，見智深搶到山門下。見關了門，把拳頭擂鼓也似敲門。兩簡門子那裏敢開。智深敲了一回，扭過身來，看了左邊的金剛，喝一聲道：「你這簡鳥大漢，不替俺敲門，卻拿著拳頭嚇洒家！俺須不怕你！」跳上臺基，把剎子只一拔，卻似掘蔥般拔開了。挈起一根折木頭，去那金剛腿上便打。簌簌的泥和顏色都脫下來。

魯智深先是酒醉撞開寺門，又誤會金剛張口嘲笑，繼而拿起木頭敲壞，「泥和顏色都脫下來」，其文又曰：

---

13 小川環樹，〈第一章《三國演義》の發展のあと〉云，如「莽張飛大鬧石榴園」（孤本元明雜劇第七十）都以「莽張飛」為戲曲之名。胡鬧、急躁、魯莽等為其人特色。因此正史《三國志》〈蜀志〉卷二劉玄德毆打督郵，解自己縣尉官印，提督郵之首級繫於馬上，棄官逃亡之故事，於《平話》或《演義》都描寫為張飛所為，而劉玄德以為不可，加以制止。張飛終究是急躁及率直。又玄德三顧茅廬之際，張飛亦無禮地發怒，大叫要火燒草堂令其逃出（毛本第三十八回）。以上兩段情節，《平話》中有關蔡陽的部份特別附上「十鼓斬蔡陽」之名，「三顧」的情節與《演義》的文字雖完全相異，但張飛的態度沒有不同。（頁17）

　　門子張見道：「苦也！」只得報知長老。智深等了一回，
調轉身來，看著右邊金剛，喝一聲道：「你這廝張開大口，
也來笑洒家！」便跳過右邊臺基上，把那金剛腳上打了兩
下。只聽得一聲震天價響，那尊金剛從臺基上倒撞下來。
智深提著折木頭大笑。

又出言大罵山寺眾僧，踉嗆摔跤入寺以後，又是狼狽大吐：

　　智深在外面大叫道：「直娘的禿驢們！不放洒家入寺時，
山門外討把火來燒了這簡鳥寺。」僧聽得叫，只得叫門子
拽了大拴，「由那畜生入來。若不開時，真個做出來。」
門子只得捻腳捻手，把拴拽了，飛也似閃入房裏躲了。眾
僧也各自迴避。只說那魯智深雙手把山門盡力一推，撲地
顛將入來，吃了一交。扒將起來，把頭摸一摸，直奔僧堂。
來到得選佛場中，禪和子正打坐間，看見智深揭起簾子，
鑽將入來，都吃一驚，盡低了頭。智深到得禪床邊，喉嚨
裏咯咯地響，看著地下便吐。眾僧都聞不得那臭，簡簡道：
「善哉！」齊掩了口鼻。

繼而作弄僧人，強塞狗肉，還劈頭亂打，其文曰：

　　智深吐了一回，扒上禪床，解下絛，把直裰帶子都呎呎剝
剝扯斷了，脫下那腳狗腿來。智深道：「好，好！正肚飢
俚。」扯來便吃。眾僧看見，便把袖子遮了臉。上下肩兩
簡禪和子，遠遠地躲開。智深見他躲開，便扯一塊狗肉，
看著上首的道：「你也到口。」上首的那和尚，把兩隻袖
子，死掩了臉。智深道：「你不吃？」把肉望下首的禪和
子嘴邊塞將去。那和尚躲不迭，卻待下禪床，智深把他擘

耳朵揪住，將肉便塞。對床四五簡禪和子跳過來勸時，智深撇了狗肉，提起拳頭，去那光腦袋上必必剝剝只顧鑿。滿堂僧大喊起來，都去櫃中取了衣鉢要走。此亂喚做「捲堂大散」。

魯智深粗魯莽撞，破壞整個佛寺，大佛金剛也難倖免，眾僧人亦飽受驚嚇愚弄，生動凸顯了魯智深言語行止狂妄粗魯的特殊僧人形象。又第9回則刻劃智深之義氣與勇武，其文云：

> 魯智深扯出戒刀，把索子都割斷了，便扶起林沖，叫：「兄弟，俺自從和你買刀那日相別之後。洒家憂得你苦。自從你受官司，俺又無處去救你。打聽的你斷配滄州，洒家在開封府前，又尋不見。卻聽得人說，監在使臣房內。又見酒保來請兩個公人說道：「店裏一位官人尋說話。」以此洒家疑心，放你不下。恐這廝們路上害你。俺特地跟將來。見這兩個撮鳥，帶你入店裏去，洒家也在那店裏歇。夜間聽得那廝兩個做神做鬼，把滾湯賺了你腳。那時俺便要殺這兩個撮鳥。卻被客店裏人多，恐妨救了。洒家見這廝們不懷好心，越放你不下。
> 你五更裏出門時，洒家先投奔這林子裏來，等殺這兩個撮鳥。他到來這裏害你，正好殺這廝兩個。」林沖勸道：「既然師兄救了我，你休害他兩個性命。」魯智深喝道：「你這兩個撮鳥，洒家不看兄弟面時，把你這兩個都剁做肉醬！且看兄弟面皮，饒你兩個性命。」就那裏插了戒刀，喝道：「你這兩個撮鳥，快攙兄弟都跟洒家來！」提了禪杖先走。兩個公人那裏敢回話，只叫：「林教頭救俺兩個。」依前

背上包裹，提了水火棍，扶著林沖，又替他挖了包裹，一同跟出林子來。

描繪魯智深雖孔武有力，卻亦不失細密心思，並再以林沖與公人之行為與言語強調，其文云：

> 魯智深看著兩個公人道：「你兩個撮鳥的頭，硬似這松樹麼？」二人答道：「小人頭是父母皮肉包著些骨頭。」智深輪起禪杖，把松樹只一下，打的樹有二寸深痕，齊齊折了。喝一聲道：「你兩個撮鳥，但有歹心，教你頭也與這樹一般！」擺著手，拖了禪杖，叫聲：「兄弟保重！」自回去了。董超、薛霸，都吐出舌頭來，半晌縮不入去。林沖道：「上下，俺們自去罷。」兩個公人道：「好個莽和尚，一下打折了一株樹。」林沖道：「這個直得甚麼！相國寺一株柳樹，連根也拔將出來。」二人只把頭來搖，方纔得知是實。

魯智深以折松樹嚇喝公人，確保林沖之安危，既顯示魯智深之義氣與武勇，「好個莽和尚」，智深之行止言語自是粗俗，然亦見其人之淘氣與對傳統之無視。

而第 38 回李逵出場與宋江結識之際，藉由實際的情節與戴宗之言，呈現出胡鬧粗野的人物形象：

> 李逵道：「若真個是宋公明，我便下拜；若是閒人，我卻拜甚鳥！節級哥哥，不要賺我拜了，你卻笑我！」宋江便道：「我正是山東黑宋江。」李逵拍手叫道：「我那爺！你何不早說些個，也教鐵牛歡喜！」撲翻身軀便拜。宋江連忙答禮，說道：「壯士大哥請坐。」戴宗道：「兄弟，

你便來我身邊坐了喫酒。」李逵道：「不耐煩小盞喫，換個大碗來篩！」

此段描寫李逵性格之文字相當緊湊，先是「若真個是宋公明，我便下拜；若是閒人，我卻拜甚鳥」言其好惡分明之江湖性格，亦藉「不耐煩小盞喫，換個大碗來篩」以表現其不拘儀節之粗獷，一登場即角色鮮明生動，與宋江之多謀謹慎相互對照。

　　殺人逃亡的出身、酒性不好、好賭賴帳、心粗膽大，以「黑漢子」稱呼宋江的李逵，言語無禮「屭鹵」，「全不識高低」、「全不識些體面」，卻也其天真率直之處，因敬重宋江且感其輸財之義，是以「閒常只是賭直」之李逵，因「今日不想輸了哥哥銀子，又沒得些錢來相請哥哥，喉急了，時下做出這些不直來。」（第38回）其思考之天真亦顯見，宋江與李逵之互動亦見士庶之生活審美品味之異同，其文曰：

宋江道：「得些辣魚湯醒酒最好。」戴宗便喚酒保，教造三分加辣點紅白魚湯來。頃刻造了湯來。宋江看見，道：「『美食不如美器。』雖是個酒肆之中，端的好整齊器皿！」拿起筯來，相勸戴宗，李逵喫，自也喫了些魚，呷幾口湯汁。李逵並不使筯，便把手去碗裏撈起魚來，和骨頭都嚼了。宋江一頭忍笑不住，呷了兩口汁，便放下筯不喫了。戴宗道：「兄長，一定這魚醃了，不中仁兄喫。」宋江道：「便是不才酒後只愛口鮮魚湯喫，這個魚真是不甚好。」戴宗應道：「便是小弟也喫不得；是醃的，不中喫。」李逵嚼了自碗裏魚便道：「兩位哥哥都不喫，我替你們喫了。」便伸手去宋江碗裏撈將過來喫了，又去戴宗碗裏也撈過來了，滴滴點點，淋一桌子汁水。

> 宋江見李逵把三碗魚湯和骨頭都嚼了，便叫酒保來，分付
> 道：「我這大哥想是肚饑。你可去大塊肉切二斤來與他喫，
> 少刻一發算錢還你。」酒保道：「小人這只賣羊肉，卻沒
> 牛肉。要肥羊盡有。」李逵聽了，便把魚汁劈臉潑將去，
> 淋那酒保一身。

　　宋江以為「美食不如美器。雖是個酒肆之中，端的好整齊器
皿！」，而李逵則「並不使筯，便把手去碗裏撈起魚來，和骨頭都
嚼了」，宋江戴宗嫌魚湯「醃了」，李逵則「兩位哥哥都不喫，我替
你們喫了。」伸手去宋江及戴宗碗裏撈將過來喫了，「滴滴點點，
淋一桌子汁水」。後又不喜酒保所言並無牛肉僅有肥羊，「便把魚汁
劈臉潑將去，淋那酒保一身。」由各式言行舉止，生動拼湊且凸顯
出李逵之率真魯莽性格，與宋江戴宗等士人階層之行止完全不同，
而是庶人之典型形象。
　　又如第 39 回戴宗埋怨李逵只因言語被唱曲女子打斷，便失手
傷人，李逵亦是天真無反省之意，其文云：

> 戴宗怨李逵道：「你這廝要便與人合口，又教哥哥壞了許
> 多銀子！」李逵道：「只指頭略擦得一擦，他自倒了。不
> 曾見這般鳥女子，恁地嬌嫩！你便在我臉上打一百拳也不
> 妨。」宋江等眾人都笑起來。

以為只是「指頭略擦得一擦」，又將自身與女子相比，「不曾見這般
鳥女子，恁地嬌嫩」，「便在我臉上打一百拳也不妨」其天真與胡鬧，
形成情節之幽默效果，亦再次強調其孔武有力與粗魯率直之特質。
又如第 51 回聽聞朱仝對眾人要求殺了黑旋風，為其出氣，李逵聽
了大怒：「教你咬我鳥！晃，宋二位哥哥將令，干我屁事！」又第

53 回與戴宗往訪羅真人之過程，亦見李逵之胡鬧淘氣，先是於訪真人處所時，對同桌飲食之老者的無禮，第 53 回云：

> 等了半日，不見把麵來。李逵卻見都搬入裏面去了。心中已有五分焦躁。只見過賣卻搬一個熱麵，放在合坐老人面前。那老人也不謙讓，拿起麵來便吃。那分麵卻熱，老兒低著頭，伏桌兒吃。李逵性急，見不搬麵來，叫一聲「過賣」，罵道：「卻教老爺等了這半日！」把那桌子只一拍，濺那老人一臉熱汁。

其後遇公孫勝之母，為求公孫勝之現身，亦是粗暴恫喝，未見尊老之行，第 53 回云：

> 李逵道：「我是梁山泊黑旋風，奉著哥哥將令，教我來請公孫勝。你叫他出來，佛眼相看。若還不肯出來，放一把鳥火，把你家當都燒做白地。莫言不是。早早出來！」婆婆道：「好漢莫要恁地，我這里不是公孫勝家，自喚做清道人。」李逵道：「你只叫他出來，我自認得他鳥臉。」婆婆道：「出外雲遊未歸。」李逵拔出大斧，先砍翻一堵壁。婆婆向前攔住。李逵道：「你不叫你兒子出來，我只殺了你。」拿起斧來便砍，把那婆婆驚倒在地。

李逵之粗暴胡亂，無論是對於男女老少，皆以個人之意志為行為準則，而未有禮節之意識。於其意識中，兄弟義氣應是一切行事之準則，亦是其服膺他人之唯一依據，對於訪邀羅真人，亦存有不耐：

> 尋思道：「卻不是幹鳥氣麼？你原是山寨裏人，卻來問甚麼鳥師父！我本待一斧砍了，出口鳥氣；不爭殺了他，卻

又請那個去救俺哥哥？……」又尋思道：「明朝那廝又不肯，不誤了哥哥的大事？……我忍不得了，只是殺了那個老賊道，教他沒問處，只得和我去？……」

李逵爬上來，搠破紙窗張時，見羅真人獨自一個坐在日間這件東西上；面前桌兒上咽猥猥地兩枝蠟燭點得通亮。李逵道：「這賊道！卻不是當死！」一蹺蹺過門邊來，把手只一推，撲的兩扇亮齊開。李逵搶將入去，提起斧頭，便望羅真人腦門上只一劈，早斫倒在雲床上。李逵看時，流出白血來，笑道：「眼見得這賊是童男子身，頤養得元陽真氣，不曾走泄，正沒半點的紅！」李逵再仔細看時，連那道冠兒劈做兩半，一顆頭直斫到項下。李逵道：「這個人只可驅除了他！先不煩惱公孫勝不去！」便轉身，出了松鶴軒，從側首廊下奔將出來。只見一個青衣童子，攔住李逵，喝道：「你殺了我本師，待走那裏去！」李逵道：「你這個小賊道！也喫我一斧！」手起斧落，把頭早砍下臺基邊去。李逵笑道：「如今只好撒開！」逕取路出了觀門，飛也似奔下山來；到得公孫勝家裏，閃入來，閉上了門。淨室裏聽戴宗時，兀自未覺，李逵依前輕輕地睡了。次日天明，李逵以為眾人被蒙在鼓裏，尚不知真人已死時，「咬著唇冷笑」，待又見到以為已被自己殺死之羅真人與童子時，「李逵聽了，喫了一驚，把舌頭伸將出來，半日縮不入去。」又不信羅真人所說，是看其面子，方答應公孫勝前去梁山泊，以為「那廝知道我要殺他，卻又鳥說！」

及至其後反為羅真人所戲弄。李逵之放言高論與旁若無人，展現其人特有之思考模式與行事準則，且性情急躁，不慣於謹慎將事，凡

事以個人思考直線進行，一如第 73 回錯認宋江奪劉太公之女，「你兩個先著眼瞧他，這老兒懼怕你，便不敢說是。」而此顯然是不具知識教養之形象，卻因此較士人階層更具親切生動。

張飛李逵等人於故事中總是旁若無人，不若他人具有一定程度節制，三顧茅廬欲放火之張飛、大鬧東京「吟了反詩打甚麼鳥緊！萬千謀反的倒做了大官」之李逵，對道德或倫理之逾越，亦是對既有傳統之莫大挑戰，張飛之莽、李逵之勇，於整體結構之意義，凸顯宋元小說中傾向庶民性格[14]，其人之言語粗俗，行事莽撞，整體形象不符正統規範，而此類人物出現於文本，亦不符正統文學之敘述習慣，可視為對傳統價值之競爭與倫理秩序之脫逸，此類庶民代表人物之出現，既與主角人物對照，其人之脫序言行亦是某一程度對正統或士人階級之嘲弄或反省，此無疑形成小說內容之生動活潑，與思想之多元創新。然而，多音複調之後，卻不免仍定於一尊。此實因小說作者書寫之意識背景所致。

（二）士庶信念之交流引導

《三國演義》與《水滸傳》分別具有豐富故事性、文人氣息及生動淺俗語言，亦某種程度承襲傳統文化之語境，此自是因作者多少具有的文人身份所致，是以雖強調粗人莽夫之言行，與庶民之思

---

[14] 小川環樹，〈第一章《三國演義》の發展のあと〉，頁 17-18，張飛與關羽同樣是勇將、都有不變的忠義誠心，但有教養與無教養、細心與魯莽、節度與粗野，如此完全對立的性格是其中趣味所在。讓像後者這樣的性格為文學上的主角，大概從元代開始。雜劇上的張飛完全如上述，在與雜劇同時代的《平話》中的性格也無不同。《演義》對粗野人張飛之活動則稍有壓制意味，總之是更加強力凸顯關羽，張飛則是較關羽次一級的處理傾向。（頁 17-18）

考模式與人生價值相近，然此類胡亂情節發展過程中，卻必有相關阻止、駁斥、取笑或指導之言詞出現，藉以取得平衡甚至是修正，此則已超越庶民文化之傾向，而是再次確定作者文人心靈之敘述角度與基調。如前述《三國演義》第 37 回三顧茅廬之際，劉備對張飛無禮行止之拒斥，又如第 42 回，先言張飛「一聲好似轟雷震，獨退曹家百萬兵」、「喊聲未絕」即令夏侯傑「肝膽碎裂」等拒水斷橋之勇，其文云：

> 言未已，張飛睜目又喝曰：「燕人張翼德在此！誰敢來決死戰？」曹操見張飛如此氣概，頗有退心。飛望見曹操後軍陣腳移動，乃挺矛又喝曰：「戰又不戰，退又不退，卻是何故！」
>
> 喊聲未絕，曹操身邊夏侯傑驚得肝膽碎裂，倒撞於馬下。操便回馬而走。於是諸軍眾將一齊望西逃奔。

張飛之勇固然大快人心，可獲庶民之共鳴，但計慮不免有失，以致產生戰略上的缺失，須待劉備加以指點，藉劉備之言提醒其斷橋之失：

> 且說張飛見曹軍一擁而退，不敢追趕，速喚回原隨二十餘騎，解去馬尾樹枝，令將橋梁拆斷，然後回馬來見玄德，具言斷橋一事。玄德曰：「吾弟勇則勇矣，惜失於計較。」飛問其故。玄德曰：「曹操多謀：汝不合拆斷橋梁。彼必追至矣。」飛曰：「他被我一喝，倒退數里，何敢再追？」玄德曰：「若不斷橋，彼恐有埋伏，不敢進兵；今拆斷了橋，彼料我無軍而怯，必來追趕。彼有百萬之眾，雖涉江

漢，可填而過，豈懼一橋之斷耶？」於是即刻起身，從小路斜投漢津，望沔陽路而走。

劉備以為飛「勇則勇矣，惜失於計較。」而張飛至此亦未省悟，「問其故」，以為大喝一聲與斷橋即可確保退兵無事，「他被我一喝，倒退數里，何敢再追？」其不若玄德或曹操，具有對事件發展之判斷與推測習慣，是以劉備之言正反映領導者掌握虛實之智略，雖言曹操之可能判斷，實亦同時顯示劉備之謀略，而此類見解為直線式思考之張飛所無，有賴彼人加以說明指點。又如第 73 回：

> 張飛大叫曰：「異姓之人，皆欲為君，何況哥哥乃漢朝宗派！莫說漢中王，就稱皇帝，有何不可！」玄德叱曰：「汝勿多言！」孔明曰：「主公宜從權變，先進位漢中王，然後表奏天子，未為遲也。

張飛以血緣之說，直言劉備稱王為帝之合法與正當性，直接挑戰忠君之價值基調，而做為道德繩矩之玄德自是大叱，「汝勿多言」，其間二人之互動，一如李逵之於宋江。事實上，宋江於《水滸傳》中實即道德規範之倡導與維護者，如第 75 回魯智深等附和李逵喝斥詔書，其文曰：

> 隨即取過一付嵌寶金花鍾，令裴宣取一瓶御酒，傾在銀酒海內。看時，卻是村醪白酒。再將九瓶都打開，傾在酒海內，看時，卻是一般的淡薄村醪。眾人見了，盡都駭然。一簡簡都走下堂去了。魯智深提著鐵禪杖，高聲叫罵：「入娘撮鳥，忒殺是欺負人！把水酒做御酒來哄俺們吃！」赤髮鬼劉唐，也挺著朴刀殺上來。行者武松，掣出雙戒刀。沒遮攔穆弘，九紋龍史進，一齊發作。六個水軍頭領，都

> 罵下關去了。宋江見不是話，橫身在裏面攔當。急傳將令，
> 叫轎馬護送太尉下山，休教傷犯。

李逵與智深武松劉唐等人一起發作，大斥陳太尉以水酒充御酒，欺人太甚，加之對招安一事有所不滿，欲待發作，宋江「見不是話」，橫身阻擋，「休教傷犯」，實為維護倫理之代表。

《水滸傳》之李逵亦因行事魯莽以致不獲信任，宋江等人對其要求往往附帶相關條件，如第 42 回李逵見宋江父子完聚，且公孫勝亦欲還鄉看視老母，待眾人餞別公孫勝後，放聲大哭，亦欲返鄉迎母相聚，其文云：

> 李逵哭道：「幹鳥氣麼！這個也取爺，那個也望娘，偏鐵牛是土掘坑裏鑽出來的！」晁蓋便問道：「你如今待要怎地？」李逵道：「我只有一個老娘在家裏。我的哥哥又在別人家做長工，如何養我娘快樂？我要去取他來，這裏快樂幾時也好。」

是以，晁蓋欲差人與李逵同往，而宋江則以為：

> 使不得！李家兄弟生性不好，回鄉去必然有失。若是教人和他去，亦是不好。況他性如烈火，到路上必有衝撞。他又在江州殺了許多人，那個不認得他是黑旋風？這幾時官司如何不行移文書到那裏了！必然原籍追捕。——你又形貌兇惡，倘有疎失，路程遙遠，恐難得知。你且過幾時，打聽得平靜了，去取未遲。

宋江之言反映對李逵之不信任，以為回鄉「必然有失」，其因即在於李逵之「性如烈火」之個性與「殺了許多人」的既有罪愆，乃至

兇惡外貌，其對待李逵態度顯然與對待他人不同。所謂「只依我三件事，便放你去」之言，顯現了李逵只是接受領導無甚主動性之位階。後李逵之母為虎所噬，第 43 回向宋江等說「取娘至沂嶺，被虎喫了」一事，固是人倫悲慘之事，但因非故事強調義氣之主軸，故亦無甚著墨。[15]

又如第 73 回錯認宋江奪劉太公女一事，急躁「性緊」之李逵亦表現出直率天真的特有思考模式：

---

[15] 《水滸傳》中以「義士」稱好漢們，意謂其人為「大義」而結合之意，且屢屢出現。如第二十回（金本第十九回）之題「梁山泊義士尊晁蓋」，林沖擁立晁蓋為山寨主之時，亦說「以義氣為重」，另外，林沖亦有「天幸有得眾豪傑相聚，大義既明」之語，被推為首領的晁蓋面對眾人亦云，「各人務要竭力同心，共聚大義」。薩孟武，《水滸傳與中國社會》，（台北：三民書局，1934），頁 9，引用李逵成為綠林一員後，「雖勤於孝思，回家取娘，然而半路就送給老虎充飢」（薩氏所引為金本第四十二回，李本第四十三回），以為「這個事情可謂是世上最悲慘的事，然而李逵回山，訴說殺虎一事，宋江竟然大笑，眾好漢也沒有安慰的話」，薩氏所據為金本第四十三回，李本之「眾人大笑」於第四十四回）。第 43 回中云：「李逵拜了宋江，給還了兩把板斧，訴說假李逵剪徑被殺一事，眾人大笑；又訴說殺虎一事，為取娘至沂嶺，被虎喫了，說罷，流下淚來。宋江大笑道：『被你殺了四個猛虎，今日山寨裏添得兩個活虎，正直作慶。』眾多好漢大喜，便教殺牛宰馬，做筵席慶賀兩個新到頭領。」然光緒己卯新鑴之《水滸傳》大道堂藏版(封面寫有吳門金聖嘆鑒定，秣陵蔡元放批評，繡像第五才書前後合刻，東原羅貫中恭訂)，此段情節則有所出入，其卷 5 第 43 回云:「(朱貴)又把李逵取娘一事說了一遍，李逵大哭起來。宋江等曰：『我叫你從容差人去接，你不聽，致有此災』，眾皆下淚。」則似較合乎人情。又據小川環樹，〈第二章《水滸傳》の作者について〉，《中國小說史の研究》，頁 41，落草為寇豪傑，早已進入不同於守法良民的世界，其中的道德或習慣亦與良民的不同。如「孝」本為中國最高道德，但深具孝心之宋江或李逵，成為綠林好漢後，卻不得不捨棄孝。其人的世界中，最重視的是「義氣」——義俠心與同志愛，小說中表現出「義氣」、「大義」等同於骨肉等關係，基於大義而歃血為盟、義結金蘭之結合。於此，捨棄了一切其他關係，以單純個人加以結合。

> 李逵道：「只是我性緊上，錯做了事。既然輸了這顆頭，
> 我自一刀割將下來，你把去獻與哥哥便了。」燕青道：「你
> 沒來由尋死做甚麼？我教你一個法則，喚做『負荊請罪』。」
> 李逵道：「怎地是負荊？」燕青道：「自把衣服脫了，將
> 麻繩綁縛了，脊梁上背著一把荊枝，拜伏在忠義堂前，告
> 道：『由哥哥打多少。』他自然不忍下手。這個喚做負荊
> 請罪。」李逵道：「好卻好，只是有些惶恐，不如割了頭
> 去乾淨。」燕青道：「山寨裏都是你兄弟，何人笑你？」
> 李逵沒奈何，只得同燕青回寨來，負荊請罪。

李逵反應亦直接，以為「既然輸了這顆頭，我自一刀割將下來」，
並無所謂「負荊請罪」之文人式思想，至接受燕青建議而有負荊請
罪之舉，可視為是士人言行與心靈之模仿，其間具有若干士庶價值
交流之跡，亦形成突兀有趣的故事效果。

　　又如 51 回宋江調解朱仝與李逵之怨，以為「今日既到山寨，
便休記心，只顧同心協助，共興大義，休教外人恥笑。」力促二人
和解，李逵雖「睜著怪眼」，以為「他直恁般做得起！我也多曾在
山寨出氣力！他又不曾有半點之功，卻怎地倒教我陪話！」但一聽
宋江「論齒序，他也是你哥哥。且看我面，與他伏個禮，我卻自拜
你便了。」「央及不過」之言而改變態度，其言「我不是怕你；為
是哥哥逼我，沒奈何了，與你陪話！」正顯示李逵基於兄弟大義，
對宋江之絕對順服與深信，接受領導者之指點意見。

　　第 60 回言宋江拒絕林沖與眾等請求其為梁山泊首領，相對於
宋江與眾人之謙讓，李逵「哥哥休說做梁山泊主，便做個大宋皇帝
你也肯！」之直言不諱尤顯冒犯衝撞，雖言明了宋江之實際意志，
卻引來更大之怒斥，其文云：

> 宋江大怒道：「這黑廝又來胡說！再若如此亂言，先割了
> 你這廝舌頭！」李逵道：「我又不教哥哥不做；說請哥哥
> 做皇帝，倒要先割我舌頭！」吳學究道：「這廝不識時務
> 的人，眾人不到得和他一般見識。且請息怒，主張大事。」

一如吳用言其「不識時務」，李逵有其直接簡單想法，言行雖無禮
卻有其真實性，「吟了反詩打甚麼鳥緊！萬千謀反的倒做了大官」，
但其率真絕非有助於促成大事，士庶階級明顯可辨，所得到的對待
亦僅是「不識時務」之否定駁斥。又如第 75 回：

> 李逵正沒尋人打處，劈頭揪住李虞候便打，喝道：「寫來
> 的詔書是誰說的話？」張幹辯道：「這是皇帝聖旨。」李
> 逵道：「你那皇帝正不知我這裏好漢，來招安老爺們，倒
> 要做大！你的皇帝姓宋，我的哥哥也姓宋。你做得皇帝，
> 偏我哥哥做不得皇帝？你莫要來惱犯著黑爹爹，好歹把你
> 那寫詔的官員，盡都殺了。」人都來解勸，把黑旋風推下
> 堂去。宋江道：「太尉且寬心，休想有半星兒差池。且取
> 御酒，教人霑恩。」

宋江之處理及時修正了李逵「偏我哥哥做不得皇帝」之造反言辭，
並確保自身乃至其他梁山泊好漢之忠君行止，得以合乎既有規範而
避免了造反罪愆。又第 110 回見宋江煩憂連累兄弟無功，年命蹇
滯，李逵之放言亦受斥責：

> 吳用答道：「兄長既知造化未通，何故不樂。萬事分定，
> 不必多憂。」黑旋風李逵道：「哥哥好沒尋思！當初在梁
> 山泊裡，不受一個的氣。卻今日也要招安，明日也要招安，

> 討得招安了，卻惹煩惱！放著兄弟們都在這裏，再上梁山
> 泊去，卻不快活！」

不同於吳用之「造化未通」「萬事分定」之詮釋，李逵所思及的，
是在梁山泊之自主自在，因而否定招安，「再上梁山泊去，卻不快
活」，然此一言論卻引來宋江之怒斥，其文云：

> 宋江大喝道：「這黑禽獸又來無禮！如今做了國家臣子，
> 都是朝廷良臣。你這廝不省得道理，反心尚兀自未除！」
> 李逵又應道：「哥哥不聽我說，明朝有的氣受哩！」人都
> 笑。且捧酒與宋江添壽。

李逵「哥哥不聽我說，明朝有的氣受哩！」的說法雖有道理，卻未
獲眾人重視深思，反予以反駁，一笑置之。
　　事實上，《水滸傳》中如李逵之形象者亦有魯智深、武松等，
同為勇莽胡亂之人，對於招安，亦皆與宋江意見對立，如第71回
其人對招安之爭辯：

> 樂和唱這箇詞，正唱到「望天王降詔，早招安」，只見武
> 松叫道：「今日也要招安，明日也要招安去，冷了弟兄們
> 的心！」黑旋風便睜圓怪眼，大叫道：「招安，招安！招
> 甚鳥安！」只一腳，把卓子踢起，攧做粉碎。宋江大喝道：
> 「這黑廝怎敢如此無禮！左右與我推去斬訖報來。」眾人
> 都跪在面告道：「這人酒後發狂，哥哥寬恕！」宋江答道：
> 「眾賢弟且起，把這廝推搶監下。」眾人皆喜。有幾箇當
> 刑小校，向前來請李逵。李逵道：「你怕我敢掙扎！哥哥
> 剮我也不怨，殺我也不恨。除了他，天也不怕！」說了，
> 便隨著小校去監房裏睡。宋江聽了他說，不覺酒醒，忽然

發悲。吳用勸道：「兄長既設此會，人皆歡樂飲酒。他是箇麤鹵的人，一時醉後衝撞，何必掛懷。且陪眾兄弟盡此一樂。」宋江道：「我在江州，醉後誤吟了反詩，得他氣力來。今日又作滿江紅詞，險些兒壞了他性命。早是得眾弟兄諫救了！他與我身上情分最重，如骨肉一般。因此潸然淚下。」便叫武松：『兄弟，你也是箇曉事的人。我主張招安，要改邪歸正，為國家臣子，如何便冷了眾人的心？』魯智深便道：「只今滿朝文武，俱是奸邪，蒙蔽聖聰。就比俺的直裰，染做皂了，洗殺怎得乾淨！招安不濟事！便拜辭了，明日一箇箇各去尋趁罷。」宋江道：「眾弟兄聽說：今皇上至聖至明，只被奸臣閉塞，暫時昏昧。有日雲開見日，知我等替天行道，不擾良民，赦罪招安，同心報國，竭力施功，有何不美。因此只願早早招安，別無他意。」眾皆稱謝不已。當日飲酒，終不暢懷。席散，各回本寨。有詩為證：

虎噬狼吞興已闌，偶攄心願欲招安。武松不解公明意，直要縱橫振羽翰。

武松以為，「招什麼鳥安」「今日也要招安，明日也要招安」「冷了兄弟的心」，李逵亦附和「招甚鳥安」，其實代表另一種梁山好漢之生命期待，兄弟聚義有其自足意義，魯智深尤其明言「滿朝文武，俱是奸邪，蒙蔽聖聰。」「招安不濟事！便拜辭了」「各自尋趁」，直指招安之隱憂與虛幻，三人之質疑實有其道理，眾人亦深知招安之矛盾，亦意識到梁山泊終將解消之可能，是以「終不暢懷」。然終以宋江為主導，藉由李逵之全然認錯與遵循態度，強調替天行道與招安之必然趨勢，其文曰：

且說次日清晨，眾人來看李逵時，尚兀自未醒。眾頭領睡裏喚起來，說道：「你昨日大醉，罵了哥哥。今日要殺你。」李逵道：「我夢裏也不敢罵他！他要殺我時，便由他殺了罷。」眾弟兄引著李逵，去堂上見宋江請罪。宋江喝道：「我手下許多人馬，都似你這般無禮，不亂了法度！且看眾兄弟之面，寄下你項上一刀。再犯，必不輕恕。」李逵喏喏連聲而退。眾人皆散。一向無事，漸近歲終。

相較於李逵「我夢裏也不敢殺他」的內化忠誠，魯智深與武松對於人生選擇尚有自主意識，但也因此形成價值矛盾，正如梁山泊於招安之後，回歸正規道德軌範後的窒息氛圍與煙消命運之處境。而宋江對李逵之不信任，甚至亦因此決定李逵之人生選擇，其為確保李逵之不作亂造反，而令李逵飲下毒酒。如第 120 回：

宋江道：「兄弟，你休怪我！前日朝廷差天使賜藥酒與我服了，死在旦夕。我為人一世，只主張忠義二字，不肯半點欺心。今日朝廷賜死無辜。寧可朝廷負我，我忠心不負朝廷！我死之後，恐怕你造反，壞了我梁山泊替天行道忠義之名。因此請將你來，相見一面。昨日酒中，已與了你慢藥服了。回至潤州必死。你死之後，可來此處楚州南門外，有個蓼兒洼，風景盡與梁山泊無異。和你陰魂相聚。我死之後，屍首定葬於此處。我已看定了也。」言訖，墮淚如雨。李逵見說，亦垂淚道：「罷，罷，罷！生時伏侍哥哥，死了也只是哥哥部下一箇小鬼。」言訖，淚下。便覺道身體有些沉重。當時灑淚，拜別了宋江下舡。回到潤州，果然藥發身死。

「罷，罷，罷！生時伏侍哥哥，死了也只是哥哥部下一箇小鬼。」此為李逵人生選擇之主要衡量標準，即使命運被宋江所決定亦無怨言，其言行固然放縱粗魯，卻終被限制於宋江所代表的道德規範之下，因對兄弟義氣之忠實不二，是以對其他指導意見，亦毫無懷疑，完全接受。

　　李逵放言高論總引來斥責，一如張飛之謀略行事屢遭疑懼，此二人雖或有爭執不滿，最終卻都信服，其人行事不是被否定，就是被斥責或取笑，其他人物對張飛李逵亦多有戒心，多以懼怕怒斥嘲笑等態度加以對待，於人際生態中，屬於與領導者互補或追隨之人，既顯現其人之真率與不受拘束，另一方面，亦反襯主角人物言行之深謀遠慮及正當合理，粗豪雖放言高論，但實受制於更高的道德標準，甚至絕對順從此類約束指正，並無實質的主體性。張飛李逵之類的人物於人際關係中，總是依循追隨之角色，行事風格屢引起他人質疑或疑慮，卻又屢犯類似的疏失，但對庶民而言，此類言行舉止更具親切感。[16]多音複調之暫時出現，但終定於一尊，終歸主流價值，作者反而於其間強調既有道德主張與價值認同。

---

[16] 小川環樹，〈第一章《三國演義》の發展のあと〉，頁15，關羽之神勇固然是人人所讚揚，但其愛讀五經之一《春秋》，即使不是讀書人，中國也都稱其為儒將，以見多少具有教養。這一特質對庶民而言，不能不說多少有些難以接近之感。

第三節　道德規範之深化回歸

　　歷來強調小說教化論述中，著眼於小說對庶民所具有的宣洩導情作用，並可見小說因特殊文學藝術形式，而較六經國史更易感化庶民之作用。另一方面，除有關宋仁宗好小說與其他史籍等相關記載外，皆表現文人平民喜讀小說之意向，又如明末文人盛行評點或提倡章回小說等，尤其可見，此時的小說不限於只是庶民讀物，此或許與明代士大夫出身市民階級有關。又對照小說與史籍之異同可見，小說或可視史籍記載中所謂「秘話」或「內幕」等，有傳說想像推論等傾向，其中雖強調引用具體人物或文本等訊息來源以徵信，但實不免有「道聽塗說」色彩，此類記載或有娛樂性或藉此解釋說明，反而是最吸引人之處。且不僅吸引庶民，即使士人天子，亦可能於正式典籍之閱讀或書寫外，對此感到興趣。於小說之接受或閱讀活動中，士庶貴賤等階級各取所需，二者並不衝突。

（一）仁政價值之理想期待

　　大致上，作者書寫之際皆有其一定意向或主張，藉由作品或評論之傳達，特定意識往往因而擴大延伸，形成作品或隱藏或顯現的主要脈絡思想。而作者之既有體驗、寫作題材與形式乃至期許、審美價值觀等展現，均存有歷時累積的文學背景與條件。 文學作品雖呈現作者個人意識，然此類個人意識實亦為群體規範意識之發揚與延伸，因文化背景與價值觀之類似，書寫策略及藝術特徵方得以具有接受與理解之可能。《三國演義》與《水滸傳》於情節進行中

運用各式的人物對話，藉彼此各異的立場所提出的論述內容，表達士人階級或士人庶民間不同意見的並置、競爭乃至定調等互動。

《三國演義》以特定書寫取向展現理想與現實、倫理與歷史的矛盾。如評劉表之詩：「昔聞袁氏居河朔，今見劉君霸漢陽。無決有謀空戰討，外寬內狹遠賢良。紹因譚尚須傾國，表為琦琮立喪邦。觀此可為千古戒，怨魂應是遶荊襄」，其間對劉表之作為與相關史實演變有述有評，可見作者對既有歷史有某一程度之「敘述」外，亦不免表達其人之反省與思考。《三國演義》崇劉抑曹傾向的確立，自是影響敘事文本之描寫焦點與關注價值之移轉，不同於陳壽《三國志》，六十五卷中魏佔三十卷，蜀佔十五卷，吳佔二十卷，《三國演義》一百二十回目中，有七十個對句與蜀主蜀將蜀事相關，形成以蜀漢為敘事中心之格局。此一移轉調整有其審美功能，因蜀國力最弱，以其為描寫中心，得形成扶漢有志、回天無力的悲劇態勢，並於其間灌注倫理與情感力量，此顯為作者之有意安排。[17]

《三國演義》中，匡扶或篡奪漢室形成對照系統，另外，一如前述三顧茅廬或舌戰群雄，或其他文人爭辯情節段落所顯現，避世與入世、順天命或盡人力，皆是相互對照與牽扯之系統，文人意識於其間不斷衝突反省，而相對於《三國演義》中文人識見價值之高論，《水滸傳》則是於個人「封妻蔭子」辯證至「替天行道」的忠義道德，從第 3 回史進「討個出身，求半世快樂」，並以為「我是個清白好漢，如何肯把父母遺體來點污了？你勸我落草，再也休提」的「一百八人初心」，到「為一百八人提出冰心，貯之玉壺，亦不單表史進」，一如第 12 回楊志所謂「博個封妻蔭子，也與祖宗爭口

---

[17] 楊義，〈《三國演義》敘事的典式化（上）〉，《海南師院學報》7.23，（1994）：30。

氣」的人生普遍理想，招安正是其人洗刷盜賊之名，實現人生功名的途徑，且符合實際道德理想。梁山好漢由打家劫舍轉至替天行道，可由第 19 回結尾詩「替天行道人將至，仗義疏財漢便來」及第 20 回林沖所言「今日山寨，天幸得眾豪傑相聚，大義既明，非往日苟且」見其中轉折，金聖嘆旁批云，「十字洗出梁山泊來」，即見新舊梁山泊之轉變。

　　至於第 42 回九天玄女對宋江「護國安民」之指示，則更確立好漢行止之合理合道性。梁山好漢聚義是「上合天數，下合人心」，強調「替天行道，保境安民」，然而起初人生目標不免是「論秤分金銀，大碗吃酒肉」的生活，其人「八方共域，異姓一家，天地顯罡煞之精；人境合傑靈之美」，此一理想包含庶民價值，不同於士人對仁政忠君之期許。[18]如第 47 回晁蓋曰：「俺梁山泊好漢自從火併王倫以後，便以忠義為主全施恩德於民」，書中亦多強調宋江出征方臘時，是「所到之處，秋毫無犯」，第 98 回為時遷指路之老僧即云，「此間百姓俱被方臘殘害，無一個不抱怨他」，又第 65 回老丈對張順之言，「他山上宋頭領不劫來往客人，又不殺害人姓命，只是替天行道？」張順亦加以呼應，「宋頭領專以忠義為主，不害良民只怪濫官汙吏」，老丈又言，「老漢聽得說宋江這夥端的仁義，只是濟民救老。哪裏似我這裏草賊，若得他來這裏，百姓都快活，不知這夥濫官汙吏蒿惱」。

　　藉故事情節推移與人物對話，強調梁山好漢為貪官所逼，以致替天行道，並非叛亂，如宋江等接受招安的好漢，所追求「封妻蔭子青史留名」的正義是對國君的忠誠，故宋江被賜死之時，仍對李

18　王澤巾，〈略論《水滸傳》與道教〉，《嘉應大學學報（（哲學社會科學））》19.5（2001.10）：64。

遂說「我為人一世，只主張忠義二字，不肯半點欺心。今日朝廷賜死無辜，寧可朝廷負我，我忠心不負朝廷」，[19]凸顯好漢之信念與行事皆合於忠義之準則，符合實際道德理想，因故事性質與作者意向不同之故，《水滸傳》雖亦有悲壯懷之呈現，但實較《三國演義》，更趨現實人間性質。

又如第69回回首詩：「豪傑相逢魚得水，英雄際會弟投兄。水戰火攻人罕敵，綠林頭領宋公明」，第83回回首詩「縣官失政君臣妒，天下黎民思樂土。壯哉一百八英雄，任俠施仁聚山塢」，可見詩人或作者對此事件整體之觀照角度與解釋。忠義二字連辭，顯然有化解狂狷之氣，整合豪俠之心的作用。藉由此價值而使人格獲致提昇，百回本言「休言嘯聚山林，真可圖王霸業。」百二十回本「在晁蓋恐托膽稱王，歸天及早，惟宋江肯呼群保義，把寨為頭。休言聚嘯山林，早願瞻依廊廟」，前者是義的無限制發展，而後者則以忠做為行為價值取向，原有的聚眾山林之歧出道德約束，於此終回歸傳統。[20]對儒家文化價值之認同，及因此而生的自我認同，影響宋江等之人生作為與選擇，既合理化起義之作為，亦藉此寄托美政理想，第120回宋江等不為奸佞所容，死後魂魄聚於蓼兒窪，被封為「忠烈義濟靈應侯」，且於梁山泊蓋了靖忠廟後，又「妝塑神像三十六員於正殿，兩廊仍塑七十二將侍從眾人」，獲得與文曲星包拯、武曲星狄青同等地位，享四時祭祀。

在強調儒家仁政以及忠義價值外，亦有另一層面思考，如對於不接受招安的眾人之描述，皆是善終。其中納還官誥、陪堂出家、退隱歸農的好漢，都是「大笑而終」「無疾而終」等「善終」。如稱

19　成雲雷、呂前昌〈儒家文化對《水滸傳》價值觀的雙重影響〉，頁35。
20　張火慶，〈從自我的抒解到人間的關懷〉，《中國文化新論、文學篇、意象的流變》（上海：三聯書店，1992），頁497。

讚蕭嘉穗於功成之後，飄然而去，云其「澤及生靈哲保身，閒雲野鶴真超脫」，《容與堂水滸傳・序》以為，《水滸傳》是「泛濫百家，貫穿三教」，分別具有儒釋道文化傳統之相互融通與反省，多元文化與思想相互融雜，原儒思想加入庶民求生存之想望，反而更接近人生現實之內在。[21]對照接受招安的眾人之寥落命運，出家退隱者呈現不同的價值意識與批判。

　　傳統文化之建構與傳承實為士人階層，其人處於君與民之間，得以分別由君或民之不同立場進行文化建構之言說。[22]傳統文學往往以政治關注為中心，此亦與傳統文人之哲學有關。中國哲學以儒教為中心，以為人是社會一部份，與他人之調和是有其必要，另一方面崇尚中庸，為最高之倫理價值。應時取捨，維持不偏不倚，為最高之價值。[23]小說作者傳承此類思想價值，於士人間的意見交流自不待言，即使於強化小說獨有的娛樂特質而凸顯庶民言行之際，亦不失此基本價值判斷。因通俗文藝形式、民間世俗價值之介入，所謂的典籍或歷史被消解以及重構[24]，藉敘述故事、評價人事，而於此通俗娛樂活動或文本中溝通認知方式、道德倫理乃至人生意義與價值詮釋，小說文本形成一審視的客體與詮釋的憑藉，至此，文本不僅是故事的載體，而是反映各式價值或觀點，同時也是傳達相關意見或詮解的媒介。

21　朱成祥，〈論儒釋道對《水滸傳》人格模式的影響〉，《濟寧師範專科學校學報》24.4（2003.8）：36-37。

22　李春青，〈《水滸傳》的文本結構與文化意蘊〉，《齊魯學刊》4（2001）：25。對君進行規勸；對民進行教育，建構出具有治國平天下及符合個人利益的價值系統，且藉由學術話語使價值論述合理化。

23　吉川幸次郎述，黑川洋一編，〈第一章　中國文學の特色〉，《中國文學史》（東京：岩波書店，1974），頁27-28。

24　朱非，〈《三國演義》：典籍文化的消解與重構〉，《漢中師範學院學報》1（1997）：73-74。

（二）士人文化之強化回歸

代表大傳統或精英文化的文人階層，與屬於小傳統或通俗文化的庶民，實亦中心邊緣之別，文人意識固具有小傳統的社會關懷和文化價值，具有某種通俗特徵，但亦因文人之加工修訂，其間亦不免有大傳統精英文化對民間小傳統文化之改造與整合。[25]此類與傳統文化有所差異的文化價值實為庶民所普遍認知，藉由張飛或李逵之類的人物加以表現，其中共通點是兄弟之義，對於領導者為完全順從、接受指導之對應模式，其間雖有不同觀點，亦僅是暫時的逆反，並無實際影響，反而是凸顯劉備與宋江等領導者之意志與形象，其間主從，顯然有別。

《三國演義》以兄弟結義取代君臣關係，從而影響其人做出有違蜀漢命運之決定，而《水滸傳》所強調之義，亦突破廟堂文化的界限，具有江湖文化色彩，其他好漢行事作為亦多互涉於兩類文化中。二者故事之產生與流傳中已具有民間思想意識，士人價值觀與民間價值觀相互交織互動。《水滸傳》之梁山好漢都具有自發的革命意識與自我實現的人生追求，此類要求多屬現實功利，未必高尚，亦缺乏理性自覺和反省，但卻是現實普遍欲望。[26]《水滸傳》所謂封妻蔭子，最終亦屬大傳統之影響範圍，在文化傳承發展中，大小傳統並非彼此隔絕、截然二分，而是共同存在相互影響，彼此

---

[25]　馮文樓〈《水滸傳》：一個文化整合的悲劇〉，《陝西師範大學學報（哲學社會科學版）》26.3（1997.9）：99。及馮文樓，《四大奇書的文本文化學闡釋》（北京：中國社會科學出版社，2003）〈第二章《水滸傳》：游俠精神與法外力量的政治收編與文化整合〉，頁179。

[26]　馮文樓，〈《水滸傳》：一個文化整合的悲劇〉，頁100。

互動，大小傳統整合，就是表現在忠義雙全的價值指向和人格追求上。

　　相對而言，《三國演義》實較《水滸傳》更具文人色彩。對於故事題材甚或是歷史人事之處理方式尤其凸顯文人之思考心靈，就《三國演義》與《水滸傳》士庶互動之情節文字以觀，其中雖強調不同身份階級間彼此價值差異及相關態勢，然而，同樣於忠君之外主張兄弟之義，《三國演義》之兄弟結義並不若《水滸傳》之分金秤銀，共享天下。此自是受限於實際歷史進程之結果，但詮釋之角度卻亦呈現作者價值意識。

　　魯迅以為，「中國確也還盛行著《三國志演義》和《水滸傳》，但這是為了社會還有三國氣和水滸氣的緣故」[27]，所謂三國氣，水滸氣，其實正與傳統文化既有相關又有差異，且傾向下層階級的文化意識，藉由廣泛流傳擴散，進而影響整體的文化價值，彼此溝通互享精神與心靈歷程。[28]《水滸傳》雖保持一貫忠君思想，即使一再強調屬於綠林文化的「義」，亦在忠君思想的範圍之下，即使君主庸昏亦然，此亦是一項矛盾心理，宋江等人接受招安的悲慘下場，凸顯作者對於現實與歷史之洞察，以及從中發現的滄桑之感，故事最終雖以宋江等人含冤得以昭雪，享四時之祭，然畢竟是缺憾中之無奈安慰。[29]金聖嘆《第五才子書・水滸傳・序二》云，「忠義而在《水滸傳》乎哉？忠者，事上之盛節也；義者，使下之

27　魯迅，《魯迅全集》（北京：人民文學出版社，1991），卷六〈且介亭雜文二集〉，頁 220。

28　李時人，〈《三國演義》：史詩性質和社會精神現象〉，《求是學刊》29.4（2002.7）：95。

29　王富鵬，〈論《水滸傳》作者思想的矛盾性〉，《韶關學院學報（社科版）》22.5（2001.5）：6。

大經也。」[30]《水滸傳》的義是聚合要素，忠則是動機與目標，亦是最終的合理解釋。[31]就《水滸傳》整體敘述與價值觀之展現而言，以儒家思想為中心，為遵循或追求此一理想之實現，因替天行道所以造反有理，雖在途徑上有所歧出，但最終仍回歸傳統道德與價值系統。

此顯然為文人意識之展現，具有一定程度之知識背景與期許，形成特定之反省與生命想像。若說小說中不免呈現精英式的人生關懷或見解，則以天命人事之交錯與落差來敘述史事的詮釋方式，或即與庶民價值與認知有所溝通，精英式的價值趨向於庶民，而庶民式的普遍價值信念亦由此獲得認同。士人之尊敬庶民豪傑，其間具有賞識之意，卻不免具有「全無些體面」之評價，而其他情節亦顯現一般人對於粗野之人多存有畏懼或不滿，故事中的士人具有評價粗野人物之位階，張飛得劉備而平冤死之屈，李逵因宋江而未犯造反之罪，粗豪因士人而獲得平反與肯定，然最終是被消融馴服的，張飛於三國故事中所展現的單純武勇義氣，其位階順序與面對之待遇實屬從者而非領導者；而水滸之李逵相較於魯智深、武松，雖同為粗人莽夫，但莽撞似略勝一籌，卻也更無自主性，[32]二人皆欠缺自覺，所具有的，是對領導者之絕對服從、對庶民式價值之絕對服膺，需要被指點被修正，表現了庶民意識於文人意識中的詮解與評價。

---

[30] 丁錫根編，《中國歷代小說序跋集》（北京：人民文學出版社，1996），頁1482。

[31] 李維、楊冬梅，〈「江湖」與「廟堂」的融合滲透與排斥〉，《欽州師範高等專科學校學報》18.1（2003.3）：45。

[32] 武松有其倫理價值，其後亦選擇做清閒道人，行事較李逵相對謹慎自主，至於魯智深之出世選擇與頓悟圓寂，實更具有主體性，對照之前與佛門之衝撞抵觸，實可見成長歷程。

　　小說中庶民文化得以與士人思想相對應，成為情節鋪敘之主要因素，卻不免亦有價值衝突，且此衝突終究在現實限制下，必須取得一致，而有作者蒼涼意識之產生，而此類人生意識顯為士庶所互通共感的。這種對普遍的道德精神之發揚與審視人物之倫理角度，構成小說審視歷史之批判性立場，作者不以成敗論英雄，不以定局看歷史，所關注的，是權力之文化合理性與合法性，[33]而此一表現與內涵，具有作者與讀者的抒懷共感，乃至溝通交流的現象，反映作者人文關懷，此顯然屬於士大夫特有之思考情致，張飛之莽與李逵之野固然使故事情節精彩曲折，卻亦僅是短暫歧出，不合於主流價值，自亦非敘事之主軸。[34]小說為文學之邊緣，即使是某一特定時空，場域中之文化價值認同亦有主從之別，其中可見價值傳統與文學場域之互涉，所謂大傳統與小傳統之主從差異。此實與作者多有文人特質相關[35]，故不免受傳統判斷之影響，甚至被主

33　馮文樓，〈倫理架構與批判立場：《三國演義》敘事話語的辨識與闡釋〉，《陝西師範大學學報（哲學社會科學版）》28.3（1999）：132。

34　小川環樹，〈第一章《三國演義》の發展のあと〉以為，庶民精神代表的張飛性格，由平話或雜劇到演義的發展過中，之所以弱化，甚而稍稍卑小化，乃因小說在元進至明代的發展中，雖產生出色的作品，但不可忽略於作品形成之同時，無意識地所新加入的壓力，即是小說儒教化。由此既可說合理化，另一方面，就因此儒教化的大力發展，宋元以來的庶民精神的方向勢必無法一致，此庶民精神毋寧是整體文化中回歸舊典範的過程中的現象。（頁19）

35　小川環樹，〈第二章《水滸傳》の作者について〉以為，完成因宋江的忠義而得以在道德上得救的結局之作者，應是屬於「士大夫」之支配階級而非庶民。另外，同一作者，何以亦讚美野性的特質，致於士大夫傳統規範束縛外亦得見接近庶民的精神？其中亦有矛盾，作者自身或許未意識到，小說作者應是介於庶民與士大夫中間的階級。所謂「胥吏」，乃官吏之做下層階級。因未經文官考試，故屬於沒有希望成為文官要職的希望之地位，其人只具備最基最下層的中國官吏之教養，不能說沒有詩文才華，但沒有成為「名士」的才華程度。總之是不得不安於無法有太大成就、陸沉下僚的角色。其人對普遍百姓而言，畢竟是官府之人，或許多少受到尊

導。庶民式的人物雖於情節發展中有所脫逸反抗，卻非平等對話，其後必有某種程度之修正，雖可視為多音複調，但小說之價值基調明顯，即始有所歧出，卻終歸主流價值與現實秩序。

　　《三國演義》與《水滸傳》之作者根據相關史實或民間傳說等加以講述，既是歷史的通俗化敘事，亦是知識份子或士庶相融的文化精神之闡釋。通過歷史事件之敷演與人物類型之塑造，建構維護社會道德正義與基本倫理準則，對相關人事加以評述與反省。[36]而無文化教養之人出現於小說中，藉由對領導者或士人之互動展現不同人生觀與意見，形成價值之互補，但庶民特質中仍可見士大夫主導之思想價值觀與實際內涵，此類意見之互補並非平等對立，其間顯有明顯主從，即使是宋元以來的庶民文學，亦呈現此價值差異，由此亦反映出傳統文化之固有力量與影響。士庶之別既出現於故事人物之言談互動間，亦出現於作者與讀者之際，藉由小說文本之寫作閱讀，文化高下與價值規範有所凸顯與強調，仍是文人的發言抒懷空間。庶民式的豪傑仍有賴士人階級之領導者加以肯定提攜，方可獲致道德或行事之救贖，達至人格的完整。相對而言，小說最終取向仍屬精英式發言，至少較庶民發言權大，庶民式的行事思想短暫出現，形成某一程度的對比反省，甚至產生因突兀所形成的娛樂效果，但最終是被馴服被引導的。小說雖為中國文學中之小道，章回小說尤其具有通俗面貌，故事中特殊人物之言行思想對照於正統規範，有其活潑與生命力，但傳統價值仍具一定影響力，並由作者所維護且建構，形成文本之主要價值意識。

敬，但對於真正士大夫而言，這些胥吏程度低下，完全無法接受一般的待遇。（頁 49-50）

[36] 馮文樓，〈倫理架構與批判立場：《三國演義》敘事話語的辨識與闡釋〉，《陝西師範大學學報（哲學社會科學版）》28.3（1999）：128。

　　藉由文本為媒介，《三國演義》與《水滸傳》作者實顯現其懷抱與評價，既意識到實際人事與理想境界之落差與矛盾，且最終須面對歷史發展之現實，而不得不有所融合詮解，即使其間往往具有缺憾與悲感，卻是對於現實人世之治亂分合與人生遭遇的解釋與解答，而此實為小說之最終意義，即文人之對話與抒懷空間，庶民意識之出現固然是當世趨勢之反映，然而文人意識仍為強勢主導力量，於其間加以整合修正，以達至審視評價歷史人事之目的。

第四章　抒情與互文：
敘事文類之多元內涵與文本對話

　　以作者書寫意識而言，構思文本過程與藝術表現皆屬其人有意之取捨安排；可見作者對作品之態度；個人感受及其寫作動機等。[1]是以，書寫乃作者為達成某種目的而執行之行動，期待於此書寫過程中實現某種個人內在情志，而以美感經驗與形式加以表現，其中顯現對傳統價值之判斷與取捨，而各種書寫形式、作者之擇取與價值，皆有歷史傳統及文化背景之影響，同時亦是作者個人意識某種程度之展現。

　　就通俗小說而言，於發展過程中吸收史傳或經典等多重精神與特徵，既有模擬史傳嚴肅書寫之意識，亦有承襲說唱之娛心敷演等本質，形成此一文類之特殊且多元特徵。因小說文類之內涵層次豐富，作者得以於其間展現各式才情見識，小說文本成為作者抒懷並尋求與讀者對話空間，彼此藉文本進行歷時空之評價交流，此實超越對文本所述實際人事之關注，而有更深層次之情感意涵。

---

[1]　D.C.霍伊著，陳玉蓉譯，《批評的循環》（台北：南方出版社，1988），頁 55。

第一節　敘事內涵之多重延伸

　　小說本為敘事，主要特徵為講述故事，情節因素相當明顯，然而，實際藝術表現卻非如此單一，無論是作者書寫意識或具體形式，皆呈現對此敘事文類之認知與反省。所謂文類，一是體裁、體類，如詩詞歌賦等；一指體派，即風格或作風。[2]本章思考基礎有以下面向：小說文類在不同時代的框架下，經過不斷的消長與演進，而文類本身代表著一種觀念上的模式（conceptual model），而特定時代的經典作品也呈現出某種的社會性與心態。就實用角度而言，文類代表著一種「契約」，也就是投讀者所好，滿足其心理期待（horizon of expectation）。就結構而言，文類並不是單一存在的，也牽涉到複雜的選擇與交互影響的課題。

　　同時，文類基本上也是一種心態上的典範，文類研究不僅是歸納性的分類，也要根據歷史進程中的某些複雜的心態加以探討。語言是作者思想感情、目的願望、審美理想的載體，是刻劃人物、敘述故事、描繪環境的工具。因此，所謂「歷史演義」，即是作者於某種價值理性引導之下，對歷史所做的情節設置與話語建構，文本中大致具有兩層面：由歷史敘述所形成的故事結構和由歷史闡釋所

2　有關文類（Genre）概念，中國古代的文論中所稱「文體」，即指文學的體裁、體制或樣式，亦兼指文章或文學的風格、文風。文類也有譯為文體、風格（style）、或體裁（form）者；具備兩層意義，其一是「體裁」或「體類」，如詩、賦、史、傳，而在西洋有詩、戲劇、小說等；其二是指「體派」，也就是文學作風與風格，中西文類學各有不同的側重，然中國的文類學比西方的文類學似乎更為龐雜細致。

形成的意義結構。將歷史故事過程化、文本化之敘事，基本上是對歷史之話語重建與安排。[3]

　　以小說而言，其中的語言精煉含蓄、生動優美，才能富有魅力。作者憑藉敘述語言書寫小說，尤其章回小說作者為擴大語言的張力，更是增強作品的藝術特徵，提供讀者審美效果，是以僅有散文語言顯然不足。相對而言，詩、詞、歌、曲等韻文於抒情感嘆具有極大優勢，能彌補散文語言的不足。因韻文較散文更具凝練性，文字精簡卻有深刻內涵，另外亦具有強烈抒情性與豐富的想像性。能對全篇故事加以涵蓋引領，或是加以概括總結，或是對特定人物讚揚歌頌、肯定或哀嘆、同情或惋惜，甚至是抨擊與揶揄等。[4]就韻文之運用而言，不同於《三國志平話》至《三國演義》由簡趨繁的發展過程，《水滸傳》則經明末清初金聖嘆之刪簡，成為七十回本，韻文等皆被刪除，成為散文形式。二者對於韻文之處理恰成相反對照，亦見章回小說文類特質內涵之變易與多元。[5]明以後的章回小說多略去韻文之運用，更凸顯《三國演義》、《水滸傳》等史傳小說明顯的藝術性與虛實互用的相關特質。

（一）評議論述之審美價值

　　歷代經典文學之評價標準，往往強調發憤抒懷等書寫背景與動機，甚至形成某種超越時代的共通價值意識，如孔子「興觀群怨」、

---

[3]　馮文樓，〈倫理架構與批判立場：《三國演義》敘事話語的辨識與闡釋〉，《陝西師範大學學報（哲學社會科學版）》28.3（1999）：128

[4]　鄧承奇，〈論《三國演義》中詩詞的審美作用〉，《棗莊師範專科學校學報》21.5（2004）：20-24。

[5]　如小川環樹，〈儒林外史之形式與內容〉，《中國小說史の研究》（東京：岩波書店，1968），頁181-197所述。

屈原「發憤抒情」、《淮南子》「憤於中而形於外」，司馬遷「發憤之所為作」，劉勰「志思蓄憤」、「蚌痛成珠」等，皆意識到作者心志與文學成就之相關，又如《文心雕龍》與《詩品》之論作家作品，亦多強調其中悲怨之旨，以為屈原朗麗以哀志，綺靡以傷情，建安文學之雅好慷慨，良由世釋亂離，風衰俗怨，並志深而比長，故梗概而多氣等。又評古詩意悲而遠，曹植情兼雅怨，阮籍多感慨之詞，左思文典以怨等。迨及中唐韓柳，主張不平而鳴，文窮後工等價值意識，強調書寫過程中的作者悲怨情志，甚至因而影響作品藝術價值，此實為正統審美特質之重要概念與價值標準。 及至通俗小說，亦承襲甚且強調發憤著述等書寫傳統認知，而小說作者亦有塑造悲憤怨幽之書寫基調者，此或僅為傳統模式之沿襲，另一方面，亦有凸顯提升其人其作之價值意義的可能，同時亦藉以傳達對於所敘述人事之某種評價，以顯作者道德價值或學問見識及人生觀。

　　正統文學的敘述模式亦反映重視實際的文學傳統，徵實地描寫似為必要條件，如《史記》中富有如在眼前之具體描述（如項羽本紀），又如歷代散文往往所具有的場景、對話等，且描寫中亦可能出現非文學之質素，如政策、建築、地理飲食等、描寫模式則傾向直接聚焦之體物描繪，其中亦可能具有顏色音調等藝術性。[6]其中固不離徵實論證之傳統，但亦影響了小說之特殊藝術表現形式，以及相關批評與期待。[7]

---

[6]　吉川幸次郎述，黑川洋一編，第一章〈中國文學的特色〉，《中國文學史》（東京：岩波書店，1974），頁 10-13。

[7]　李福清（B.Riftin），〈《三國志平話》情節結構和行為型式研究〉，《李福清論中國古典小說》，台北：洪葉文化事業有限公司，1997，頁 69 至 72。如《三國志平話》正文敘述文特殊地插入了一系列實際上與平話敘述本文相異的成分，正文中的詩句和高雅公務文書應屬此類成分。真正民間文學是允許有詩的部分的，但卻似無利用文人文學的書寫作品之情況。但說書儘

正統書寫價值觀所強調的「記」或「述」的書寫模式，表示對事實之維護與尊重，書寫者於此似無個人意見或立場，或僅是依循歷史的立場，然而另一方面，於實際書寫表現中，卻亦多藉由「曰」、「贊」等源自正統典籍的書寫模式呈現作者個人意見，就小說而言，表現作者對外在世界的關懷，亦是作者對自身的領悟，而創作小說即意味著對外在世界與自我心靈的關注體悟，乃至理解詮釋。小說敘事即是由此類領悟詮解為基礎，以建構藝術世界之言語活動。[8]通俗小說中，即使是歷史人事素材之書寫，對於非現實人事等傳說或信念、情節人事之增刪、強化、忽略，則較史籍書寫更具自由空間，作者於此亦有充分發揮。對古典小說之批評，多不離文學分類或書寫期許等價值理念之反省，此類關注往往顯示小說的寫實與非寫實辯証，無論是忠於史實之講求或作者見識判斷之期待，二者實有某種程度之傳統關懷，通俗小說亦不離此一思考主軸，另一方面則亦觸及庶民娛樂或價值觀等面向，加之通俗小說特有的形成背景與書寫模式，是以於實際描寫及情節安排中，亦加入韻文駢語，展現寫實以外之特質，形成相當多元之敘述層次與內涵。

　　中國傳統尊重正統典籍及其書寫典範，除遵循既有書寫形式外，於書寫意識上，亦有精神史之沿續，以人間社會之具體規範為主要中心，但一如《史記》卷一百二十三〈禹本紀〉所云，「太史公曰：禹本紀言：『河出昆崙。昆崙其高二千五百餘里，日月所相

管也是說，卻與一般民間文學不同，因其需以某部史書為依據，而平話中有異本文字，顯然是仿自史籍的寫法。如《資治通鑑》即加入詔、論或著作等。《三國志平話》敘述文中，除詩以外，尚有贊、書、詔、奏等文言文寫成的文體，此類現象應是早於變文受到佛經影響而有韻散相雜的形式，而是來自民間口頭說書形式。

[8] 韓進廉，〈一、小說萌生的語境〉，《中國小說美學史》，（保定：河北大學出版社，2004），頁34。

避隱為光明也。其上有醴泉、瑤池』。今自張騫使大夏之後也，窮河源、惡睹本紀所謂昆侖者乎，故言九州山川、尚書近之矣。至禹本紀、山海經所有怪物，餘不敢言之也。」此一判斷取捨態度成為日後文人尊重史實之一貫態度，歷史不僅成為人類生活象徵之記載，並於其間對人生加以分析。 另一方面，因文字語言所蘊含的誇張或虛構亦為論述重點，如王充《論衡・藝增》云：

> 世俗所患，患言事增其實；著文垂辭，辭出溢其真；稱美過其善，進惡沒其罪。何則？俗人好奇。不奇，言不用也。故譽人不增其美，則聞者不快意；毀人不益其惡，則聽者不愜於心。聞一增以為十，見百益以為千。

劉勰亦以為信史之不可能，《文心雕龍・史傳》以書寫閱讀等層面加以詮解，其言云：「記傳為式，編年綴事，文非泛論，按實而書。歲遠則同異離密，事積則起訖易疏。」「俗皆愛奇，莫願理實。傳聞而欲偉其事，錄遠而欲詳其跡，於是棄同即異，穿鑿傍說，舊史所無，我書則傳，此訛亂之本源，而述遠之巨蠹也。」可見書寫者亦有刻意誇大凸顯之可能，而影響史籍之書寫與閱讀取向的主要原因即在於「俗皆愛奇」，所謂奇，往往即與作者行文技巧相關，以致書寫具有一定虛構性，以求某一程度之藝術成就，甚而獲致讀者的理解與認同。

　　然而，於記述過去事件時，作者對於事實與想像卻未必有嚴密區別，故強調真實之史書中，亦得見不可思議之事件或傳說。至唐傳奇對詩筆的重視，於作品加入詩歌，固然有時代因素，但卻因此形成唐傳奇小說的特殊性，且用想像力塑造情境，渲染氛圍，其實也是抒情的展現，通俗小說之發展來源雖未必與唐傳奇等文言小說相關，然對於小說書寫之典範或功能，乃至內在價值精神，亦多與

史傳相比擬，如《醉翁談錄・舌耕敘引・小說引子》：「以上古隱奧文章，為今日分明議論」。另一方面，通俗小說除具有傳統書寫觀點外，亦不免重視事件陳述及情節鋪陳等通俗傾向，強化世俗喜聞樂道之形式特徵，如羅燁《醉翁談錄・舌耕敘引・小說開闢》所云：「說重門不掩底相思，談閨閣難藏底密恨。辨草木山川之物類，分州軍縣鎮之程途。講歷代年載興廢，記歲月英雄文武。」「曰得詞，念得詩，說得話，使得砌」，說話吸收各種文類長處加以融合，而其後以文字寫定的小說，藝術手法更趨具體多元。作者超越原有的敘事任務，於文本中發揮人生觀或學養才能，既求表現，亦期知音，此類特徵源自民間說話等通俗文學，而小說成為案頭閱讀形式之後，亦沿襲相關特徵，亦見小說所包容的各式文類與多元風格。

　　《三國演義》與《水滸傳》作者具有一定程度的文人思想與價值意識，承襲遵循歷史嚴肅書寫之價值意識既深，因此於編寫既有故事梗概、成就文本之際，往往於作品中投注特定藝術表現或價值取向。此類現象凸顯小說超越據實敘事的層次，於情節人事之剪裁融合與相關行止合理化中，強調了作者主觀價值意識。由此可見小說發展過程中，文學特徵之強化或延伸，即小說文類內涵之擴大，如文本中的對話意見交流，及作者藉文本寫作以完成的價值安頓，其間存有對史實之詮解、情節之增刪、完成抒情，自我治療乃至知音期待等歷時代之交流軌跡，此皆已超越既有對歷史小說所謂徵實或殷鑑等功能期許，另具有抒懷言志之面向。於此，小說可說是人類內在情感世界之具體顯示，於其中表現出普遍情感共性，所據以成長發展的，即是那些深藏於人心幽微的記憶與情思，[9]小說作者

9　龔鵬程，〈天命思想在中國小說裡的運用〉，《中國小說史論》（台北：學生書局，2003），頁 154-155

亦重視傳達著作之價值觀或相關批評與期待，故關注文本藝術技巧，以顯現意識內涵。書寫內容或形式之擇取，既展現作者某種取捨與價值觀，其中對於自我之關注、詮釋與反思，尤可顯示特定概念，其人以主觀經驗意識對客觀人事加以整理書寫，呈現明顯的作者意識。

　　《三國演義》與《水滸傳》具有多層次之藝術表現與意涵，歷來評論多著重於文本功能、寫作動機，以及文章技法。然而藉由歷史史實之客觀化，重新組織與情節安排，此類書寫現象實呈現作者於動機之外的審美意識與價值認知。此為史傳敘事之模擬承襲，如史家儘可能詳細還原歷史的自然樣貌，針砭其中個行為之是非善惡，並於其間表現史家之歷史見識加以評價。而對史實與人物之詮解往往亦顯現作者的學養與視野，是以亦為敘事文本重要內容之一。

（二）敘事活動之抒情藝術

　　小說的書寫模式來自史傳特徵，即使刻意強調事件之奇情或曲折，筆法亦多模仿史傳體例，顯現小說作者對於正統書寫習慣之意識與刻意類比。同時對於小說之評價認定上，亦與道統多所比附，如由「小說」一詞之解釋，即可發現此一傾向，所謂「雖小道，必有可觀之辭」、「芻蕘狂夫之議」，雖旨在駁斥小說之瑣碎無用，然藉由評論文字言語，亦可見對於小說功能之強調與維護，其依據則顯為道統風教。藉實現勸懲教化，有益風教之功能觀點詮釋小說之通俗書寫特質，或因此確立其通俗之合理定位。道德倫理觀念與實用教化功能向為古典小說所強調，亦影響作者於實際寫作活動之傾向，自亦影響作品之主題思想與價值批判，甚而亦為解釋小說是否存在之主要依據。

　　由傳統理性觀念而言，傳統道德精神總體是樂天的、世俗的，而在更高的精神層次上，卻又潛藏一種寂寞、悲憫的超越情懷。[10] 以敘事為基本目的之通俗小說，由於書寫模式具有明顯包容性，且又有歷代各種因素之加入或影響，衍生豐富多元的文類特質，形成作者與讀者對小說形式內容之某類期待與要求。《三國演義》與《水滸傳》之敘事中，固有事件原委之交代，情節或人物刻劃之取捨，與敘述角度觀點之限制，得以凸顯作者所要強調的部份，顯示作者之主觀自覺已脫離實際歷史，有其道德或情感需要，且此類需要具有普遍價值，易獲共鳴，若未能有期望之結局，則歸於天數或歷練等人生解釋。敘事過程中不免有描繪、議論、抒情等有關作者對於人事物之融合思索。

　　又就小說之特質而言，所述不免為奇聞逸事、男女私情或日常瑣碎等，未必是有關國計民生等層次，言辭多淺俗平易，內容亦未必有具體依據，此亦與既有言必有據，無苟於言之傳統價值認知有所差距。[11] 也是因此與正統典籍有所區隔，故小說之所以為小說。傳統書寫價值觀強調抒情言志，藉由抒懷言志，文人對於個人及家國等抱負期許得以呈現，並符合既有書寫意識中之道德與責任需求，多結合韻文表現，運用韻文之特徵固然有其歷史淵源，然而，小說作者並非單純無意識之模擬，而是刻意善用此一書寫特質，藉韻文以表達個人評價意見或才識，於形式及內涵皆獨立於正文敘事，另建構一情志時空。

10　高小康，〈第一編　中國傳統敘事意識的演變〉，《中國古代敘事觀念與意識型態》（北京：北京大學出版社，2005），頁20。
11　周啟志、羊列容、謝昕，《中國通俗小說理論綱要》，（台北：文津出版社，1992），頁166。

　　藉韻文輔助敘事功能，歷來已有所研究，大致上韻文具有描繪論述等功能並藉文類特性，獨立敘事進程，另立故事空間，濃縮強化某一氛圍事件或意見，於故事敘述中形成聚焦、延宕或省略等效果。小說中藉韻文之運用，得以描繪情景場面，或加以抒懷評論，使敘述話語抽離事件情節，亦能使情節進行暫時停頓，於此集中聚焦某一面向，韻文之加入除具有實際敘述功能外，作者其實亦藉以脫離故事情節之敘述，而做其他層次之陳述評論，並期交流，至少形式上呈現了明顯的說與聽之特徵。[12]而本節著重抒情層面之分析，無論是故事人物或作者之心志，均使文本於敘事層面外另蘊含抒情內涵，其間的閱聽距離與歷時交流，形成小說之多重層次。如《三國演義》第4回云：

> 卻說少帝與何太后、唐妃困於永安宮中，衣服飲食，漸漸欠缺；少帝淚不曾乾。一日，偶見雙燕飛於庭中，遂吟詩一首。詩曰：
>
> 　　嫩草綠凝煙，裊裊雙飛燕。洛水一條青，陌上人稱羨。
> 　　遠望碧雲深，是吾舊宮殿。何人仗忠義，洩我心中怨！
>
> 董卓時常使人探聽。是日獲得此詩，來呈董卓。卓曰：「怨望作詩，殺之有名矣。」遂命李儒帶武士十人，入宮弒帝。帝與后、妃正在樓上，宮女報李儒至，帝大驚。儒以鴆酒奉帝，帝問何故。儒曰：「春日融和，董相國特上壽酒。」太后曰：「既云壽酒，汝可先飲。」儒怒曰：「汝不飲耶？」

12　如許麗芳，《西遊記中韻文的運用》，台灣大學中文系研究所 1993 年碩士論文；許麗芳，《古典短篇小說中韻文之運用及其相關意義——以唐傳奇、話本小說為例》，中山大學中文系博士班 1997 年博士論文；許麗芳，《古典短篇小說之韻文》，（台北：里仁書局，2001）。

呼左右持短刀白練於前曰：「壽酒不飲，可領此二物！」
唐妃跪告曰：「妾身代帝飲酒，願公存母子性命。」儒叱
曰：「汝何人，可代王死？」乃舉酒與何太后曰：「汝可
先飲！」后大罵何進無謀，引賊入京，致有今日之禍。儒
催逼帝，帝曰：「容我與太后作別。」乃大慟而作歌。其
歌曰：

　　　天地易兮日月翻，棄萬乘兮退守藩。為臣逼兮命不
久，大勢去兮空淚潸！

　　唐妃亦作歌曰：

　　　皇天將崩兮，后土頹；身為帝姬兮，恨不隨。生死
異路兮，從此別；奈何煢速兮，心中悲！

　　歌罷，相抱而哭。

作者敘述漢少帝與太后及唐妃音董卓亂政，面臨喪國喪身之悲愴，
藉由少帝與唐妃之賦詩表達內心情志，以詩歌此抒情文類發揮文本
抒懷特質，於整體情節敘述中，渲染凸顯漢代衰亡之氛圍。又如第
10回云：

李、郭、張、樊、四人各自寫職銜獻上，勒要如此官品。
帝只得從之，封李催為車騎將軍池陽侯，領司隸校尉，假
節鉞；郭汜為後將軍，假節鉞：同秉朝政；樊稠為右將軍
萬年侯；張濟為驃騎將軍平陽侯，領兵屯弘農。其餘李蒙、
王方等，各為校尉。然後謝恩，領兵出城。又下令追尋董
卓尸首，獲得些零碎皮骨，以香木雕成形體，安湊停當，
大設祭祀，用王者衣冠棺槨，選擇吉日，遷葬郿塢。臨葬
之期，天降大雷雨，平地水深數尺，霹靂震開其棺，尸首

> 提出棺外。李傕候晴再葬，是夜又復如是。三次改葬，皆
> 不能葬。零皮碎骨，悉為雷火消滅。天之怒卓，可謂甚矣！

作者話語於此段文字中明顯介入，對於董卓亂政，雖有客觀敘述如
「臨葬之期，天降大雷雨，平地水深數尺，霹靂震開其棺，尸首提
出棺外。李傕候晴再葬，是夜又復如是。三次改葬，皆不能葬。零
皮碎骨，悉為雷火消滅。」然終有「天之怒卓，可謂甚矣！」的主
觀評論，此類論述文字自是歷史道德倫理精神之沿續，亦是作者情
志之發揚。其中有風教觀點所形成之教化作用，亦有抽離教化之人
生評價或期許，形成文類之參差層次與內涵。又如第 10 回陶謙於
徐州自責未盡保民責任，聞曹操起軍報讎，殺戮百姓，仰天慟哭曰：
「我獲罪於天，致使徐州之民，受此大難！」亦見敘事中所蘊含之
傷感，又第 13 回：

> 傕侄李暹引兵圍住宮院，用車二乘，一乘載天子，一乘載
> 伏皇后，使賈詡、左靈監押車駕；其餘宮人內侍，並皆步
> 走。擁出後宰門，正遇郭汜兵到，亂箭齊發，射死宮人不
> 知其數。李傕隨後掩殺，郭汜兵退，車駕冒險出城，不由
> 分說，竟擁到李傕營中。郭汜領兵入宮，盡搶擄宮嬪采女
> 入營，放火燒宮殿。次日，郭汜知李傕劫了天子，領軍來
> 營前廝殺。帝后都受驚恐。後人有詩嘆之曰：
> 光武中興漢世，上下相承十二帝。桓靈無道宗社墮，閹臣
> 擅權為叔季。無謀何進作三公，欲除社鼠招奸雄。豺獺雖
> 驅虎野狼入，西州逆豎生淫凶。王允赤心托紅粉，致令董
> 呂成矛盾。渠魁殄滅天下寧，誰知李郭心懷憤。神州荊棘
> 爭奈何，六宮飢饉愁干戈。人心既離天命去，英雄割據分
> 山河。後王規此存兢業，莫把金甌等閑缺。生靈糜爛肝腦

塗，剩水殘山多怨血。我觀遺史不勝悲，今古茫茫嘆黍離。
人君當守苞桑戒，太阿誰持全綱維？

又第 14 回：

帝入洛陽，見宮室燒盡，街市荒蕪，滿目皆是蒿草，宮院
中只有頹牆壞壁，命楊奉且蓋小宮居住。百官朝賀，皆立
於荊棘之中。詔改興平為建安元年。歲又大荒。洛陽居民，
僅有數百家，無可為食，盡出城去剝樹皮掘草根食之。尚
書郎以下，皆自出城樵采，多有死於頹牆壞壁之間者。漢
末氣運之衰，無甚於此。後人有詩嘆之曰：
血流芒碭白蛇亡，赤幟縱橫游四方。秦鹿逐翻興社稷，楚
騅推倒立封疆。天子懦弱奸邪起，宗社凋零盜賊狂。看到
兩京遭難處，鐵人無淚也淒惶。

「漢末氣運之衰，無甚於此」，表達作者意見與評價態度，此歧出
敘述之情節進程，並引詩以證，藉由詩歌之凝鍊敘事與充分抒情之
特性，強化作者意識。
　　又如第 78 回有鄴中歌一篇，評價曹操之歷史定位：

城則鄴城水漳水，定有異人從此起。雄謀韻事與文心，君
臣兄弟而父子。英雄未有俗胸中，出沒豈隨人眼底？功首
罪魁非兩人，遺臭流芳本一身。文章有神霸有氣，豈能苟
爾化為群？橫槊築台距太行，氣與理勢相低昂。安有斯人
不作逆，小不為霸大不王？霸王降作兒女鳴，無可奈何中
不平。請禱明知非有益，分香未可謂無情。嗚呼！古人作
事無鉅細，寂寞豪華皆有意。書生輕議塚中人，塚中笑爾
書生氣！

詩中以兩種角度評價曹操，以為曹氏父子兄弟「雄謀韻事與文心」，兼具武略與文才，但歷史定位充滿爭議，而此現象也引人反省，畢竟曹操有其「氣與理勢相低昂」「安有斯人不作逆」之個人實力與天時條件，而最終歸於歷史洪流，強調人力之渺小無奈。

又第 41 回云玄德不忍棄民奔江陵的仁義言行，又泣禱劉表，烘托出仁君形象與傷感氣氛，賦予漢朝氣運更多同情，其文云：

> 卻說玄德同行軍民十餘萬，大小車數千輛，挑擔背包者不計其數。路過劉表之墓，玄德率眾將拜於墓前，哭告曰：「辱弟備無德無才，負兄寄託之重，罪在備一身，與百姓無干。望兄英靈，垂救荊襄之民！」言甚悲切，軍民無不下淚。
>
> 忽哨馬報說：「曹操大軍已屯樊城，使人收拾船筏，即日渡江趕來也。」眾將皆曰：「江陵要地，足可拒守。今擁民眾數萬，日行十餘里，似此幾時得至江陵？倘曹兵到，如何迎敵？不如暫棄百姓，先行為上。」玄德泣曰：「舉大事者必以人為本。今人歸我，奈何棄之？」百姓聞玄德此言，莫不傷感。後人有詩讚之曰：
>
> 臨難仁心存百姓，登舟揮淚動三軍。至今憑弔襄江口，父老猶然憶使君。

作者極力塑造玄德「臨難仁心存百姓」之仁德君主形象，強調以人為本，不忍棄荊襄之民，又凸顯曹營追兵迫近，形成君民全體共同命運之危急緊張，訴諸讀者之同情，亦渲染文本感傷氛圍。

而對於重要主角之一的孔明，作者亦於此烘托悲涼氛圍，以見人事之無力與哀感，如第 104 回云：

孔明強支病體，令左右扶上小車，出寨遍觀各營，自覺秋風吹面，徹骨生寒：乃長歎曰：「再不能臨陣討賊矣！悠悠蒼天，曷此其極！」歎息良久。

作者以孔明角度表達「悠悠蒼天，曷此其極！」之慨嘆，其實亦是作者與讀者面對歷史所共有之遺憾傷感，作者於此另引杜工部與白樂天詠嘆孔明之詩，以補充敘事內涵。其文云：

杜工部有詩歎曰：
長星昨夜墜前營，訃報先生此日傾。虎帳不聞施號令，麟臺誰復著勳名。空餘門下三千客，辜負胸中十萬兵。好看綠陰清晝裡，於今無復近歌聲！
白樂天亦有詩曰：
先生晦跡臥山林，三顧欣逢賢主尋。魚到南陽方得水，龍飛天外便為霖。託孤既盡慇懃禮，報國還傾忠義心。前後出師遺表在，令人一覽淚沾襟。
初，蜀長水校尉廖立，自謂才名宜為孔明之副，嘗以職位閒散，怏怏不平，怨謗無已。於是孔明廢之為庶人，徙之汶山。及聞孔明亡，乃垂泣曰：「吾終為左衽矣！」李嚴聞之，亦大哭病亡。蓋嚴嘗望孔明復收己，得自補前過，度孔明死後，人不能用之故也。後元微之有贊孔明詩曰：
撥亂扶危主，慇懃受託孤。英才過管樂，妙策勝孫吳。凜凜出師表，堂堂八陣圖。如公存盛德，應歎古今無！
是夜，天愁地慘，月色無光，孔明奄然歸天。

以詩歌讚嘆且惋惜孔明如管樂雄才與撥亂扶危之忠心，其中有知遇之恩，亦有人事盡粹之悲，而此不僅為孔明之人生抉擇，亦為歷代

文人共通崇仰之價值。因詩歌之獨立形式，得以與敘事行文有所區別，但亦相輔相成，補充文本情感氛圍，作者情志與讀者期待得以有展現空間。

　　以盜賊爭鬥乃至接受招安的歷程為主的《水滸傳》，其間亦有抒情段落，作者除以詩詞表現特定意識外，亦多藉故事人物如宋江、林沖等此類具備基本學識之文人角色而表現，如第 39 回宋江分別分別以詩詞表達情懷，其文云：

> 思想道：「我生在山東，長在鄆城，學吏出身，結識了多少江湖上人，雖留得一箇虛名，目今三旬之上，名又不成，功又不就，倒被文了雙頰，配來在這裡。我家鄉中老父和兄弟，如何得相見！」不覺酒湧上來，潸然淚下。臨風觸目，感恨傷懷。忽然做了一首西江月詞調，便喚酒保，索借筆硯。起身觀翫，見白粉壁上，多有先人題詠。宋江尋思道：「何不就書於此？倘若他日身榮，再來經過，重親一番，以記歲月，想今日之苦。」乘其酒興，磨得墨濃，蘸得筆飽，去那白粉壁上，揮毫便寫道：
> 「自幼曾攻經史，長成亦有權謀。恰如猛虎臥荒丘，潛伏爪牙忍受。不幸刺文雙頰，那堪配在江州。他年若得報冤仇，血染潯陽江口。」
> 宋江寫罷，自看了，大喜大笑。一面又飲了數杯酒，不覺歡喜，自狂蕩起來，手舞足蹈，又拿起筆來，去那西江月後，再寫下四句詩，道是：
> 「心在山東身在吳，飄蓬江海謾嗟吁。他時若遂凌雲志，敢笑黃巢不丈夫。」

> 宋江寫罷詩，又去後面大書五字道：「鄆城宋江作。」寫
> 罷，擲筆在卓上，又自歌了一回。

分別以詩與詞等文類表達宋江之怨憤與人生冀望，此一情節呈現以詩詞抒解鬱悶的文人習性，因「名又不成，功又不就」被發配流竄，無法得見家鄉老父兄弟「臨風觸目，感恨傷懷」而提筆為詩，藉詩歌形式表明內在情志以與情節敘事話語有別。又第 72 回與李師師飲宴時，宋江亦乘著酒興道詞，其文曰：

> 李師師低唱蘇東坡大江西水詞。宋江乘著酒興，索紙筆來，
> 磨得墨濃，蘸得筆飽，拂開花箋，對李師師道：「不才亂
> 道一詞，盡訴胸中鬱結，呈上花魁尊聽。」當時宋江落筆，
> 遂成樂府詞一首，道是：
> 「天南地北，問乾坤何處可容狂客？借得山東煙水寨，來
> 買鳳城春色。翠袖圍香，絳綃籠雪，一笑千金值。神仙體
> 態，薄倖如何消得！想蘆葉灘頭，蓼花汀畔，皓月空凝碧。
> 六六鴈行連八九，只等金雞消息。義膽包天，忠肝蓋地，
> 四海無人識。離愁萬種，醉鄉一夜頭白。」
> 寫畢，遞與李師師，反復看了，不曉其意。

同樣的，填詞予李師師亦在於「盡訴胸中鬱結」，又刻意於其間含蓄隱約情志，凸顯詩詞韻文不同於散文的隱微特質。由以往的「血染潯陽江口」「敢笑黃巢不丈夫」變成「義膽包天，忠肝蓋地」，宋江意志之轉變因詩詞呈現而清晰可辨，亦賦予梁山泊作為合理與正當性。又第 11 回林沖之傷己抒懷：

> 酒保道：「這般大雪，天色又晚了，那里去尋船隻。」林
> 沖道：「我與你些錢，央你覓隻船來渡我過去。」酒保道：

「卻是沒討處。」林沖尋思道：「這般卻怎的好？」又吃了幾碗酒，悶上心來。蓦然想起：「以先在京師做教頭，禁軍中每日六街三市，遊翫吃酒，誰想今日被高俅這賊坑陷了我這一場，文了面，直斷送到這裡。閃得我有家難奔，有國難投，受此寂寞！」因感傷懷抱，問酒保借筆硯來，乘著一時酒興，向那白粉壁上，寫下八句五言詩，寫道：「仗義是林沖，為人最朴忠。江湖馳聞望，慷慨聚英雄。身世悲浮梗，功名類轉蓬。他年若得志，威鎮泰山東。」

林沖因「悶上心來」，「感傷懷抱」而乘酒興寫了一首五言詩，其中的自我遭際之感傷怨憤實亦是文人傳統，小說由此呈現梁山好漢於打家劫舍外的另一內在世界。而第 110 回宋江因責燕青射雁，分別以散文、詩與詞等三種文學類型表達兄弟義理與自我心緒，文學形式之交互運用，作者用心顯然可見，其文云：

宋公明問道：「恰纔你射鴈來？」燕青答道：「小弟初學弓箭，見空中鴈而來，無意射之。不想箭箭皆中。誤射了十數隻鴈。」宋江道：「為軍的人學射弓箭，是本等的事。射的親，是你能處。我想賓鴻避暑寒，離了天山，銜蘆度關，趁江南地暖，求食稻粱，初春方回。此賓鴻仁義之禽，或數十，或三五十隻，遞相謙讓。尊者在前，卑者在後，次序而飛，不越伴。遇晚宿歇，亦有當更之報。且雄失其雌，雌失其雄，至死不配，不失其意。此禽仁、義、禮、智、信，五常俱備。空中遙見死鴈，盡有哀鳴之意。失伴孤鴈，並無侵犯，此為仁也。一失雌雄，死而不配，此為義也。依次而飛，不越前後，此為禮也。預避鷹鵰，銜蘆過關，此為智也。秋南春北，不越而來，此為信也。此禽

五常足備之物，豈忍害之。天上一群鴻鴈，相呼而過，正
如我等弟兄一般。你卻射了那數隻，比俺弟兄中失了幾箇。
眾人心內如何？兄弟，今後不可害此禮義之禽。」燕青默
默無語，悔罪不及。宋江有感於心，在馬上口占一首詩道：
「山嶺崎嶇水渺茫，橫空鴈陣兩三行。忽然失卻雙飛伴，
月冷風清也斷腸。」

宋江吟詩罷，不覺自己心中淒慘，睹物傷情。當晚屯兵於
雙林渡口。宋江在帳中，因復感歎燕青射鴈之事，心中納
悶。叫取過紙筆，作詞一首：

「楚天空闊，鴈離群萬里，恍然驚散。自顧影欲下寒塘。
正草枯沙淨，水準天遠，寫不成書，只寄的相思一點。暮
日空濛，曉煙古堰，訴不盡許多哀怨。揀盡蘆花無處宿，
歎何時玉關重見！嘹嚦憂愁鳴咽，恨江渚難留戀。請觀他
春畫歸來，畫梁雙燕。」

「仁義禮智信，五常俱備」的雁群對照宋江兄弟，意象鮮明，而燕
青之射雁，對宋江而言自是一種刺激，以詩傷雁之失伴斷腸，又於
詞中以雁自比，徒留幽怨，加之前此責備燕青之言語，宋江之行事
與想法反覆出現，不同類型之呈現亦多有側重，相互補充。表明心
志情緒之同時，亦是情節推進發展的契機或空間，由敘事進至抒
情層次。

　　由《三國演義》與《水滸傳》之敘事表現可知，史實做為媒介，
作者讀者藉以相互溝通理解，對於家國或英雄事蹟共同進行回顧評
價或詮釋，生命意識得以交流與確立。《三國演義》不僅是對歷史
之重述，而是要傳達作者根據自我生活經驗，所獲致的有關歷史及
歷史人物的某種認識與理解，並不是對真實歷史之實際描寫或把

握，而多是以今例古的文學想像，此類想像有如集體命運般的宏觀深沉，超越個人現實。

　　中國文人往往是因社會政治性需要之遺憾，亦即從參政願望或濟世抱負無法實現而意識到苦悶。〈太史公自序〉提及，聖賢實皆因政治失意而苦悶，其他如「不平則鳴，文窮而工」，關注點往往不離國計民生之憂慮。歐陽修〈梅聖俞詩集序〉云：「士之蘊其所有，而不得施於世者」即為「窮」，「窮」不僅為物質困頓，更是仕途失意、無法施展抱負之苦悶。方孝孺〈書夷山稿序後〉界定「窮」之定義為「人之窮達，在心志之屈伸、不在貴賤貧富。」「窮」「達」之標準乃著眼於個體社會化之需求能否滿足、自我能否實現。[13]而其中之表現內容則有其現實關注，傳統士大夫之責任感與自我期許亦影響對自我價值之判定，即使陷於「窮」之困頓而獨善其身之際，此「善」亦不離社會現實關懷之道德依據。[14]是以傳統個體意識薄弱，多呈現濟世用心。對於現實之關注，往往超越對自身人格內涵或生命情調之重視。[15]如此之人生理念影響正統經史與其他文學之創作與批評，另一方面，以心有所鬱結而發憤抒懷強調書寫動機，事實上，亦蘊含書寫活動往往因發憤而有從事必要之理解，歷代亦多藉此衡量書寫行為之合理與價值，即如小說之流，作者或論者亦多以此做為相關小說詮釋與評價之標準。[16]

13　陶東風，《中國古代心理美學六論》，（天津：百花文藝出版社，1999），頁202-203。
14　如劉納，《嬗變：辛亥革命時期至五四時期的中國文學》（北京：中國社會科學出版社，1998）以為，「文人們的無用意結也是緣於無法在政治上有所表現，寫詩作文早就是中國文人仕途挫敗時無奈的退路，往往只有作為對挫敗感的抵抗，他們才能對文學本身的價值寄予特別的希冀。」（頁144）。
15　陶東風，《中國古代心理美學六論》，頁207。
16　如宋王闢之《澠水燕談錄・自序》，參丁錫根，《歷代小說序跋集》（北京：

　　對發憤著書傳統與寄情書寫、期待後世之相遞承襲，乃植基於傳統文化對於「人」與「文」之特定認識，所謂「人」與「文」，「人品」與「文品」等存有一致之對應關係，如《周易・繫辭》之「吉人之辭寡，躁人之辭多，誣善之人其辭游，失其守者其辭屈。」即提及人格與言辭之關連，或孔子之「有德者必有言，有言者不必有德」（《論語・憲問》）等亦是，至王充《論衡・超奇》或曹丕《典論・論文》等皆有所繼承，相當程度反映品格與精神風範之肯定[17]，亦影響小說作者於詮釋作品價值及個人書寫動機之標準，同時影響作品之意識表現。於歷史敘述之中，一旦史家介入評論史事，即進入另一時態系統，形成言談之語調。古典小說之作者亦多刻意隱沒其人身份，而以特定敘事人完成，未必強調自我主觀意識[18]，傳統敘述藉由客觀描述或言談之運用，由讀者直接介入言談之內容，而章回小說作者於相對客觀敘述中，另以大量韻文呈現某一程度之個

　　人民文學出版社，1996），頁358，即以為其從事書寫乃因「今且老矣」之背景，又因「仕不出乎州縣，身不脫乎飢寒，不得與聞朝廷之論」，所傳達者，亦非人生之得意經驗，故其所記錄均為「史官所書，閒接賢士大夫談議，有可取者」，用意亦僅「以為南畝北窗、倚杖鼓腹之資，且用消阻志、遣餘年耳。」此固為自謙之言，然此類自我定位實為古典小說作者或評者之普遍表達模式與定位。其中「消阻志」即顯為感於人生之挫折不滿，為傳統意識之承襲。

17　葉太平，第一篇第二章〈人格精神〉，《中國文學的精神世界》（台北：正中書局，1994），頁39。

18　朱崇儀，〈分裂的忠誠？：書寫／再現？：記號學／女性主義？〉《中外文學》23.2（1994.7）：127-128。法國當代記號學學者克莉絲特娃（Julia Kristeva）所提倡的記號學，將表意實踐納入「歷史決定的生產關係」中，因而強調主體必須重新被納入表意系統之內，著重分析說話主體在表意過程中所扮演的角色，且強調說話主體之分裂。克莉絲特娃所謂的生產力強調正文之多重面向，不同於傳統「再現觀」假定正文意義受現實制約，傾向於背書單一性，是以「生產性」亦可說是「書寫」（writing），是一種運作（operation），擁有自己之空間與文質，而非寫定之成品（the written）。

人思考與認知，展現所謂自我意識，甚而以讀者角度審視或參與故事人物之行動，藉此做為意見或情感之補足。[19]

此類書寫意識與表現的差異，呈現小說作者對於歷史人事發展之特定強調與關注，實異於正統書寫典範之要求。書寫關注點由客觀史實內容轉至史實之可能內涵，所記錄的不僅是歷史經驗，也凸顯事件背後的意義與感嘆。於小說文本中對於過往人事之思索或反省，有明顯的詮解角度與立場，所剪裁整理之內容或相關評論，亦同時成為情節外的另一層次內容，彼此有所虛實參差，於此，作者的展才或抒懷空間，實較正統典籍書寫者更為廣闊自由。

於正統典籍中原本做為比喻與闡述例證的小說質素，可證小說於故事性中所具有的說明、批評與易於理解等特質，對照元明以來通俗小說敘事的特質，雖前有所承，但作者實亦自覺著力於評述等發揮空間。故於小說情節敘述中交雜韻文，描繪相關情景或場面，或藉以抒懷評論等，均為作者展現個人意見與才情的空間，得以抽離事件情節，暫時停頓情節發展，達至某種程度之客觀審視史實角度。並於敘事文本中發揮抒情特徵。韻文之交雜有其發展的歷史因素，章回小說對此更藉以發揮，基本上此類韻文可視為作者某種聲音，亦可視為虛實理論中「虛」的層面之充分發揮，小說所被期待的奇娛幽幻特質之不可或缺，並得士庶之愛好，亦有藉以溝通交流之可能。

---

[19] 廖卓成，《自傳文研究》，台灣大學中文系 1992 年博士論文，頁 69。引邦維尼斯特《普通語言學問題》Emile Beneveniste, *Problems in General Linguistics,* Trans. Mary Elizabeth Meek (Corab Gables：U. of Miami P,1971) 206-7，以為故事 history 和言談 discourse 之區別不等同於書面語及口語之區別，因言談亦可存在於書寫中。而文字中之言談語調，則顯然假設說話者與與聽者，且說話者試圖影響聽者。

　　所謂形式，本為確定及傳遞訊息，然文學作品形式之目的則超越單純傳訊，其間存有作者之獨特用心與意識、相關之審美態度，而此一層面包含之意涵往往大於所傳遞之內容本身。形式即是內容，亦為某一現象之規律，藉由形式之次序組合與創造，原本混亂之信息或意識亦因而有所調整與組織，而成為另一層次之內容。[20]形式之特徵，往往有其長久性及穩定性，具有一定之風格與型態。而其間則必有一定之審美經營。形式結構所傳達之訊息並非僅限於所傳達之內容，其中除語義信息之詮釋，亦包含文字之象徵信息、形式本身藝術技巧表現等多方面之意涵。每一個文本皆有其語言形式，即語言文字之組合方式，是以，無論講述內容之真實比例，講述本身即成為一文本，一表現形式，其中具有講說者或寫作者之意識；對現實世界或語言系統之反省。

第二節　才情學識之互文閱讀

　　小說受傳統風教等實用觀點之影響既深，另一方面也有特定的藝術特質，是以小說之作者或評者對於寫作認知與作品價值之思辨，往往亦呈現極端，即作者於寫作期許上主觀認定作品當具或實具教化勸懲功能，另一方面，亦不免對於小說作品娛樂之必然需求

---

[20] 陳晉，《文學的批評世界》（上海：上海文藝出版社，1989），頁 147。形式之非偶然構成顯現作者對於次序之某種創造與調適。即作者將未成形之意識或感受納入文學系統組織之語言題材中。所謂文學結構因次序之存在而有實現之可能。

有所期待，於情節敘述中，藉由出入時空等各類文本的引用、人生觀之分析等方式，與讀者形成獨立於故事進程以外的對話空間。

本節引用前述的互文概念以分析小說引用其他文類的現象。大致而言，互文概念主要有兩個方面的含義：一是一個確定的文本與其所引用、改寫、吸收、擴展、或在整體上加以改造的其他文本之間的關係，二是任何文本都是一種互文，在一個文本之中，不同程度地以各種多少能辨認的形式存在著其他的文本；所強調的，是將寫作置於一個座標體系中予以關照：從橫向上看，其將一個文本與其他文本進行對比研究，讓文本在一個文本的系統中確定其特性；從縱向上看，其注重前文本的影響研究，從而獲得對文學和文化道統的系統認識。以「互文性」來描述文本間涉的問題，不僅顯示出了寫作活動內部多元文化、多元話語相互交織的事實，而且也顯現寫作的深廣性，及其豐富而複雜的文化內蘊和社會歷史內涵。[21]

基本上，互文性概念把社會歷史、意識型態、他人話語等諸多外部元素當作文本，重新納入文學研究的視野，視文本為一個自身包含多種聲音的意指過程，以此模式質疑文本的同一性、自足性和原創性。[22]就其建構意義而言，互文性概念有助於修辭學、符號學和詩學範圍的研究，同時也從另一個角度更新了文學理念。關注文本中之異質原素，承認任何文本的寫作和閱讀都有賴於這個文本與

---

[21] Intertextuality（互文性）語出 Kristeva (1986). "Word, dialogue and nove"l. In T.Moi (ed.)The Kristeva Reader. (Oxford: Basil Blackwell), pp.23-33。

[22] 由於翻譯的緣故，「互文性」（intertextualit）和「互文本」（intertexte）與我國漢代就已存在的修辭學術語「互文」間有字面上的巧合，借助這一巧合，闡釋者或許可以在中文特有的修辭格「互文」與西方文論術語「互文」之間展開某種跨語言、超時空的互文遊戲，但兩者不是同一個層次的概念。儘管西方的互文性概念有時也與修辭問題發生聯繫，但它本身不是修辭學術語。

其他文本的關係，但所謂的其他文本，主要還是指文學作品和整個文學遺產，其理論意圖不是消解意義，反對作者威權，而是以新的模式去理解文學性的問題，希望於文際關係中，即在單一作品與文學之歷時環境與背景的關係中，理解文學運作的獨特性。

小說中為可解讀出多種話語之綜合文類，小說文本將詩詞等文類加入引用，使情節之發展更有相關情境烘托，或因作者之刻意說明描繪，而使相關景物或人物面貌更形具體，聲情並茂之空間場景躍然紙上，與其他文類相結合而構成小說文本。於此，讀者不僅是對事件原委之理解，亦介入各文類中共同進行詠嘆評價。而特定情景事物之描繪，使敘述話語出入參差，至此，文本不僅是故事的載體，而是反映各式價值或觀點，同時也傳達相關意見或詮解的媒介。小說作者累積生活經驗與文化知識，熟悉各種生活與事物，才能在敷演人物故事時「世間窮事，歷歷從頭說細微」，而小說本即是汲取眾多文體營養的眾體皆備之文類，作者於其間的學識準備勢必豐富廣泛。[23]

（一）特定事物之聚焦描繪

小說之特定書寫藝術超越事實情節之關注，而針對特定人事共同聚焦著墨，並加以評價分析，從而獲得情感與價值上之滿足。章回小說的寫作特質正彰顯此一現象，相對於史實或現實事件，此類現象反映小說之非現實性，於此一時空中，呈現作者與讀者抽離現實缺憾之浪漫抒懷情致。此類情致之抒發亦前有所承，亦來自正統書寫價值意識，但已超越所謂道德倫理等單一教化目的，而文本中

---

[23]　韓進廉，〈四、小說意識的自覺〉，《中國小說美學史》，頁84。

另有對特定事物加以著墨的段落，亦是小說發揮特有娛情娛心且提供某種訊息等功能的表現。如第二章所述，《三國演義》第34回劉備所乘之馬的盧有妨主之說，卻於緊要關頭解救玄德，小說於交代前因後果等具體情節後，另以蘇軾詩再做強調：

> 玄德乃加鞭大呼曰：「的盧！的盧！今日妨吾！」言畢，
> 那馬忽從水中湧身而起，一躍三丈，飛上西岸。

後來蘇學士有古風一篇，單詠劉玄德躍馬檀溪事。詩曰：

> 老去花殘春日暮，宦游偶至檀溪路；停驂遙望獨徘徊，眼前零落飄紅絮。暗想咸陽火德衰，龍爭虎斗交相持。襄陽會上王孫飲，坐中玄德身將危。逃生獨出西門道，背後追兵復將到。一川煙水漲檀溪，急叱征騎往前跳。馬蹄踏碎青玻璃，天風響處金鞭揮。耳畔但聞千騎走，波中忽見雙龍飛。西川獨霸真英主，坐下龍駒兩相遇。檀溪溪水自東流，龍駒英主今何處？臨流三嘆心欲酸，斜陽寂寂照空山。三分鼎足渾如夢，蹤跡空留在世間。

詩中出入歷史時空，引用宋代蘇軾之詩作，既追憶漢代末世分合亂世，進而以蜀漢玄德為中心，敘述的盧於緊要關頭解救玄德，所謂「天風響處金鞭揮」「坐下龍駒兩相遇」，既言的盧之功，但也是玄德得天之助的隱然展現。

又如第38回讚孔明之出隴中，針對孔明之人生出處抉擇予以審視，其言云：

後人有詩歎曰：

身未升騰思退步，功成應憶去時言。只因先主丁寧後，星
落秋風五丈原。

又有古風一篇曰：

高皇手提三尺雪，芒碭白蛇夜流血。平秦滅楚入咸陽，二
百年前幾斷絕。大哉光武興洛陽，傳至桓、靈又崩。獻帝
遷都幸許昌，紛紛四海生豪傑。曹操專權得天時，江東孫
氏開鴻業。孤窮玄德走天下，獨居新野愁民危。南陽臥龍
有大志，腹內雄兵分正奇。只因徐庶臨行語，茅廬三顧心
相知。先生爾時年三九，收拾琴書離隴畝。先取荊州後取
川，大展經綸補天手。縱棋舌上鼓風雷，談笑胸中換星斗。
龍驤虎視安乾坤，萬古千秋名不朽。

作者於情節進行中另增詩歌之詠嘆，使文本呈現畫面感，且於其間
注入相關情志與感慨，對於三國歷史與孔明命運再次重述，對於隻
手補天之人事努力，尤為後人關注與敬仰。又第 46 回孔明長江借
箭於曹營之際，江上濃霧之描寫；

遂命將二十隻船，用長索相連，逕望北岸進發。是夜大霧
漫天，長江之中，霧氣更甚，對面不相見。孔明促舟前進，
果然是好大霧！前人有篇大霧垂江賦曰：
孔明促舟前進，果然是好大霧！前人有篇大霧垂江賦曰：
大哉長江，西接岷峨，南控三吳，北帶九河。匯百川而入
海，歷萬古以揚波。至若龍伯，海若，江妃，水母，長鯨
千丈，天蜈九首，鬼怪異類，咸集而有。蓋夫鬼神之所憑
依，英雄之所戰守也。時而陰陽既亂，昧爽不分。訝長空

之一色，忽大霧之四屯。雖與薪而莫莫睹，惟金鼓之可聞。
初若溟蒙，才隱南山之豹；漸而充塞，欲迷北海之鯤。然
後上接高天，下垂濃地。渺乎蒼茫，浩乎無際。鯨鯢出水
而騰波，蛟龍潛淵而吐氣。又如梅霖收溽，春陰釀寒；溟
溟濛濛，浩浩漫漫。東失柴桑之岸，南無夏口之山。戰船
千艘，俱沈淪於岩壑；漁舟一葉，驚出沒於波瀾。甚則穹
昊無光，朝陽失色；返白晝為昏黃，變丹山為水碧。雖大
禹之智，不能測其淺深；離婁之明，焉能辨乎咫尺？於是
馮夷息浪，屏翳收功；魚鱉遁跡，鳥獸潛蹤。隔斷蓬萊之
島，暗圍閶闔之宮。恍惚奔騰，如驟雨之將至；紛紜雜遝，
若寒雲之欲同。乃複中隱毒蛇，因之而為瘴癘；內藏妖魅，
憑之而為禍害。降疾厄於人間，起風塵於塞外。小民遇之
失傷，大人觀之感慨。蓋將返元氣於洪荒，混天地為大塊。

大霧為借箭計策成功之契機，小說以賦體刻劃此一天象，既使讀者
有身歷其境之感，亦使「借箭」此三國故事著名段落有所凸顯，又
因賦之特質，故多方運用歷史與文學典故，既有諸神鬼怪、陰陽時
序、天文地理，亦有大禹、離婁等人文象徵，因不同文類特質之交
錯互補，豐富故事內涵。對事物之聚焦描寫，使情節凝聚於詩歌中，
多次重現描繪，超越情節之進行，而有情志交流與反覆審視之空
間，此類心志活動超越具體文字，而可出入時空。

　　又如《水滸傳》第1回對虛靖天師所居龍虎山之描繪，其文曰：

太尉別了眾人，口誦天尊寶號，縱步上山來。將至半山，
望見大頂直侵霄漢，果然好座大山。正是：
根盤地角，頂接天心。遠觀磨斷亂雲痕，近看平吞明月魄。
高低不等謂之山，側石通道謂之岫，孤嶺崎嶇謂之路，上

面極平謂之頂，頭圓下壯謂之巒，隱虎藏豹謂之穴，隱風
隱雲謂之岩，高人隱居謂之洞，有境有界謂之府，樵人出
沒謂之徑，能通車馬謂之道，流水有聲謂之澗，古渡源頭
謂之溪，岩崖滴水謂之泉。左壁為掩，右壁為映。出的是
雲，納的是霧。維尖像小，崎峻似峭，懸空似險，削儼如
平。千峰競秀，萬壑爭流。瀑布斜飛，藤蘿倒掛。虎嘯時
風生谷口，猿啼時月墜山腰。恰似青黛染成千塊玉，碧紗
籠罩萬堆煙。

以洪太尉之角度所見之龍虎山，極言其高峻崎嶇山景，然其中亦不
乏對各種山勢之解釋，所謂山、岫、路、頂、巒、穴、岩、洞、府、
徑、道、澗、溪、泉等，藉此排比說明以顯龍虎山的多樣面貌，既
是鋪陳情節發展之場景，亦是某種知識之傳遞。

其他亦有日常生活之常民知識的交流介紹，如第4回對智真長
老接待趙員外魯智深時，所奉之茶的描繪，其文云：

怎見得那盞茶的好處？有詩為證：
玉蕊金芽真絕品，僧家製造甚工夫。兔毫盞內香雲白，蟹
眼湯中細浪鋪。戰退睡魔離枕席，增添清氣入肌膚。仙茶
自合桃源種，不許移根傍帝都。

以「香雲白」「細浪鋪」生動地言茶湯之香氣樣貌、及「退睡魔」
「添清氣」等功能，切近常民生活與共通經驗，暫停故事敘述，增
添對話與分享空間。

又同為第4回，於魯智深剃渡後卻破酒戒的情節中，作者對酒
亦有所鋪陳，其文云：

昔大唐一箇名賢，姓張名旭，作一篇『醉歌行』，單說那
酒。端的做得好，道是：

金甌潋灩傾歡伯，雙手擎來兩眸白。延頸長舒似玉虹，嚥
吞猶恨江湖窄。昔年侍宴玉皇前，敵飲都無兩三客。蟠桃
爛熟堆珊瑚，瓊液濃斟浮琥珀。流霞暢飲數百盃，肌膚潤
澤腮微赤。天地聞知酒量洪，勸令受賜三千石。飛仙勸我
不記數，酩酊神清爽筋骨。東君命我賦新詩，笑指三山詠
標格。信筆揮成五百言，不覺尊前墮巾幘。宴罷昏迷不記
歸，乘鸞誤入雲光宅。仙童扶下紫雲來，不辨東西與南北。
一飲千鍾百首詩，草書亂散縱橫劃。

作者引用唐人張旭〈醉歌行〉，其中亦蘊含張旭飲酒與善草書的形
象，為獨立於故事以外的歷史人事，於此穿插，形成文本的多重層
次，就此〈醉歌行〉而言，「天地聞知酒量洪，勸令受賜三千石。
飛仙勸我不記數，酩酊神清爽筋骨。東君命我賦新詩，笑指三山詠
標格。」極言飲酒之後遊仙逍遙之境，對照魯智深醉酒誤事之行徑，
彼此異同互顯，層次參差。此詩雖可能為後人編寫水滸故事時所另
增，然多重歷史背景之加入，亦使文本具有多元面貌。又如第 16
回敘述楊志押送金銀等生辰綱時，作者對當時酷熱天氣，亦有刻意
說明之言語：

此時正是五月半天氣。雖是晴明得好，只是酷熱難行。昔
日吳七郡王有八句詩道：
玉屏四下朱闌遶，簇簇遊魚戲萍藻。簟鋪八尺白蝦鬚，頭
枕一枚紅瑪瑙。六龍懼熱不敢行，海水煎沸蓬萊島。公子
猶嫌扇力微，行人正在紅塵道。
這八句詩單題著炎天暑月，那公子王孫，在涼亭上水閣中

浸著浮瓜沉李，調冰雪藕避暑，尚兀自嫌熱。怎知客人為
些微名薄利，又無枷鎖拘縛，三伏內，只得在那途路中行。

作者聲音於此明顯介入故事進程，以為同樣酷暑，貴族與庶民
生活卻有天壤落差，所謂「簟鋪八尺白蝦鬚，頭枕一枚紅瑪瑙」與
「行人正在紅塵道」，即顯示其間的區別與批判，作者於詩後又再
次以散文說明，「公子王孫」，調冰浮瓜，「尚兀自嫌熱」；而平民行
人卻「為些微名薄利」「三伏內只得在那途路中行」，作者言語乃因
楊志押送生辰綱之背景而起，然亦因此刻意說明文字，表達作者之
批判立場，而此顯然獨立於敘事之話語。

又如第 76 回有大量軍隊陣容與八卦陣之描繪刻劃，顯然是案
牘閱讀的形式特徵，形成具體畫面。其文云：

那座陣勢，非同小可。怎見得好陣？但見：
明分八卦，暗合九宮。占天地之機關，奪風雲之氣象。前
後列龜蛇之狀，左右分龍虎之形。出奇正之甲兵，按陰陽
之造化。丙丁前進，如萬條烈火燒山。壬癸後隨，似一片
烏雲覆地。左勢下盤旋青氣，右手下貫串白光。金霞遍滿
中央，黃道全依戊己。東西有序，南北多方。四維有二十
八宿之分，週迴有六十四卦之變。先鋒猛勇，合後英雄。
左統軍皆奪旗斬將之徒，右統軍盡舉鼎拔山之輩。盤盤曲
曲，亂中隊伍變長蛇。整整齊齊，靜裏威儀如伏虎。馬軍
則一衝一突，步卒是或後或前。人人果敢，爭前出陣奪頭
功。箇箇才能，掠陣監軍擒大將。休誇八陣成功，謾說六
韜取勝。孔明施妙計，李靖播神機。

尤其對八卦陣之形容時，除陰陽五行流動、干支配合運行與六十四卦變化等既有概念外，並以孔明與李靖之神妙作結。孔明於《三國演義》第 49 回赤壁之戰中，因火攻曹操水軍而借東風，所敘述的場面完全是道士或說是魔術師的作為。[24]其間具有天地運行與四方五行流動概念等，以抽象概念凸顯陣勢之變幻莫測，亦增加文本敘事之感染力。

小說作者有意地寫作，其中每個語詞或文本都是其他語詞或文本的吸收轉化，彼此相互參照、牽涉，形成多元開放網絡，小說做為眾多神話、宗教、傳說、人生觀等知識之媒介載體，亦為多重文學形式之結合，以此寫史事寫人物，固然把握住某一真實程度，但其間仍深具娛樂性、交流互動、指引或分享等作者自期與成就。小說文本中的意識對話、價值交流，皆是出入現實，超越時空，有其歷時與共時面向，敘事活動中的寫實與非寫實因素互相融通，形成小說別有天地非人間之特質與魅力。

（二）出入時空之互文交流

就文學發展角度而言，因宋元通俗文藝形式之運用，使正統典籍因此消解重構，由於接受大眾之知識侷限與娛樂需求，使說唱藝人或小說作者因此具有更自由創作空間，所講述之歷史亦因此具有明顯通俗特質與思想，增強故事性與戲劇性。[25]以《三國演義》而言，凝聚了大眾之歷史觀、倫理觀與價值觀，折衷統合了社會各階

---

24 小川環樹，〈附考一《三國演義》における佛教と道教〉，《中國小說史の研究》，頁 26。

25 朱非，〈《三國演義》：典籍文化的消解與重構〉，《漢中師範學院學報》1（1997）：73。

層之價值意識，不僅為市井細民寫心，亦反映了士人之政治理想與道統價值，就文本而言，實已成為新型文化典籍，為一種歷史產物。[26] 相對於《三國演義》重構正統歷史，《水滸傳》則以更大的想像空間進行創作，其間亦以《三國演義》相關情節段落加以組合解釋，形成另一種互文重構現象。

　　以互文觀念檢視《三國演義》與《水滸傳》可見，兩部小說或吸取各類傳統文化或認知，或《水滸傳》對《三國演義》之吸收比擬，此類現象為一種閱讀與溝通，藉由不同時代文化知識或文學背景之融入，使故事內容多方擴展延伸，形式上影響情節進行之節奏，內涵上則於特定段落中同時呈現歷時的文史知識，而相互引用發明。如《三國演義》第 11 回言麋竺之相關修為往事，其文曰：

> 卻說獻計之人，乃東海朐縣人：姓麋，名竺，字子仲。此人家世富豪。嘗往洛陽買賣，乘車而回，路遇一美婦人，來求同載，竺乃下車步行，讓車與婦人坐。婦人請竺同載。竺上車端坐，目不邪視。行及數里，婦人辭去；臨別對竺曰：「我乃南方火德星君也，奉上帝敕，往燒汝家。感君相待以禮，故明告君。君可速歸，搬出財物。吾當夜來。」言訖不見。竺大驚，飛奔到家，將家中所有，疾忙搬出。是晚果然廚中火起，盡燒其屋。竺因此廣捨家財，濟貧拔苦。後陶謙聘為別駕從事。當日獻計曰：「某願親往北海郡，求孔融起兵救援；更得一人往青州田楷處求救：若二處軍馬齊來，操必退兵矣。」

26　李時人，〈《三國演義》：亞史詩和亞經典〉，「光明日報」1994 年 11 月 9 日。

小說補述麋竺因行止端正而免除火燒其家之厄，且因此廣施家產，
濟貧拔苦之事，顯然是加入其他流傳故事文本，以凸顯麋竺之形
象。又如《三國演義》第 68 回言左慈戲曹操之事，頗類奇門之術，
補述相關人事軼聞，其文云：

> 操召入。取柑人曰：「此正途中所見之人。」操叱之曰：
> 「汝以何妖術，攝吾佳果？」慈笑曰：「豈有此事？」取
> 柑剖之，內皆有肉，其味甚甜。但操自剖者，皆空殼。
> 操愈驚，乃賜左慈坐而問之。慈索酒肉，操令與之，飲酒
> 五斗不醉，肉食全羊不飽。操問曰：「汝有何術，以至於
> 此？」慈曰：「貧道於西川、嘉陵、峨嵋山中，學道三十
> 年，忽聞石壁中有聲呼我之名；及視則又不見。如此者數
> 日，忽有天雷震碎石壁，得天書三卷，名曰『遁甲天書』。
> 上卷名『天遁，』中卷名『地遁，』下卷名『人遁。』天
> 遁能騰雲跨風，飛升太虛；地遁能穿山透石；人遁能雲游
> 四海，藏形變身，飛劍擲刀，取人首級。大王位極人臣，
> 何不退步，跟貧道往峨嵋山中修行？當以三卷天書相綬。」
> 操曰：「我亦久思急流勇退，奈朝廷未得其人耳。」慈笑
> 曰：「益州劉玄德乃帝室之冑，何不讓此位與之？不然，
> 貧道當飛劍取汝之頭也。」操大怒曰：「此正是劉備細作！」
> 喝左右挈下。慈大笑不止。操令十數獄卒，捉下拷之。獄
> 卒著力痛打，看左慈時，卻鼾鼾熟睡，全無痛楚。操怒，
> 命取大枷，鐵釘釘了，鐵鎖鎖了，送入牢中監收，令人看
> 守。只見枷鎖盡落，左慈臥於地上，並無傷損。連監禁七
> 日，不與飲食。及看時，慈端坐於地上，面皮轉紅。獄卒

報知曹操，操取出問之。慈曰：「我數十年不食，亦不妨；日食千羊，亦能盡。」操無可奈何。

而後左慈又於飲宴中變化龍肝、牡丹花、松江鱸魚、紫芽薑等，又因以玉簪畫酒一半予操，遭操叱之。慈擲盃於空中，化成一白鳩，遶殿而飛，不知所終，操命遂命許褚引三百鐵甲軍追擒之。其文云：

褚上馬引軍趕至城門，望見左慈穿木履在前，慢步而行。諸飛馬追之，卻只追不上。直趕到一山中，有牧羊小童，趕著一群羊而來，慈走入羊群內。褚取箭射之，慈即不見，褚盡殺羊群而回。

牧羊小童守羊而哭。忽見羊頭在地上作人言，喚小童曰：「汝可將羊頭都湊在死羊腔子上。」小童大驚，掩面而走。忽聞有人在後呼曰：「不須驚走。還你活羊。」小童回顧，見左慈已將地上死羊湊活，趕將來了。小童急欲問時，左慈已拂袖而去；其行如飛，倏忽不見。

小童歸告主人，主人不敢隱諱，報知曹操。操畫影圖形，各處捉拏左慈。三日之內，城內城外，所捉眇一目，跛一足，白藤冠，青懶衣，穿木履先生，都一般模樣者，有三四百個。鬧動街市。操令眾將，將豬羊血潑之，押送城南教場。曹操親引甲兵五百人圍住，盡皆斬之。人人頸腔內各起一道青氣，飛到半天，聚成一處，化成一個左慈，向空招白鶴一隻騎坐，拍手大笑曰：「土鼠隨金虎，奸雄一旦休！」

操令眾將以弓箭射之，忽然狂風大作，走石揚沙；所斬之屍，皆跳起來，手提其頭，奔上演武廳來打曹操。文官武將，掩面驚倒，各不相顧。

其後左慈所變的三四百個幻象，為操所率甲兵所斬，但於黑風中群屍皆起，劫走曹操，須臾風定，左右方扶操回宮。驚而成疾，而有神卜管輅之出場。如第 69 回太史丞許芝為曹操歷述神卜管輅奇術，其言云：

> 芝曰：「管輅字公明，平原人也。容貌粗醜，好酒疎狂。其父曾為瑯琊郡丘長。輅自幼便喜仰視星辰，夜不思寐。父母不能禁止。常云：『家雞野鵠，尚自知時，何況為人在世乎？』與鄰兒共戲，輒畫地為天文，分布日月星辰。及稍長，即深明周易，仰觀風角，數學通神，兼善相術。」
> 「瑯琊太守單子春聞其名，召輅相見。時有坐客百餘人，皆能言之士。輅謂子春曰：『輅年少膽氣未堅，先請美酒三升，飲而後言。』子春奇之，遂與酒三升。飲畢，輅問子春：『今欲與輅為對者，若府君四座之士耶？』子春曰：『吾自與卿旗鼓相當。』於是與輅講論易理。輅亹亹而談，言言精奧。子春反覆辨難，輅對答如流，從曉至暮，酒食不行。子春及眾賓客，無不歎服。於是天下號為『神童』」。
> 「後有居民郭恩者，兄弟三人，皆得躄疾，請輅卜之。輅曰：『卦中有君家本墓中女鬼，非君伯母即叔母也。昔饑荒之年，謀數升之米之利，推之落井，以大石壓破其頭，孤魂痛苦，自訴於天；故君兄弟有此報，不可禳也。』郭恩等涕泣伏罪。」
> 「安平太守王基，知輅神卜，延輅至家。適信都令妻，常患頭風；其子又患心痛；因請輅卜之。輅曰：『此堂之西角有二死屍。一男持矛，一男持弓箭。頭在壁內，腳在壁外。持矛者主刺頭，故頭痛；持弓箭者主刺胸腹，故心痛。』」

乃掘之。入地八尺，果有二棺。一棺中有矛，一棺中有角弓及箭，木俱已朽爛。輅令徙骸骨去城外十里埋之，妻與子遂無恙。」

「館陶令諸葛原，遷新興太守，輅往送行。客言輅能射覆。諸葛原不信，暗取燕卵，蜂窠，蜘蛛三物，分置三盒之中，令輅卜之。卦成，各寫四句於盒上。其一曰：『含氣須變，依乎堂宇；雌雄以形，羽翼舒張。此燕卵也。』其二曰：『家室倒懸，門戶眾多；藏精育毒，得秋乃化。此蜂窠也。』其三曰：『觳觫長足，吐絲成羅；尋網求食，利在昏夜。此蜘蛛也。』滿座驚駭。」

「鄉中有老婦失牛，求卜之。輅判曰：『北溪之濱，七人宰烹；急往追尋，皮肉尚存。』老婦果往尋之，見七人於茅舍後煮食，皮肉猶存。婦告本郡太守劉邠，捕七人罪之，因問老婦曰：『汝何以知之？』婦告以管輅之神卜。劉邠不信，請輅至府，取印囊及山雞毛藏於盒中，令卜之。輅卜其一曰：『內方外圓，五色成文；含寶守信，出則有章。此印囊也。』其二曰：『高岳巖巖，有鳥朱身；羽翼玄黃，鳴不失晨。此山雞毛也。』劉邠大驚，遂待為上賓。」

「一日出郊閒行，見一少年耕於田中，輅立道傍觀之。良久，問曰：『少年高姓、貴庚？』答曰：『姓趙，名顏。年十九歲矣。敢問先生為誰？』輅曰：『吾管輅也。吾見汝眉間有死氣，三日內必死，汝貌美，可惜無壽。』趙顏回家，急告其父。父聞之，趕上管輅，哭拜於地曰：『請歸救吾子！』輅曰：『此乃天命也，安可禳乎？』父告曰：『老夫止有此子，望乞垂救！』趙顏亦哭求。輅見父子情切，乃謂趙顏曰：「汝可備淨酒一瓶，鹿脯一塊，來日齋

往南山之中，大樹之下，看盤石上有二人亦棋。一人向南坐，穿白袍，其貌甚惡；一人向北坐，穿紅袍，其貌甚美。汝可乘其弈興濃時，將酒及鹿脯進之。待其飲食畢，汝乃哭拜求壽，必得益算矣。但切勿言是吾所教。」」

老人留輅在家。次日，趙顏攜酒脯盃盤入南山之中。約行五六里，果有二人於大松樹下盤石上奕棋。全然不顧，趙顏跪進酒脯。二人貪著棋，不覺飲酒已盡。趙顏哭拜於地而求壽，二人大驚。穿紅袍者曰：『此必管子之言也。吾二人既受其私，必須憐之。』穿白袍者，乃於身邊取出簿籍檢看，謂趙顏曰：『汝今年十九歲，當死。吾今於『十』字上添上一『九』字，汝壽可至九十九。回見管輅，教再休泄漏天機；不然，必致天譴。』穿紅者出筆添訖，一陣香風過處，二人化作二白鶴，沖天而去。」

趙顏歸問管輅。輅曰：『穿紅者，南斗也；穿白者，北斗也。』顏曰：『吾聞北斗九星，何止一人？』輅曰：『散而為九，合而為一也。北斗注死，南斗注生。今已添注壽算，子復何憂？』父子拜謝。

作者以許芝角度大篇幅陳述管輅知天文與善相術相關奇事與卜術，另建立「聽」與「說」之故事時空，藉由管輅之各種神卜故事，使小說文本時空更趨立體，並連結情節之發展，曹操因管輅神卜之術，因而大喜：

操大喜，即差人往平原召輅。輅至，參拜訖，操令卜之。輅答曰：「此幻術耳，何必為憂？」操心安，病乃漸可。操令卜天下之事。輅卜曰：「三八縱橫，黃豬遇虎；定軍之南，傷折一股。」又今卜傳祚修短之數。輅卜曰：「獅

子宮中，以安神位；王道鼎新，子孫極貴。」操問其詳。
輅曰：「茫茫天數，不可預知。待後自驗。」

操欲封輅為太史。輅曰：「命薄相窮，不稱此職，不敢受
也。」操問其故。答曰；「輅額無主骨，眼無守睛；鼻無
梁柱，腳無天根；背無三甲，腹無三壬。只可泰山治鬼，
不能治生人也。」操曰：「汝相吾若何？」輅曰：「位極
人臣，又何必相？」再三問之，輅但笑而不答。操令輅遍
相文武官僚。輅曰：「皆治世之臣也。」操問休咎，皆不
肯盡言。

後人有詩讚管輅曰：「平明神卜管公明，能算南辰北斗星。
八卦幽微通鬼竅，六爻玄奧究天庭。預知相法應無壽，自
覺心源極有靈。可惜當年奇異術，後人無復授遺經。」

至此，三國故事情節暫時停頓，藉特定人物之言行或轉述，歷述過
往人事逸聞，其中具有明顯道士奇門遁甲與掌握天機等色彩，作者
藉此引用呈現，吸取流傳之異人奇聞故事，分享普遍信念或傳說，
脫離史事而做補充引述，使小說文本空間更形立體，更具奇情效果。

又如第 71 回，曹操出潼關之際，途經蔡邕莊邸，作者補述曹
操與邕相善及邕女蔡琰遭擄流離，後獲操之贖回之事。「原來操與
蔡邕相善。先時其女蔡琰，乃衛道玠之妻；後被北方擄去，於北地
生二子，作胡笳十八拍，流入中原。操深憐之，使人持千金入北方
贖之。左賢王懼操之勢，送蔡琰還漢」，說明此一背景後，再據此
發展其後情節，而有見故人子蔡琰之事，以及「黃絹幼婦」之軼事，
其文云：

當日到莊前，因想起蔡邕之事，令軍馬先行，操引近侍百
餘騎，到莊門下馬。時董祀出仕於外，止有蔡琰在家。琰

聞操至，忙出迎接。操至堂，琰問卷起居畢，侍立於側。
操偶見壁間懸一碑文圖軸，起身觀之，問於蔡琰。琰答曰：
「此乃曹娥之碑也，昔和帝時，上虞有一巫者，名曹盱，
能娑婆樂神；五月五日，醉舞舟中，墮江而死。其女年十
四歲，遶江啼哭七晝夜，跳入波中；後五日，負父屍浮於
江面；里人葬之江邊。上虞令度尚奏聞朝廷，表為孝女。
度尚令邯鄲淳作文鐫碑以記其事。時邯鄲淳年方十三歲，
文不加點，一揮而就，立石墓側，時人奇之。妾父蔡邕聞
而往觀，時日已暮，乃於暗中以手摸碑文而讀之，索筆大
書八字於其背。後人鐫石，並未鐫此八字。」操讀八字云：
「黃絹幼婦，外孫齏臼。」操問琰曰：「汝解此意否？」
琰曰：「雖先人遺筆，妾實不解其意。」操回顧眾謀士曰：
「汝等解否？」眾皆不能答。於內一人出曰：「某已解其
意。」操視之，乃主簿楊脩也。操曰：「卿且勿言，容吾
思之。」遂辭了蔡琰，引眾出莊。上馬行三里，忽省悟，
笑謂脩曰：「卿試言之。」脩曰：「此隱語耳。黃絹乃顏
色之絲也。色傍加絲，是『絕』字。幼婦者，少女也。女
傍少字，是『妙』字。外孫乃女之子也。女傍子字，是『好』
字。齏臼乃五辛之器也。受傍辛字，是『辭』字。總而言
之，是『絕妙好辭』四字。」操大驚曰：「正合孤意！」
眾皆歎美楊脩才識之敏。

由蔡琰角度所述的曹娥故事，以及曹娥碑之由來，除說明流傳故事
外，亦及其父蔡邕之行事，「聞而往觀，時日已暮，乃於暗中以手
摸碑文而讀之，索筆大書八字於其背。」即「黃絹幼婦，外孫齏臼」
八字，操解其意，其中楊脩不諱己才，亦表示可解此隱語，並大加

說明，於文本中另起故事時空與文字遊戲，而就情節發展先後而言，亦藉此預示楊脩因露才不知隱諱，終遭操所害之下場。

相較於《三國演義》所收容的文本多具文人色彩，《水滸傳》中則對於三國故事之典故或意象多所引用呈現，如第10回透過林沖角度所看之火勢：

> 林沖跳起身來，就壁縫裏看時，只見草料場裏火起，刮刮雜雜的燒著。但見：
>
> 一點靈臺，五行造化，丙丁在世傳流。無明心內，災禍起滄州。烹鐵鼎能成萬物，鑄金丹還與重樓。思今古，南方離位，熒惑最為頭。綠窗煙燄爐；隔花深處，掩映釣漁舟。鏖兵赤壁，公瑾喜成謀。李晉王醉存館驛，田單在即墨驅牛。周褒姒驪山一笑，因此戲諸侯。

先言「火」的意象與所謂「無明」「鑄丹」及「赤壁」、後唐沙陀「李晉王」等人文意涵、歷史典故，其中亦有三國赤壁人事，所描繪的火景本屬自然現象，但實際書寫卻是對火的各種相關人文詮釋與相關人事之聚焦敘述。此類引用典故或互文現象，預期讀者亦具有相同之文化背景，得以於既有符號下，進行閱讀想像及理解。又如同為林沖之心境描寫，如第11回：

> 王倫笑道：「想是今日又沒了。我說與你三日限，今已兩日了。若明日再無，不必相見了，便請那步下山，投別處去。」林沖回到房中，端的是心內好悶！有臨江仙詞一篇云：
>
> 悶似蛟龍離海島，愁如猛虎困荒田，悲秋宋玉淚連連。江淹初去筆，霸王恨無船。高祖滎陽遭困厄，昭關伍相受憂煎，曹公赤壁火連天。李陵臺上望，蘇武陷居延。

描寫抽象的心境，卻以離島蛟龍、受困猛虎、宋玉、江淹、項羽、高祖、伍胥、曹操等具體的文學人物或歷史事件加以表現，其中的典故與意象同時並呈，雖反映愁悶情緒，但亦重現相關歷史意象。互文現象尤其見於對《三國演義》故事之受容或比擬，如第 14 回描述吳用時，以孔明與陳平加以比附，其文曰：

> 這秀才乃是智多星吳用，表字學究，道號加亮先生，祖貫本鄉人氏。曾有一首臨江仙，讚吳用的好處：
> 萬卷經書曾讀過，平生機巧心靈，六韜三略究來精。胸中藏戰將，腹內隱雄兵。謀略敢欺諸葛亮，陳平豈敵才能，略施小計鬼神驚。名稱吳學究，人號智多星。

吳用於《水滸傳》中稱為加亮先生，所謂「謀略敢欺諸葛亮，陳平豈敵才能」，藉孔明與陳平等謀略策士之鮮明形象，以凸顯吳用於《水滸傳》之意義，「敢欺」及「加亮」之辭，甚而隱然有勝於孔明之意。又如第 41 回，則明言以三國故事比擬即將述說的水滸情節，其文云：

> 念奴嬌：
> 大江東去，浪淘盡千古風流人物。故壘西邊，人道是三國周瑜赤壁。亂石嶙崖，驚濤拍岸，捲起千堆雪。江山如畫，昔時多少豪傑！遙想公瑾當年，小喬初嫁後，雄姿英發。羽扇綸巾談笑間，檣櫓灰飛煙滅。故國神遊，多情應笑我早生華髮。人生如夢，一樽還酹江月。
> 話說這篇詞，乃念奴嬌，是這故宋時東坡先生題詠赤壁懷古。漢末三分，曹操起兵百萬之，水陸並進。被周瑜用火，孔明祭風，跨江一戰，殺得血染波紅，屍如山疊。為何自

家引這一段故事，將大比小？說不了江州城外白龍廟中，梁山泊好漢小聚義，劫了法場，救得宋江、戴宗。正是晁蓋、花榮、黃信、呂方、郭盛、劉唐、燕順、杜遷、宋萬、朱貴、王矮虎、鄭天壽、石勇、阮小二、阮小五、阮小七、白勝，共是一十七人，領帶著八九十箇悍勇壯健小嘍囉；潯陽江上來接應的好漢，張順、張橫、李俊、李立、穆弘、穆春、童威、童猛、薛永久等好漢，也帶四十餘人，都是江面上做私商的火家，撐駕三隻大船，前來皆應。城裡黑旋風李逵，引眾人殺志潯陽江邊。兩路救應，通共有一百四五十人，都在白龍廟裡聚義。

　　引用蘇軾〈念奴嬌〉詞，並再次簡述三國故事，且予以說明，「引這段故事，將大比小」，以「周瑜用火，孔明祭風」比喻梁山泊好漢解救宋江戴宗一事，作者使用三國史事之情境，藉以烘托好漢行動，不同文本相互交錯，形成水滸故事之特有情境。又第 79 回言公孫勝之祭風，實為孔明祭風之模擬重現，其文曰：

卻是公孫勝披髮仗劍，踏罡布斗，在山頂上祭風。初時穿林透樹，次後走石飛砂，須臾白浪掀天，頃刻黑雲覆地，紅日無光，狂風大作。劉夢龍急教棹船回時，只見蘆葦叢中，藕花深處，小港狹汊，都棹出小舡來，鑽入大舡隊裏。鼓聲響處，一齊點著火把。原來這小舡上，都是吳用主意，受計與劉唐，盡使水軍頭領，裝載蘆葦乾柴硫黃焰硝，雜以油薪。霎時間，大火競起，烈焰飛天，四分五落，都穿在大船內。前後官舡，一齊燒著。怎見得火起？但見：
黑煙迷綠水，紅焰起清波。風威捲荷葉滿天飛，火勢燎蘆林連梗斷。神號鬼哭，昏昏日色無光。岳撼山崩，浩浩波

聲鼎沸。艦航遮洋盡倒，艨艟柂櫓皆休。先鋒將魄散魂消，
合後兵心驚膽裂。蕩槳的首先落水，點篙的無路逃生。舡
尾旌旗不見，青紅交雜。柂樓劍戟難排，霜刀爭叉。副將
忙舉哀聲，主帥先尋死路。卻似驪山頂上，周幽王褒姒戲
諸侯。有若夏口三江，施妙策周郎破曹操。千千條火焰連
天起，萬萬道煙霞貼水飛。

公孫勝之祭風情節自與孔明祭風產生聯想，所謂「有若夏口三江，
施妙策周郎破曹操。」且對於風勢與火燒連環船之描寫，明顯利用
三國故事之人事符碼，於寫作及閱讀上，提供凝煉之歷史訊息與意
涵，相互映照。又如第 64 回介紹關勝，與三國關雲長相比附，其
文云：

古來豪傑稱三國，西蜀、東吳、魏之北。臥龍才智誰能如？
呂蒙英銳真奇特。中間虎將無人比，勇力超群獨關羽。蔡
陽斬首付一笑，芳聲千古傳青史。豈知世亂英雄亡，後代
賢良有孫子。梁山兵困北京危，萬姓荒荒如亂蟻。梁公請
救赴京師，玉殿絲綸傳睿旨。前軍後合狼虎威，左文右武
生光輝。中軍主將是關勝，昂昂志氣煙雲飛。黃金鎧甲寒
光迸，水銀盔展兜鍪重。面如重棗美鬚髯，錦征袍上蟠雙
鳳。襯衫淡染鵝兒黃，雀靴雕弓金鏃瑩。紫騮駿馬猛如龍，
玉勒錦鞍雙獸並。寶刀燦燦霜雪光，冠世英雄不可當。除
此威風真莫比，重生義勇武安王。
話說這篇古風，單道蒲東關勝，這人慣使口大刀，英雄蓋世，
義勇過人。當日辭了太師，統領著一萬五千人馬，分為三隊，
離了東京，望梁山泊來。

藉關雲長故事介紹關勝之出場，亦有面如重棗、美髯與寶刀之關羽意象，並強調關羽關勝之苗裔關係，二者義勇神力相互補襯。其後亦以〈西江月〉補充說明：

> 有西江月一首為證：
> 漢國功臣苗裔，三分良將玄孫。旌旗飄掛動天兵，金甲綠袍相稱。赤兔馬騰騰紫霧，青龍刀凜凜寒冰。蒲東郡內產英雄，義勇大刀關勝。

《水滸傳》作者對關勝之描繪，儼然是關羽重生，所謂赤兔馬、青龍刀等意象亦皆相同，毋需再做其他比附，則形象已鮮明。又如第110回言李逵與燕青聽說評話，「正說三國志」，並細述關雲長無懼刮骨療傷，談笑自若之傳說，其文曰：

> 李逵定要入去。燕青只得和他挨在人叢裡，聽的上面說評話。正說三國志。說到關雲長刮骨療毒：「當時有雲長左臂中箭，箭毒入骨，醫人華陀道：「若要此疾毒消，可立一銅柱，上置鐵環，將臂膊穿將過去，用索拴牢，割開皮肉，去骨三分，除卻箭毒。卻用油線縫攏，外用敷藥貼了，內用長托之劑。不過半月，可以平復如初。因此極難治療。」關公大笑道：「大丈夫死生不懼，何況隻手！不用銅柱鐵環，只此便割何妨。」隨即叫取盤，與客奕棋。伸起左臂，命華陀刮骨取毒，面不改色，對客談笑自若。」正說到這里，李逵在人叢中高叫道：「這箇正是好男子！」眾人失驚，都看李逵。燕青慌忙攔道：「李大哥，你怎地好村！勾欄瓦舍，如何使的大驚小怪這等叫！」李逵道：「說到這裏，不由人不喝采。」燕青拖了李逵便走。

李逵因讚賞評話所說關公之神勇，「這個正是好男子」的喝采驚嚇
眾人，引起燕青阻攔。於此水滸故事段落中，再次重述關雲長刮骨
故事，配合李逵與燕青之行動，生動顯現兩種文本之互動。

　　小說對各式文類與作品之引用並嘗試與讀者對話交流，反映明
顯的對話活動，此類現象是橫向的作者與讀者、縱向的文本與背景
重合的互文現象。[27]每一篇文本都聯繫其他若干文本，某種符號系
統被移至另一系統，且對這些文發揮複讀、強調、濃縮、轉移或深
化的作用。文本中各種聲音被並呈、對話，情節人物的表述與作者
表述進行對話，而讀者亦因閱讀而聽到這些對話，透過互文來理
解，且無論是文本人物的對話或作者讀者之對話，此類交流活動均
歷時空而成。

　　文本可以是前人的文學作品、文類範疇或整個文學遺產，也可
以是後人的文學作品，還可以泛指社會歷史文本。每一文本都是對
其它文本的吸收與轉化，相互參照，彼此牽連，形成一個潛力無
限的開放網路，以此構成文本過去、現下、將來等歷時空開放體
系和文學符號學的演變過程。

　　互文性不僅概括和凸顯了一種普遍存在、形態豐富的文學現
象，而且把文本之間的互涉和互動視為文學的構成本質，強調在文
際關係中發掘和解讀文學作品的意義，並對文際關係的建立模式和
運作機制進行了多角度的思考，相對於文學的再現觀和表現觀，文
學的互文觀是人們對文學認識的深化，也有助於重新審視最一般意
義上的寫作行為和閱讀行為。互文性也意味著文學範式本身的變
遷，因為此概念的根本意義，在於以多元且可逆的空間範式取代替

27　蒂費納・薩莫瓦約著，邵煒譯，《互文性研究》，（天津：天津人民出版社，
　　2003），頁4，轉引克里思特娃（Julia Kristeva），《符號學，語意分析研究》
　　（semeiotike, Recherches pour une semanalyse，Seuil 出版社，1969），pp145。

單一且不可逆的時間範式。以互為主體為中心，將文學的理解、闡釋、再創造的過程視為雙向的互動，形成了一種動態的文學史觀，使文學交流同文本研究相結合，從而推動了文學研究走向更為開闊的境界。[28]具體而言，就是文學作品與文學遺產、文學史、文類道統的關係，以及作品自身所攜帶的文學記憶和讀者的文學「閱」歷之間的關係。

於此一書寫現象中，作者除說明事件始末與特定意識期待外，亦可藉各類文字或文類之交雜運用，以發揮個人對於文學、學術、典籍乃至人世歷程之觀感與批判、不同時代文學之閱讀修正，尤其藉此抒發自我人生觀感或哲理、日常知識、文學素養或文化傳統等，賦予小說更多元之面向，其間的作者與讀者得以交流經驗，重組吸收文學文化傳統，對整體文史或生命環境有所整理與反省，此一對於客體經驗之關注與書寫，實有異於客觀敘述時，作者隱藏之習慣，藉由韻文等形式呈現與故事實際情節有所區隔分裂的層次。

第三節　價值意識之交流平台

在作者既定的價值詮釋下，小說情節除包含故事因素外，亦包含令此一故事形成實體結構之成因。而彼此之邏輯性即為核心，史傳與小說共同之處在於對時間之安排，且此類聯繫之所以存在乃因

---

[28] 閔雲童，〈文本的影響與對話——當代互文性理論的理論層次分析〉，（發布時間：2006-1-17）轉引自文化研究網（http://www.culstudies.com）。

種種普遍法則為依據。[29]小說中之文本時間絕非對故事時間之摹仿或重複，而恰是悖離與創造。於敘述活動中小說作者只有一途徑通向真實，即重新創造時間系統，以實現虛構中之真實。[30]作者內在理念與價值態度於創造虛構中得以顯現，藉歷史或小說之情節編織排序現象以展現其人特定懷抱感激。文本中的審美意象包含著理解評價、情感傾向等複合心理結構，作者以其建構的藝術世界寄寓自我情志，並引導讀者因此超越現實的文本，得以獲致情感之愉悅或昇華。[31]

（一）主觀情志之抒展空間

作者於文本中，將故事人物之生命歷程做為時間過程，意味著特殊的時間意識，在如此敘事中，敘述時間的推移由於只與故事人物命運相關，而成為主觀的敘述態度和評價方式。這種主觀化的以個人生命歷程為中心的時間意識，多少質疑客觀世界的邏輯性與合理性，因而脫離正統歷史敘事的意識型態，成為以個人命運為中心的敘事傳統。[32]亦因此於敘事文本中呈現作者主觀情志，作者於敘事任務之外亦得以有抒懷空間。

如此認知背景，《三國演義》以蜀漢為中心，藉由文本之鋪陳敘述，作者既與讀者溝通情節發展與人物遭遇之細節，而其間的命定或劫難觀點亦於鋪敘中或隱微或凸顯，從而與讀者分享此共通的

29　華萊士・馬丁（Wallace Martin）著，伍曉明譯，《當代敘事學》，（北京：北京大學出版社，1990），頁 238-239。

30　徐岱，《小說敘事學》（北京：中國社科院出版社，1992），頁 250。

31　韓進廉，〈小說意識的自覺〉，《中國小說美學史》，頁 121-122。

32　高小康，〈第三編　古典敘事中的世界圖景〉，《中國古代敘事觀念與意識型態》（北京：北京大學出版社，2005），頁 81-82。

人生對應理念，以尋求理解與認同。《三國演義》中劉關張三人與諸葛亮之命運為讀者所關注，而《水滸傳》明顯關注眾家好漢之個人生命歷程，全書為表現人物性格與命運之發展實現過程，而結局則皆顯現生命歷程的有限，與生命終結所隱含的悲劇色彩。

　　《三國演義》與《水滸傳》作者強調宇宙生息不已、起滅循環的規律與萬事萬物相通，是以故事中的人物面對無可深究的天數定運，甚或讀者於閱讀之際，皆無法有挽回之機。因為一切都是順其自然的。然而即使如此，在實際的故事敘述中，卻又顯現儒家的影響，即對道德是非的因果論述。此一分歧現象或可解釋為天數命定，乃作者主觀意識主導敘事整體結構，並藉開篇楔子、回目或情節之安排鋪述等加以呈現。實際敘事無法避免因果關係，且往往肯定人的行動與本身之意志與欲望有關，此亦影響故事情節與人物命運之進程。小說作者以儒道價值或宗教思惟重新敘述史傳人事，強調人物修習經歷之必然，且修行試練與自我完善亦正是對現實人事特定角度之詮釋。而仙凡不同時空的聯繫，以解釋人物命運與史事發展或建立情節架構，既呈現前因亦鋪敘後果，並強調整體人事之實踐過程。無論是面對分合規律或招安納降或頓悟出世，皆可視為對歷史人事變遷遇合之各類詮釋，且隱然導向將面對現實人生，以既有的智慧對具體的人事歷程與遭際加以折衷，並力求超越。

　　由於小說作者之寫作形式與意識往往主觀客觀相互融合，是以此類言談文字雖為引用形式，似僅為客觀之報導文字，然對話中實亦具有某種程度之論述性質，所呈現的自我反省或為文自娛等書寫特質，主要不離自我對話或與特定讀者對話等特質之表現，藉文字中對話形式呈現懷抱，如李贄〈雜說〉云：「胸中有如許無狀可怪之事，其喉間有如許欲吐而不敢吐之詞，其口頭又時時有許多欲語而莫可以所以告語之處，蓄積既久，勢不能遏。一旦見景生情，觸

目興嘆，駝他人酒杯，澆自己之壘塊，訴心中之不平，感數奇於千載。」[33]言個人思索反省之情感需要寄託於書寫，而其中的傳統感懷往往為家國興亡之關注或個人生命價值與定位，未必侷限於道德風教之範圍。

敘事活動的歷程，乃是作者依其認知角度加以某種擇取，針對相關人事素材吸收歸納，進而予以概化或抽象式思考，以個人之意向理念加以呈現，而此再現模式，無論內容或形式，均可視為屬於某種對傳統內涵之再詮釋。其間自我意識之凸顯與過往經驗之反省，由人生歷程與書寫過程中獲致實現。[34]《三國演義》與《水滸傳》作者將流傳已久的間斷或分別的素材轉化為一致的整體，此類書寫可說是「複寫」，也就是整理組織初始材料，聯繫成現有文本，其間不免有拼貼與註解、引用或評論。[35]而旁徵博引的詩詞或說法亦顯然承載蘊含相關的歷史或文學記憶，於特定文字或語彙中加以展現。藉由書寫獲致自娛自省，此與傳統教化之價值觀有所區別。言談之模擬除呈現書寫活動中虛構之必然外，書寫者亦有介入之可能，往往予以補充或評論，藉以尋求讀者之互動與認同。

---

[33]　李贄《焚書・雜說》（台北：漢京文化事業公司，1984），頁 97。

[34]　陶東風，《文體演變及其文化意味》（昆明：雲南人民出版社，1994），頁 95-96 引 C.D. Buffon："Discourse on Style"（載於 Babb 所編，Essays in Stylistic Analysis），以為題材或內容可以一代傳一代，有其相似性，然只有文體，即對於題材內容之處理組織方式為個人所特有，為其個人精神之展現，無法轉移，此說頗類曹丕〈典論論文〉所云「雖在父兄，不能以移子弟」。

[35]　蒂費納・薩莫瓦約著，邵煒譯，《互文性研究》，頁 24，轉引安東尼貢帕尼翁（Antoine Compagnon），《二手文本或引用工作》（La Seconde Main au le travail de la citation，（seuil 出版社，1979），pp56。

（二）歷時語境之領略互動

　　《三國演義》與《水滸傳》不僅凸顯說唱文學特殊形式之跡，亦於實際敘述及評價內涵上，呈現作者讀者間之期待，藉由互文的引用韻文或相關傳說，小說文本更趨多元立體，超越時空，出入歷史、文化或文學之歷時意涵，於某種語境中作者讀者相互交流，進行對話，於此，小說之形式與意義皆有所互動。

　　小說人物面對現實與理想之衝突而產生的感知反省，最終被統合成整體的境界，是以對人生經驗之無常與虛幻有了反省，並形成某種人生模式與規律，於此形成超越自我及當下的永恆。藉由文字文本為媒介，作者實顯現其懷抱與評價，既意識到實際人事與理想境界之落差與矛盾，且最終須面對歷史發展之現實，而不得不有所融合詮解，即使其間往往具有缺憾與悲感，卻是對於現實人世之治亂分合與人生遭遇的一項解釋與解答。

　　《三國演義》以倫理價值取向評述歷史進程，展現文人心靈之史詩化書寫，而《水滸傳》則是景觀化歷史，於有限歷史素材之上，注入理想而寫出英雄人物之歷史，於此，客觀歷史記憶成為某種風景，可以隨自我審美理想進行想像、塑造與捏合，隨著需要而加以剪裁編製。無論是歷史之史詩化或歷史之景觀化，其實都將客觀歷史轉變為宋元以來通俗文學中的文化消費品。其中作者說唱者與消費閱聽大眾構成一個特殊的文化景觀，於其間，彼此共享歷史之各層內涵。[36]

---

[36]　寧宗一，〈史裏尋詩到俗世嚼味：明代小說審美意識的演變〉，《天津師範大學學報（哲學社會科學版）》6（2001）：63。

　　因小說作者特定的書寫取向，強化小說文本為一述評與閱聽的世界，其中「述」非單純的敘述而是有一定意識，而閱聽過程中，讀者意識亦相互作用，相關學識哲理或現實經驗出入時空同時並呈，致使小說文本成為獨立時空，既抽離現實、超越情節結局之關注，亦同時融合現實，獲致看待當世或過往人事的不同角度。以小說文本為中介，則閱讀理解與故事文本間往往具有多重視野落差。小說為作者陳述自我之空間，得以超越實際內容之敘寫，另著墨於自我表現其見識與才情，而此亦符合其他文字書寫之內在特質。[37]無論實際目的為何，書寫本身即為一創作活動，因其間不免具有作者之主觀選擇與判斷。

　　而主體與主體之間的關係，互為主體之雙方「對立、對峙──對話、交流」，是雙方主動的、雙向的相互作用，而不僅僅是主客體的反映與被反映的關係。這種主體之間的交流，首先是一種共同參與，一種主體的分有、共享或一種共同創造。強調相互間的投射、籌劃，相互溶浸，同時又具有一種相互批評，相互否定，相互校正、調節的批判功能。在此二者基礎上，展開了主體間本位的廣闊天地，不斷達成主體間的意義生成。主體間性能夠清晰地展現其在語言和傳統的運作中所具有的歷史性。主體對語言先在結構的不同認可度，正反映出了不同主體對道統的不同歷史性選擇，從中也可見主體間性在文學沿革中產生的影響作用。而文本所形成之現象，正表現了語言以及道統對作者的當代影響；同時，文本之間的互涉關係和對話，其實就是更深層次的主體的對話。

37　如張岱〈陶庵夢憶‧序〉之「雞鳴枕上，夜氣方回，因想余生平，繁華靡麗，過眼皆空，五十年來，總成一夢；今當黍熟黃粱，車旅蟻穴，當作如何消受？」亦書寫人生變化之感懷。

　　敘事具有某種讀者意識，接受者還沒聽到故事，即有某種期待，並非期待具體故事內容，尤其歷史小說基本上已有結局，讀者所期待的，是故事之可能意義，一旦閱讀到作者敘事過程中所提特定人物態度或情節，即可能有相關人事結局之預感。此類潛藏於故事背後的共同意義模式，即是特定化環境中的敘事要素，亦是敘事意圖。[38]因各式歷時的文本介入，敘述的角度因而多元，形式亦因此多樣，使小說之寫作與閱讀得以出入時空，又因引用的文本往往含有大量特定的符號或典故，使文本深具多層次且濃厚的文化內涵，此融合故事文本主軸，使閱讀活動更趨深刻多元，其間得以與作者共享小說中的褒貶史識、哲理體認或人生共感。

　　於此，作者展現人生信念、道統價值，與讀者分享或予以引導。歷史傳統中的道德意識與文學敘述等主觀價值，於小說中加以融合，作者以特有道德理想對歷史人事進行同情與解釋，並對人物不得不之人生選擇與命運進程表達肯定或慨嘆，進而化為現實與人生之可能解答與抒情。

　　藉由小說書寫，作者完成某種意義之自我敘述，藉文字書寫以實現抒懷與獲致讀者認同之目的。小說以韻文建立超越故事情節的平面空間，得以於其間展現各種層次之敘述或見識，於小說的敘事特質外，以彌補抒情層面之不足。人之苦悶植根於人性之中，由人內在生命力所引發的本質苦悶，藉由創作以求抒解與自由。[39]於此，小說可視為作者個人生命形式之藝術化現象，作者書寫為一自我實現與創造，其間對於相關作品之評價或要求，實亦作者之自我期許

---

[38]　高小康，〈第一編　中國傳統敘事意識的演變〉，《中國古代敘事觀念與意識型態》，頁 8-9。

[39]　陶東風，《中國古代心理美學六論》，頁 222。

與評價。[40]另一方面，藉由文字之書寫與鋪陳，其間實具有彼此主體間互動之特質，此類文字中之言談特徵與讀者有所交流互動，甚而有後世讀者之預期。[41]顯示書寫之必要，為他人或為己，教化大眾或藉以抒懷，除了客觀敘述與情節安排，作者情感亦得以沉澱或評價，此一情感需要藉由讀者之交流更形具體與深遠。

---

[40] 就傳達與接受層次而言，歷代書寫者自有讀者之預期與期許，然以文化傳統之影響層次而言，其人實亦為一讀者立場，相關表現亦不離傳統價值之影響或沿續，即書寫者與讀者實具彼此互動與交換之可能。以古典小說作者言，其人於創作書寫之際，對於當世人事或自我處境等必有特定感受與書寫動機，而於構思乃至實際從事之過程中，不僅對於書寫形式之取捨調整，其間亦多意識自我之定位與發現，而此類自覺或擇取，實植基於其人所處之時代與前此之相關傳統而來。

[41] 簡政珍，《語言與文學空間》（台北漢光文化，1989），頁58-59，語言文字為人存在之痕跡，有人就有意識，而意識往往須對外投射，而不免有所溝通，然最終境界之溝通往往為沉默，而全然之沉默亦無法有效溝通，是以文學語言中不免充滿空隙，提供各式讀者不同之閱讀取向與思考，至此作品並非為特定讀者所作，具有特定藝術與書寫特徵之書寫文字，其面對的，往往是沉默的時空，而非一時群眾。

結 論

　　本書以作者角度檢視《三國演義》與《水滸傳》之文本，以海登懷特調作者意識型態之影響的後現代歷史敘事學理論為思考基礎，分析作者敘述意識與虛構表現，對於史料予以重組增飾、其間文化價值異同與對話，對歷史人事之詮釋，闡發歷史關懷或人生哲理等面向，以見小說除交代情節之敘事效果外，亦為文人藉以抒懷之平台，且據小說作者對相關史實之某種特定詮解模式，亦見小說藝術性與作者內在思想，此實亦超越敘事文類之基本特質，具有分享與互動之抒情功能，敘事與抒情文類特質亦因此相互融通。

　　史傳與小說共同之處在於對時間之安排，為理解故事中所發生的內容或過程，讀者須將各式大小前後事件予以聯繫，因作者未必以事件發生之順序加以展現，且此類聯繫之所以存在，乃依據種種普遍法則。[1]小說中之文本時間並非僅是對故事時間之摹仿或重複，也是作者對所述文本保持審視距離的理解所得。於敘述活動中，小說作者重新創造時間系統，說明其間因果關係，以實現虛構中之真實。[2]以作者書寫態度而言，歷史小說與正統史籍之區別不僅僅是「虛」與「實」的比例關係，而是於事件處理與審視角度上

---

[1]　華萊士・馬丁，伍曉明譯，《當代敘事學》，（北京：北京大學出版社，1990），頁 238-239。

[2]　徐岱，《小說敘事學》（北京：中國社科院出版社，1992），頁 250。

有所不同，歷史小說往往對正史之敘事片段加以獨立或賦予特定解釋模式，透過說話人或小說作者特有的因果循環解釋之模式，故事的歷史過程由原有的歷史語境中被抽離出來，成為一獨立時空架構，因此，無論文學敘事之內容如何真實或忠於史實，基本上都不是由歷史事實所延續，而是與歷史及現實世界相融合之具體展現。羅貫中與施耐庵之「重寫」相關史事，不是對於史料之重新編排組合，而是脫離既有歷史人事之語境，其間有取有捨，有省略有集中，所依據原則即是作者之歷史思考與價值判斷。於文本敘事中另行設計一個獨立完整之時空結構，賦予特有之藝術想像。

　　《三國演義》與《水滸傳》之基本架構實為天命與人事之互動，於歷史循環觀念中滲入天理天數，既強調人為努力，又深化非人力所能挽回之神秘感，其中融合儒家與宗教之價值意識，而宗教因素中，道教色彩顯然大於佛教氣息，此類道教內涵又包含民間既有傳說或信念，儒家天人理念與民間信仰加以融合，形成一種肯定人事修身，卻又不免訴諸宿命經歷之詮釋模式。所謂天人合一與天命符應等文化心理，亦影響小說的藝術策略與審美特徵。具體表現如情節發展序列與人物彼此分合之因果關係，甚至規範小說人物之生命模式，為整體故事之所發生的解釋雛型。

　　天人合一思想多與道德倫理互涉對應，《三國演義》在具體人事互動上強調彼此感通相互聯結，而在情節佈局上尋求中和圓融的審美思想。《水滸傳》中的「天數」既是災難的解釋，亦藉此以為好漢替天行道的基本因素，呼應全書植基於天意之架構，眾好漢既是上天星宿，自當秉承天意而聚義，其人行為因此具有合理性，而之後的毀滅，亦是在劫難逃，實為必經之歷練過程。[3]天人既合一

3　王潪巾，〈略論《水滸傳》與道教〉，《嘉應大學學報（（哲學社會科學））》

卻又有衝突對抗，且須經歷其間不斷的考驗挑戰，方有其後人格成
就之可能。

　　小說以普遍道德精神及人物倫理價值為批判角度，構成審視歷
史之立場，即不以成敗論英雄、不以定局看歷史，所關注的是權力
的文化合理性與合法性，對歷史是闡釋而非注釋。[4]面對史實時，
以個人主觀願望理想，藉由文本之特定書寫，反映人類發展歷史中
所具有的根本矛盾，倫理與道德之悖反，正視現實缺憾後所做的思
考與精神。[5]對既定歷史局面之批判，所追求的是一種實質的合理
性或合道性，勝敗局勢固有天命此一非理性因素所支配，不因人之
意志或價值理性而轉移，所以，當實際政治局勢轉變，與傳統儒家
聖而王的理想模式相互違背時，就僅能歸結天命之解釋，且不免存
有反省或感嘆。[6]顯見作者對抉擇之認識，並呈現其間之價值與矛盾。

　　總之，小說中的天數人力，官匪對立，人情糾葛與生命抉擇之
矛盾，皆屬天數難逃、天命不可逆之思想範圍內。不斷的命數與理
想衝突、官匪交戰或忠義態度異同等，有關社會責任與個人修身等
價值歧異與爭執，均是在一致的道德倫理判斷之前提下，往復擺
盪，及至終趨平衡。[7]實為人生模式之概括，亦為歷劫之具體過程，
作者亦藉此展現其創作之意圖。

19.5（2001.10）：63。

[4]　馮文樓，〈倫理架構與批判立場：《三國演義》敘事話語的辨識與闡釋〉，《陝
西師範大學學報（哲版）》28.3（1999.9）：132。

[5]　李雙華，〈論《三國演義》中的歷史主義〉，《江西社會科學》6（2002）：
44。

[6]　馮文樓，〈倫理架構與批判立場：《三國演義》敘事話語的辨識與闡釋〉，《陝
西師範大學學報（哲社版）》28.3（1999.9）：134。

[7]　蒲安迪，〈第五章　奇書文體中的寓意問題〉，《中國敘事學》（北京：北京
大學出版社，1996），頁 158-166。

　　小說作者意識實即文人意識與價值精神之展現，即使歷史小說亦顯現此一面向，而非單純敘述史事過程。因小說作者意識的明顯介入，小說亦因此超越事件記述或情節層次，而有意見交流與引導的另一面向。即使通俗文學，其中的文人身份亦明顯，也是價值認同建立與維護的力量。《三國演義》與《水滸傳》中作者所鋪陳的文化差異與競爭互動，呈現的邊緣性格及價值對話，在在顯示敘述意識與價值取捨。此類爭辯既有文人之間的價值對話，亦有士庶文化之互動引導，相較於庶民的未具負擔文化道德之期待，士大夫階級則是存有維持社會文化與道義之使命。

　　傳統文學向來對政治多所關注，此實受儒教價值影響所致，以為人是社會一部份，需與他人之調和，另一方面亦崇尚權變，　應時取捨，維持不偏不倚，為最高之價值，乃文人生命意義之所在，詩與散文如此，小說亦然，文本中屢見此類意見紛陳與辯論場面，《三國演義》及《水滸傳》中的特殊人物如張飛與李逵、魯智深等，則是庶民式的代表。此類庶民式的莽夫勇夫大致出現於宋元以後的小說，其人言語直率粗俗，未有太多思索謀略，而是以行動為主，甚至是暴力相向，此類行為言語自是不同於文人的禮節自制傳統，張飛、李逵等言行表現另一種價值觀，他們對於文人的生活模式與價值觀並不理解，或不認同，其中包含對君臣忠義概念之質疑，此類安排於小說中可視為是一種多音對話，甚至是某種逆反衝撞。

　　值得注意的是，庶民式的故事人物多不被信任、令人畏懼、遭受嘲笑排斥等，且此類人物身邊往往伴隨著指導者，如劉備之於張飛；宋江之於李逵，這類指導者適時地修正張李二人之脫逸軌範的言行，確保行動或事業之正當合法性，亦確保個人與團體在道德上的無失，同時，庶民式豪傑也因領導者之賞識指導，言行因而變得

有意義，本身似不具主體性，是以文本中的士庶價值對話，其實是定於一尊，而非平等對話互動。至少作者態度已有一定價值判斷。

　　通俗白話小說形成的宋元時代，思想相對多元，另一方面又因小說作者多為下層文人的身份，其人介於士人文官與平民百姓間，固然理解同情百姓之思考模式，但仍不失以儒教道德價值為歸向，顯示小說作者面對故事，甚至是具有某種程度史實的故事，亦有個人認知評斷。是以於情節之取捨中，雖已有一定道德意識，卻也於文本中刻意脫離此類取向，而加入庶民的思考加以對照競逐，士庶文化有所交融，但終歸於一致，未有歧出。此類主觀表現意識超越原原本本寫史事的層次，而是凸顯作者特定價值意向。莽夫勇夫之庶民人物始終無法成為情節主軸，文本仍是文人的發言平台，尤其《三國演義》於內容題材及述說的語境，更較《水滸傳》具有文人氣息，可見即使是通俗文學的文本，也不免呈現文化生態高下差異，雖有多音複調的暫時出現，最後卻是定於一尊，強調既有道德的不可挑戰，回歸並強化既有規範，此間當然是文人信念予以引導或宣導。

　　文人氣息另表現於小說中的抒情段落，即使是正統經史之書寫，於記述過去事件時，作者對於事實與想像未必有嚴密區別，故強調真實之史書中，亦得見不可思議之事件或傳說。至唐傳奇對詩筆的重視，於作品加入詩歌，固然有時代因素，但卻因此形成傳奇小說的特殊性，且運用想像力塑造情境，渲染氛圍，其實也是抒情的展現，通俗小說之發展未必直接與唐傳奇等文言小說相關，然對於小說書寫之典範或功能，乃至內在價值精神，亦多與史傳相比擬，事實上，通俗小說除具有傳統書寫觀點外，亦不免重視事件陳述及情節鋪陳等通俗傾向，強化一般世俗喜聞樂道之形式特徵，作者可超越原有的敘事任務，發揮自我人生或學養見識等才情，既求

展現亦期知音。其間具有小說作者對於所書寫之歷史人事的相關評價態度，於此，小說不僅是單純重述史實，而是發揮虛構想像及論述之多重功能，提供小說文本各種層次之內涵。

　　除抒情特徵外，亦得見小說作者收容各式文類與多元風格，主要是藉韻文輔助敘事功能，大致上，韻文具有描繪或論述等功能，且因文類特性，可獨立敘事進程，另立故事空間，濃縮強化某一氛圍事件或意見，於故事敘述中形成聚焦、延宕或省略等效果。小說交雜韻文，可使文本之敘事功能多元富於變化，或刻劃場面或抒懷評論，亦得以抽離情節敘述，客觀化所述人事加以評價，進行某種陳述並期讀者交流，至少形式上是呈現明顯的說與聽之現象。無論是故事人物或作者之心志，皆因韻文之加入，使文本於敘事層面外另蘊含抒情內涵，其間的閱聽距離與歷時交流，形成小說之多重層次與豐富內在。

　　由此以觀，小說文本運用詩詞等文類，使情節之發展更有相關情境烘托，或因作者之刻意說明描繪，而使相關景物或人物面貌更形具體，於此，讀者不僅是閱讀事件原委，亦介入作者的詠嘆評價。而特定情景事物之描繪，使敘述話語出入參差，至此，文本不僅是故事的載體，而是反映各式價值或觀點，同時也傳達相關意見或詮解的媒介。小說累積生活經驗與文化知識，熟悉各種生活與事物，才能在敷演人物故事時「世間窮事，歷歷從頭說細微」，而小說本即是眾體皆備的文類，作者於其間的學識準備勢必豐富廣泛。[8]

　　小說對各式文類與作品之引用，並嘗試與讀者對話交流，是展現橫向的作者與讀者、縱向的文本與背景重合的互文現象。一篇文

8　韓進廉，〈二、小說意識的自覺〉，《中國小說美學史》（保定：河北大學出版社，2004），頁 84。

本是其他詞語或文本的再現，彼此可並呈對話與相互引伸。由於文本都是吸收和轉換了別的文本，每一篇文本都與其他文本有所關聯，某種符號系統被移至另一系統，且對這些文類發揮複讀、強調、濃縮、轉移或深化的作用。文本中各種聲音被並置、對話，情節人物的表述與作者表述進行對話，而讀者亦因閱讀而聽到這些對話，透過互文來理解，且無論是文本人物的對話或作者讀者之對話，此類交流活動均歷時空而成立。

　　傳統文化之建構與傳承實為士人任務，其人處於君與民之間，得以分別由君或民之不同立場進行文化建構之言說。當文人階層介入通俗小說之寫作，即不免有士庶價值之混合相融。是以，於既有史傳文學之認知基礎上，因通俗文藝形式、民間世俗價值之介入，所謂的典籍或歷史仍不免被消解以及重構，藉敘述故事、評價人事，而於此文本中溝通道德倫理乃至人生意義與價值詮釋，小說文本成為審視的客體與詮釋的憑藉。

　　書寫過程與具體文本實皆可視為某種形式的言談交流，小說作者一如正統典籍之作者，對後世讀者亦存有期待，尤有交流對話之明顯預期，以期文本內容或功能價值有相互理解共鳴的可能，並藉由語言文字之表達，能於讀者產生特定效果或影響，此類書寫活動得以展現自我思索或關注，得以藉由文字與自我乃至閱讀大眾建立認知溝通與交流，此乃生活情態與個人價值觀之展現與對話，既有意呈現，則顯然有其自信與獨立之價值判斷，書寫本身即為一傳訊過程，無論是藉作品以待後世知音或期裨益大眾，皆須有讀者存在之前提，個人之書寫目的方獲致完成，方有意義。[9]至此，作品意

---

[9]　如周英雄，《小說、歷史、心理、人物》（台北：東大圖書公司，1989）以為，資訊之轉移主要可分為兩大類，一為認知或外延意義，一為聯想或內在意義，從語用學觀點言，任何之發聲成文或表達實皆呈現作者某種價值

義不在於作品呈現之內容，而在於作品藉語言形式所做的各種表現或反省，如自我抒情或勸善等目的。同時亦力求能於作品中凸顯意義，是以所謂作品意義之複雜曖昧，結構中亦不免有所空白，而此類空白，往往可由敘述者、人物、情節與讀者不同觀點交織而成，讀者於此亦參與其中。[10]

　　藉由文本之鋪陳敘述，作者與讀者基於同樣的歷史文化與文學情境，在文本的引用拼湊等形式中，彼此既溝通情節發展與人物遭遇之細節，而其間的命定劫難觀點亦於鋪敘中或隱微或凸顯，從而與讀者分享此共通的人生對應理念，以尋求理解與認同。因小說作者特定的書寫取向，塑造小說文本為一述評與閱聽的世界，其中「述」非單純的敘述，而是有一定意識，而閱聽過程中，讀者意識亦相互作用，相關學識哲理或現實經驗出入時空同時並呈，致使小說文本成為獨立時空，既抽離現實、超越情節結局之關注，亦同時融合現實，獲致看待當世或過往人事的不同解答。小說此一文類特徵，正顯現此敘事文特超越敘事的侷限，展現包容萬象的多元風貌與意涵，此應是古典小說值得研究的面向。

觀與判斷，亦從中顯現其人之意識，藉由語言之形式，希冀接受者能予以認同或因而改善。（頁 6-7）

10　參見 Patricia Waugh，錢競、劉雁濱譯，《後設小說：自我意識小說的理論與實踐》，（台北：駱駝出版社，1995），頁 116，及周英雄，《小說、歷史、心理、人物》，頁 25。

參考書目

一、小說文本

《三國志平話》，台北：文化圖書公司，1987。

《大宋宣和遺事》，台北：河洛圖書公司，1978。

《全相平話武王伐紂書》、《全相平話樂毅圖齊七國春秋集》、《全相秦併六國平話》、《全相平話前漢書續集》、《全相平話三國志》，台北：國立中央圖書館，1971。

《三國演義》（羅貫中，毛宗崗批，金聖嘆鑑定），台北：老古文化事業公司，1985。

《三國志通俗演義》（明弘治本），台北：新文豐出版公司，1979。

《水滸傳校注》（李氏藏書《忠義水滸全書》百二十回本），台北：里仁書局，1994。

《水滸傳》（金聖嘆批點，七十回貫華堂本），台北：桂冠圖書公司，1989。

《水滸傳新校注本》（李贄序、批點，施耐庵集傳，羅貫中纂脩百回本），江蘇：江蘇古籍出版社，1989。

二、批評專書

蒲安迪（Andrew H. Plaks），《中國敘事學》，北京：北京大學出版社，1996。

羅蘭巴特（Roland Barthes）著，董學文、王葵譯，《符號學美學》（*Element of Semiology*），台北：商鼎文化出版社，1992。

D.C.霍伊著，陳玉蓉譯，《批評的循環》，台北：南方出版社，1988。

海登懷特（Hayden White）著，陳永國、張萬娟譯，《後現代歷史敘事學》，北京：中國社會科學出版社，2003。

華萊士・馬丁（Wallace Martin），伍曉明譯，《當代敘事學》，北京：北京大學出版社，1990。

Patricia Waugh 著，錢競、劉雁濱譯，《後設小說：自我意識小說的理論與實踐》，台北：駱駝出版社，1995。

W.C.布斯著，華明、胡蘇曉、周憲譯，《小說修辭學》，北京：北京大學出版社，1987。

丁錫根，《歷代小說序跋集》，北京：人民文學出版社，1996。

小川環樹，《中國小說史の研究》，東京：岩波書店，1968。

王　平，《中國古代小說敘事研究》，石家莊：河北人民出版社，2001。

申　丹，《敘述學與小說文體學研究》，北京：北京大學出版社，2004三版。

朱一玄、劉毓忱編，《三國演義資料彙編》，天津：南開大學出版社，2003。

朱一玄、劉毓忱編，《水滸傳資料彙編》，天津：南開大學出版社，2003。

竹田晃，《中国小说史入門》，東京：岩波書店，2002。

吳士餘，《中國小說思維的文化機制》，上海：華東師範大學，1990。

李　晶，《歷史與文本的超越》，上海：上海社會科學出版社，1992。

李春青，《在文本與歷史之間：中國古代詩學意義生成模式》，北京：北京大學出版社，2005。

李　贄《焚書・雜說》，台北：漢京文化事業公司，1984。

杜貴晨，《傳統文化與古典小說》，保定：河北大學出版社，2001。

周英雄，《小說、歷史、心理、人物》，台北：東大圖書公司，1989。

周啟志、羊列容、謝昕，《中國通俗小說理論綱要》，台北：文津出版社，1992。

周　憲，《超越文學：文學的文化哲學思考》，上海：上海三聯書店，1997。

林　崗，《明清之際小說評點學之研究》，北京：北京大學出版社，1999。

徐　岱，《小說敘事學》，北京：中國社科院出版社，1992。

徐　岱，《小說型態學》，杭州：杭州大學出版社，1992。

胡尹強：《小說藝術：品性和歷史》，上海：上海文藝出版社，1993。

胡經之、王岳川編,《文藝學美學方法論》,北京:北京大學出版社,
　　1994。

馬振方,《小說藝術論稿》,北京:北京大學出版社,1991。

高小康,《中國古代敘事觀念與意識型態》,北京:北京大學出版社,
　　2005。

孫　遜,《中國古代小說與宗教》,上海:復旦大學出版社,2003 三版。

淡江大學中國文學研究所主編,《文學與美學》,台北:文史哲出版社,
　　1991。

梁一儒、盧曉輝、宮承波著,《中國人審美心理研究》,濟南:山東人
　　民出版社,2002。

陳文新,《道統小說與小說道統》,武昌:武漢大學出版社,2005。

陳文新、魯小俊、王同舟,《明清章回小說流派研究》,武昌:武漢大
　　學出版社,2003。

陳平原,《中國小說敘事模式的轉變》,台北:久大文化出版公司,1990。

陳平原,《小說史:理論與實踐》,北京:北京大學出版社,1993。

陳　洪,《中國古代小說藝術論發微》,天津:南開大學出版社 1987。

陳謙豫,《中國小說理論批評史》,上海:華東師範大學出版社,1989。

陳　晉,《文學的批評世界》,上海:上海文藝出版社,1989。

莎日娜,《明清之際章回小說研究》,北京:北京師範大學出版社,2004。

陶東風,《中國古代心理美學六論》,天津:百花文藝出版社,1999。

陶東風,《文體演變及其文化意味》,昆明:雲南人民出版社,1994。

傅修延,《文本學:文本主義文論系統研究》,北京:北京大學出版社,
　　2004。

馮文樓,《四大奇書的文本文化學闡釋》,北京:中國社會科學出版社,
　　2003。

董乃斌:《中國古典小說的文體獨立》,北京:中國社會科學出版社,
　　1994。

楊大春,《文本的世界》,北京:中國社科院出版社,1998。

熊　篤、段庸生,《三國演義與傳統文化溯源》,重慶:重慶出版社,
　　2002。

蒂費納・薩莫瓦約著,邵煒譯,《互文性研究》,天津:天津人民出版
　　社,2003。

葉太平,《中國文學的精神世界》,台北:正中書局,1994。

樂蘅軍，《意志與命運——中國古典小說世界觀綜論》，臺北：大安出版社，1992。

魯　迅，《魯迅小說史論文集》，台北：里仁書局，1992。

魯德才，《古代白話小說型態發展史論》，天津：南開大學出版社，2002。

錢鐘書，《管錐篇》，北京：中華書局，1979。

劉　康，《對話的喧聲：巴赫金的文化轉型理論》，北京：中國人民大學出版社，1995。

蕭　馳，《中國抒情傳統》，台北：允晨文化實業公司，1999。

韓進廉，《中國小說美學史》，保定：河北大學出版社，2004。

簡政珍，《語言與文學空間》，台北：漢光文化，1989。

謝桃坊，《中國市民文學史》，成都：四川民眾出版社，1997。

羅　鋼，《敘事學導論》，昆明：雲南人民出版社，1994。

譚　帆，《中國小說評點研究》，上海：華東師範大學出版社，2001。

譚君強，《敘事理論與審美文化》，北京：中國社會科學院，2002。

龔鵬程，《中國小說史論》，台北：學生書局，2003。

三、單篇論文

Kristeva (1986). "Word, dialogue and novel," In T.Moi (ed.)*The Kristeva Reader.* (Oxford: Basil Blackwell), pp.23-33。

丁一清，〈論《水滸傳》的成書類型〉，《西北民族大學學報（哲學社會科學版）》2（2005）：109-112。

于德山，〈中國古代小說「語——圖」互文現象及其敘事功能〉，《明清小說研究》3（2003）：15-25。

王國健，〈晚明浪漫文學思潮與小說虛實理論〉，《文學評論》5（2001）：136-140。

王富鵬，〈論《水滸傳》作者思想的矛盾性〉，《韶關學院學報（社科版）》22.5（2001.5）：1-7。

王瀘巾，〈略論《水滸傳》與道教〉，《嘉應大學學報（（哲學社會科學））》19.5（2001.10）：62-65。

成雲雷、呂前昌〈儒家文化對《水滸傳》價值觀的雙重影響〉，《石油大學學報（社科版）》17.3（2001.6）：33-36。

朱　非,〈《三國演義》:典籍文化的消解與重構〉,《漢中師範學院學報》1（1997）:72-74。

朱成祥,〈論儒釋道對《水滸傳》人格模式的影響〉,《濟寧師範專科學校學報》24.4（2003.8）:33-37。

宋先梅,〈《三國演義》與士人文化心態〉,《中華文化論壇》2（2005）:65-69。

宋鳳娣、呂明濤,〈《三國演義》毛評中的歷史小說虛實論評議〉,《泰山學院學報》25.2（2003）:68-73。

李　平、程春萍,〈談《三國演義》的悲劇性及作者創作思想的對立統一〉,《齊齊哈爾師範學院學報》3（1997）:67-69。

李　維,〈先兆預測:《水滸傳》的神秘文化〉,《瀋陽師範學院學報（社科版）》26.5（2002.5）:30-32。

李　涓,〈論《三國演義》中的空幻意識〉,《雲南民族學院學報（哲社版）》19.2（2002.3）:96-99。

李　維、楊冬梅,〈「江湖」與「廟堂」的融合滲透與排斥〉,《欽州師範高等專科學校學報》18.1（2003.3）:44-46。

李春青,〈《水滸傳》的文本結構與文化意蘊〉,《齊魯學刊》4（2001）:23-29。

李時人,〈《三國演義》:史詩性質和社會精神現象〉,《求是學刊》29.4（2002.7）:90-96。

李福清（B.Riftin）,〈三國故事與民間敘事詩〉,《李福清論中國古典小說》,台北:洪葉文化事業有限公司,1997,頁3-62。

李福清（B.Riftin）,〈《三國志平話》情節結構和行為型式研究〉,《李福清論中國古典小說》,台北:洪葉文化事業有限公司,1997,頁63-76。

李福清（B.Riftin）,〈《三國演義》的文體問題〉,《李福清論中國古典小說》,台北:洪葉文化事業有限公司,1997,頁77-104。

李雙華,〈論《三國演義》中的歷史主義〉,《江西社會科學》6（2002）:42-45。

李豐楙,〈出身與修行:明代小說謫凡敘事模式的形成及其宗教意識〉,彰化師大《國文學誌》7（2003）:85-114。

李艷蕾,〈《三國演義》天命空間敘事〉,《山東科技大學學報（社會科學版）》7.1（2005.3）:86-89。

余樹聲，〈論水滸傳的悲劇意義〉，《齊魯學刊》3（1999）：27-33。

邢東田，〈《水滸傳》讖言初探〉，《世界宗教研究》3（1999）：125-133。

林慶新，〈歷史敘事與修辭──論海登・懷特的話語轉義學〉，《國外文學》4（2003）：3-10。

吳子林，〈明清之際小說經典化的文化空間〉，《文藝理論研究》3（2006）：64-74。

邱　強、胡吉省，〈史詩精神與《三國演義》《水滸傳》〉，《台州學院學報》26.2（2004.4）：17-20。

徐朔方，〈《三國演義》的成書〉，《中國書目季刊》28.1（1994）：3-20。

徐朔方，〈從宋江起義到《水滸傳》成書〉，《徐朔方集》，杭州：浙江古籍出版社，1993，第一卷，頁 589-611。

徐朔方，〈關於張鳳翼和天都外臣的《水滸傳序》〉，《徐朔方集》，杭州：浙江古籍出版社，1993，第一卷，頁 614-620。

姚正武，〈論《三國演義》的人文意識〉，《中國文學研究》1（2000）：65-70。

張火慶，〈從自我的抒解到人間的關懷〉，《中國文化新論、文學篇、意象的流變》，上海：三聯書店，1992，頁 497。

張國光，〈《三國演義》：文學與歷史的辯證統一〉，《湖北大學學報（社科版）》2（1997）：16-21。

盛志梅，〈論道教文化在《水滸傳》成書過程的作用與表現〉，《華東師範大學學報（哲學社會科學版）》33.2（2002.5）：42-48。

陳彥廷，〈文化格局上的守衡態勢：對《水滸》宗教「泛泛論」的重新解讀與詮釋〉，《浙江師範大學學報（社會科學版）》1（2003）：6-9。

陳德新、李維，〈論《水滸傳》中的天人合一觀〉，《欽州師範高等專科學校學報》15.2（2000.6）：29-30。

傅正玲，〈從水滸傳七十回本及一百二十回本探究兩種悲劇類型〉，《漢學研究》18.1（2000）：237-253。

馮文樓，〈倫理架構與批判立場：《三國演義》敘事話語的辨識與闡釋〉，《陝西師範大學學報（哲學社會科學版）》28.3（1999）：128-135。

馮文樓〈《水滸傳》：一個文化整合的悲劇〉，《陝西師範大學學報（哲學社會科學版）》26.3（1997.9）：99-105。

馮文樓〈招安：一個文化整合的悲劇〉，《社會科學戰線・文藝學研究》4（1997）：136-142。

楊　義，〈《三國演義》敘事的典式化(上)〉，《海南師範學院學報》7.23，
　　（1994）：29-33。

楊　義，〈《三國演義》敘事的典式化(下)〉，《海南師範學院學報》7.24，
　　（1994）：40-44。

趙治余，〈悲劇性敘事角的立場選擇：《三國演義》寫作思路分析〉，《黔
　　東南民族師範高等專科學校學報》22.4（2004）：45-47。

寧宗一，〈史裏尋詩到俗世嚼味：明代小說審美意識的演變〉，《天津師
　　範大學學報（社科版）》159（2001.6）：50-66。

劉省平、吳小美、丁可，〈歷史的悲劇、悲劇的歷史：論《水滸傳》的
　　內涵〉，《中國文化研究》1（2001）：105-106。

談藝超、黃文超，〈儒者之夢，儒道之歌〉，《南寧師範高等專科學校學
　　報》，22.2（2005）：20-22。

劉志軍，〈論神秘色彩在《三國演義》中的藝術價值〉，《湖北大學學報
　　（哲學社會科學版）》2（1996）：84-89。

劉廷乾，〈《三國演義》與《水滸傳》中「義」的比較〉，《臨沂師範學
　　院學報》23.1（2001）：67-70。

鄧承奇，〈論《三國演義》中詩詞的審美作用〉，《棗莊師範專科學校學
　　報》21.5（2004.10）：20-24。

戴承元，〈試論《三國演義》在天命和人事之間的兩難抉擇〉，《西安電
　　子科技大學學報（社科版）》10.3（2000.9）：88-91。

韓　曉、魏　明，〈論「天人合一」對《三國演義》敘事系統的影響〉，
　　《湖北大學學報（哲社版）》31.3（2004.5）：330-331。

羅　婷，〈論克里斯多娃的互文性理論〉，《國外文學》4（2001）：9-14。

國家圖書館出版品預行編目

章回小說的歷史書寫與想像：以三國演義與水滸傳的
敘事為例 / 許麗芳著. -- 一版. --
臺北市：秀威資訊科技, 2007[民 96]
　面；　公分. -- (語言文學類；AG0056)

參考書目：面
ISBN 978-986-6909-34-4(平裝)

1. 中國小說 – 歷史 – 明(1368-1644)　2. 章回小
說 – 評論

820.9706　　　　　　　　　　96000734

　語言文學類　AG0056

章回小說的歷史書寫與想像：
以三國演義與水滸傳的敘事為例

作　　者 / 許麗芳
發 行 人 / 宋政坤
執行編輯 / 詹靚秋
圖文排版 / 陳穎如
封面設計 / 林世峰
數位轉譯 / 徐真玉　沈裕閔
圖書銷售 / 林怡君
網路服務 / 徐國晉
出版印製 / 秀威資訊科技股份有限公司
　　　　　台北市內湖區瑞光路 583 巷 25 號 1 樓
　　　　　電話：02-2657-9211　　傳真：02-2657-9106
　　　　　E-mail：service@showwe.com.tw
經 銷 商 / 紅螞蟻圖書有限公司
　　　　　台北市內湖區舊宗路二段 121 巷 28、32 號 4 樓
　　　　　電話：02-2795-3656　　傳真：02-2795-4100
　　　　　http://www.e-redant.com

2007 年 1 月 BOD 一版
定價：270 元

讀 者 回 函 卡

感謝您購買本書，為提升服務品質，煩請填寫以下問卷，收到您的寶貴意見後，我們會仔細收藏記錄並回贈紀念品，謝謝！

1.您購買的書名：＿＿＿＿＿＿＿＿＿＿＿＿＿＿＿＿

2.您從何得知本書的消息？

　　□網路書店　□部落格　□資料庫搜尋　□書訊　□電子報　□書店

　　□平面媒體　□ 朋友推薦　□網站推薦　□其他＿＿＿＿＿＿

3.您對本書的評價：(請填代號　1.非常滿意 2.滿意 3.尚可 4.再改進)

　　封面設計＿＿＿　版面編排＿＿＿　內容＿＿＿　文/譯筆＿＿＿　價格＿＿＿

4.讀完書後您覺得：

　　□很有收獲　□有收獲　□收獲不多　□沒收獲

5.您會推薦本書給朋友嗎？

　　□會　□不會，為什麼？＿＿＿＿＿＿＿＿＿＿＿＿＿＿＿＿

6.其他寶貴的意見：＿＿＿＿＿＿＿＿＿＿＿＿＿＿＿＿＿

＿＿＿＿＿＿＿＿＿＿＿＿＿＿＿＿＿＿＿＿＿＿＿＿＿＿

＿＿＿＿＿＿＿＿＿＿＿＿＿＿＿＿＿＿＿＿＿＿＿＿＿＿

＿＿＿＿＿＿＿＿＿＿＿＿＿＿＿＿＿＿＿＿＿＿＿＿＿＿

讀者基本資料

姓名：＿＿＿＿＿＿＿＿＿　年齡：＿＿＿＿　性別：□女 □男

聯絡電話：＿＿＿＿＿＿＿＿　E-mail：＿＿＿＿＿＿＿＿＿

地址：＿＿＿＿＿＿＿＿＿＿＿＿＿＿＿＿＿＿＿＿＿

學歷：□高中(含)以下　　□高中　　□專科學校　□大學

　　　□研究所(含)以上 □其他＿＿＿＿＿＿＿

職業：□製造業 □金融業 □資訊業 □軍警 □傳播業 □自由業

　　　□服務業 □公務員 □教職　□學生 □其他＿＿＿＿＿

(請沿線對摺寄回,謝謝!)

秀威與 BOD

BOD（Books On Demand）是數位出版的大趨勢，秀威資訊率先運用 POD 數位印刷設備來生產書籍，並提供作者全程數位出版服務，致使書籍產銷零庫存，知識傳承不絕版，目前已開闢以下書系：

一、BOD 學術著作—專業論述的閱讀延伸
二、BOD 個人著作—分享生命的心路歷程
三、BOD 旅遊著作—個人深度旅遊文學創作
四、BOD 大陸學者—大陸專業學者學術出版
五、POD 獨家經銷—數位產製的代發行書籍

BOD 秀威網路書店：www.showwe.com.tw
政府出版品網路書店：www.govbooks.com.tw

永不絕版的故事・自己寫・永不休止的音符・自己唱